Gerhard Brüning

Die Laubenkolonie

Gerhard Brüning

Die Laubenkolonie

Eine deutsch-deutsche Geschichte

BRUNNEN
Verlag Giessen · Basel

FSC
Mix
Produktgruppe aus vorbildlich bewirtschafteten Wäldern und anderen kontrollierten Herkünften

Zert.-Nr. SGS-COC-1940
www.fsc.org
© 1996 Forest Stewardship Council

www.brunnen-verlag.de
Umschlagfotos: picture alliance
Umschlaggestaltung: Sabine Schweda
Satz: DTP Brunnen
Druck: GGP Media GmbH, Pößneck
ISBN 978-3-7655-1728-0

Inhalt

Der Traum

„GIB MIR DAS AUTO!"

„Nein! Ich will es jetzt haben!" Bernhard, der jüngere der beiden Brüder, hielt das Spielzeug fest in der Hand.

„Gib es mir, oder ich verhaue dich!"

„Das traust du dich ja doch nicht."

„Und ob ich mich traue. Schließlich bin ich älter als du. Dich schaffe ich mit links!"

„Alter Angeber! Ich bin genauso stark wie du!"

„Bist du nicht! Und jetzt gib mir das Auto!"

„Das ist mein Auto, Wolfgang!"

„Ja, aber ich darf auch damit spielen, hat Mutti gesagt."

„Jetzt will ich aber damit spielen, und es gehört mir. Du kannst es ja nachher haben."

„Ich will es aber jetzt. Also gib es her!"

„Nein!"

Wolfgang klappte sein Taschenmesser auf. „Du, wenn du mir nicht gleich das Auto gibst, steche ich dich mit meinem Messer."

„Pah, glaub ja nicht, dass ich wegen deinem blöden Messer Angst vor dir habe!" Bernhard hielt weiter das Auto umklammert und stieg auf einen Stuhl, damit sein Bruder es nicht erreichen konnte.

Wolfgang wurde jetzt richtig wütend. In der rechten Hand immer noch das Messer, wackelte er mit der linken Hand am Stuhl. Bernhard verlor das Gleichgewicht und versuchte vom Stuhl zu springen, um einen schmerzhaften Sturz zu vermeiden. Im Sprung fuhr die Klinge des Taschenmessers in seinen linken Unterarm.

Aus der Wunde quoll Blut. Rotes Blut rann den Arm hinunter, tropfte auf den Fußboden. Blut. Viel Blut!

„Mutti!“ Bernhard schrie wie am Spieß.

Wolfgang schrie auch auf – und von dem Schrei erwachte er. Er fuhr hoch und öffnete die Augen. Es war dunkel. Sein Herz klopfte heftig.

„Sylvia!“, krächzte er und fasste in das Bett neben ihm. Es war leer. Natürlich war es leer. Sylvia war vor ein paar Monaten ausgezogen.

Leise stöhnend wischte er sich über die feuchte Stirn. Er knipste das Licht neben dem Bett an und versuchte zu sich zu kommen. Dann stand er auf, schlüpfte in seine Hauslatschen und holte seinen Bademantel aus dem Schrank. Wie spät war es eigentlich? Ein Blick auf den Wecker: Es war drei Uhr dreiundvierzig.

„Ach du lieber Himmel!“ Sein Herz klopfte noch immer stark. „Mann, komm langsam zu dir!“, versuchte er sich selbst zuzureden. „Es war nur ein Traum.“

Jetzt brauchte er etwas zum Trinken. Aus dem Schrank im Wohnzimmer nahm er eine Flasche schottischen Whisky und ein Glas. Im Eisfach des Kühlschranks gab es Eiswürfel. Als er sein Glas mit dem Whisky füllte, war er enttäuscht, wie wenig in der Flasche war. Es war noch gar nicht so lange her, dass er diese teure Flasche gekauft hatte. Hatte er das alles getrunken? So musste es wohl sein. Besuch war in der letzten Zeit keiner gekommen.

Er ließ sich in einen Sessel fallen, nahm einen großen Schluck und ließ ihn langsam die Kehle herunterlaufen. Das tat gut! Noch eine Zigarette zur Beruhigung. Eben wollte er aufstehen, um die Zigaretten zu holen, als er sich erneut in den Sessel plumpsen ließ. Vor einiger Zeit hatte er das Rauchen aufgegeben.

„Wolfgang, du bist ein Esel!“, beschimpfte er sich selbst. „Allmählich wirst du wunderlich! Du säufst zu viel, vergisst, dass du deine Zigaretten weggeworfen hast, und deine Frau ist dir auch davongelaufen. Mann, bist du eine traurige Figur!“

Wieder trank er einen Schluck und versuchte, seine Fassung wiederzugewinnen. Es hatte keinen Sinn, sich selbst zu beschimpfen oder zu verspotten. Es war eben, wie es war. Jeder ging mal durch eine schwierige Zeit. Es würden auch wieder bessere Tage kommen.

Er atmete tief durch und überdachte die letzten Minuten. Er hatte diesen Albtraum gehabt. Als Kind hatte er ihn oft geträumt, als Erwachsener nie mehr. Jedenfalls konnte er sich nicht daran erinnern. Erst in diesem Jahr war der Traum wiedergekommen ... Wie früher machte er ihn völlig fertig.

Irgendwann – es mochte Anfang der Sechzigerjahre gewesen sein – hatte er seinen Bruder tatsächlich mit einem Taschenmesser verletzt. Das war zu Hause gewesen, damals in Leipzig, als die Familie noch vollständig war. Niemals hatte er ernsthaft daran gedacht, seinen Bruder mit einem Messer zu verletzen. Er war nur so stolz gewesen, dass er endlich ein Taschenmesser bekommen hatte. „Damit kannst du schöne Sachen schnitzen oder einen Apfel schneiden“, hatte sein Vater gesagt. Bernhard wollte natürlich auch ein Messer. „Warte ein bisschen“, tröstete ihn sein Vater. „Wenn du so alt bist wie Wolfgang, schenke ich dir auch eines.“

Aber dann war dieser Tag gekommen. Sie hatten sich wegen eines Spielzeugs gestritten und – ja, verflixt noch mal! – er hatte Bernhard mit dem Messer gedroht. Und dann war es eben passiert. Er hatte das nicht gewollt. Als er sah, was er angerichtet hatte, erstarrte er. Mutti kam, alarmiert durch Bernhards Schreien, hereingestürzt. Sie sah Wolfgang mit dem blutigen Messer in der Hand und gab ihm eine kräftige Ohrfeige. Sein Kopf knallte gegen die Stuhllehne. Da fing auch er an zu weinen, doch seine Mutter kümmerte sich nur um den verletzten Bernhard. Am Abend nahm ihm der Vater das Messer ab. „Du bist doch noch zu klein für ein Messer, Junge. Niemals darfst du einen anderen Menschen verletzen. Merk dir das!" Fast ein Jahr hatte er auf das Messer warten müssen, bis zu seinem nächsten Geburtstag.

Irgendwie hatte sich diese Szene in sein Unterbewusstsein eingegraben. Der Traum begleitete ihn durch seine Kindheit. Er träumte ihn meistens dann, wenn er krank wurde. In der Nacht kam der Traum und mit ihm das Fieber am Morgen. Erst als er älter wurde, schien sich dieser Traum zu verlieren.

Merkwürdig, wie sich manche Ereignisse in der Seele festsetzten. Nie hatte er das Schuldgefühl wegen dieser Sache völlig verloren. Immer wieder schämte er sich, wenn er sich daran erinnerte, und immer wieder zwang ihn seine Erinnerung, sich diesen Augenblick in seinem Leben ins Gedächtnis zu rufen. Dabei war der Vorfall bei Licht betrachtet gar nicht so tragisch. Wolfgang hatte aus der Sache gelernt und die Worte seines Vaters beherzigt. Bernhard behielt eine Narbe am Unterarm, kam aber innerlich über das Ganze schnell weg. Sie blieben Brüder, die miteinander spielten, sich stritten und dann wieder versöhnten. Bei passenden Gelegenheiten konnte Bernhard seine Narbe stolz irgendwelchen Mitschülern zeigen und ihnen erzählen, da sei mal einer mit dem Messer auf ihn losgegangen. Das steigerte sein Ansehen bei den anderen beträchtlich.

Wolfgang lächelte leicht, als er sich daran erinnerte. Gedankenversunken trank er den letzten Schluck aus dem Glas. Nein, diese Geschichte konnte die beiden Brüder nicht auseinanderbringen. Diese Geschichte nicht …

Leipzig! Vor seinem inneren Auge stand die Stadt. Braun und grau war sie, überall roch es nach Braunkohle und den Abgasen der Zweitaktmotoren. Selbst jetzt nach Jahrzehnten hatte er den Geruch noch in der Nase. Aber da gab es auch das andere. Den Clara-Zetkin-Park, wo er mit seinen Eltern oft gewesen war. Den neuen großen, modernen Bahnhof. Und natürlich den Zoo. Orte voller Erinnerung.

Gern hätte er das alles einmal Sylvia gezeigt. Nach der Wende hätte er selbstverständlich sofort nach Leipzig fahren können, aber wegen Bernhard tat er es nicht. Er traute sich nicht in diese Stadt. Einmal wollte ihn der Konzern nach Leipzig schicken, um seine Firma bei der Messe zu vertreten. Er hatte sich einiges einfallen lassen müssen, damit sie einen anderen hinschickten. Erfurt, Schwerin oder Rostock: alles kein Problem! Aber nicht Leipzig. Nach allem, was passiert war. Nicht Leipzig – trotz aller heimlichen Sehnsucht.

Der Whisky tat seine Wirkung. Langsam sank ihm der Kopf auf die Brust und er schlief im Sessel ein.

Er erwachte, als die Sonne voll auf sein Gesicht schien. Einen Augenblick erschrak er, weil er dachte, er hätte verschlafen und käme zu spät ins Büro. Aber es war Sonntag. Dieser Tag würde ihm gehören.

Er schaltete die Kaffeemaschine ein und ging duschen. Um sich abzuhärten, ließ er zum Schluss kaltes Wasser über seinen Körper laufen. Der Atem stockte ihm, aber das kalte Wasser spülte die letzte Erinnerung an den bösen Traum fort. Mit noch nassen Haaren saß er am Küchentisch, trank den Kaffee in kleinen Schlucken und überlegte, wie er den Tag verbringen könnte. Es war warm, die Maisonne schien, Stuttgart zeigte sich von seiner besten Seite. Sein seelisches Gleichgewicht war wieder im Lot.

„Na, worauf hast du denn Lust?“, fragte er sich selbst, um

sich gleich darauf einen Vorschlag zu machen. „Wie wär's, du gingest zuerst die paar Meter zum Bismarckturm rauf und schautest den Stuttgartern zu, wie sie ihre Hunde ausführen? Vielleicht ist ja wieder diese Frau mit dem viel zu kurzen Rock da." Er grinste bei dem Gedanken, um sich einen Augenblick später mit einem „Wolfgang!" selber zur Ordnung zu rufen.

Doch die Idee, zum Bismarckturm zu gehen, war wirklich nicht schlecht. Von seiner Wohnung aus waren das höchstens fünfzehn Minuten zu Fuß. Den Blick auf die Stadt hinunter genoss er jedes Mal wieder. Danach könnte er langsam in die Innenstadt schlendern und dort etwas essen. Er hatte wahnsinnig Lust auf ein großes Steak mit Salat und vielen Pilzen. Seitdem Sylvia weg war, kochte er nicht mehr so viel. Seiner Figur hatte das ganz gutgetan. Also sprach nichts dagegen, heute wieder einmal kräftig zuzuschlagen. Der Schlossgarten würde ihn zu einem Verdauungsspaziergang einladen. Dann blieb immer noch genug Zeit, um zu Hause eine Tasse Kaffee zu trinken, ein Stündchen die Beine hochzulegen und danach in seiner „Funkbude" am Empfänger zu sitzen und in den Tropenbändern auf Senderjagd zu gehen.

Eine gute halbe Stunde später schloss er die Etagentür zu und ging die Treppe hinunter. Dort begegnete er seinen Vermietern, dem Ehepaar Weckerle.

„So, Herr Blischke, ganget Se au en d' Kirch?", fragte Frau Weckerle etwas spitz. Sie wusste genau, dass ihr Mieter kein Kirchgänger war.

Aber Wolfgang machten solche Anspielungen nichts mehr aus. Er hatte sich schon längst daran gewöhnt. Im Grunde waren Weckerles nette Vermieter, über die man sich nicht beklagen konnte. Daran änderten auch Frau Weckerles kleine Spitzen nichts. Nur einmal hatte er sich geärgert. Das war kurz nach Sylvias Auszug gewesen. Da hatte ihn Herr Weckerle vor dem Haus angesprochen.

„Sie, saget Se mol, jetzt, wo Ihr Frau nemme do isch, könnet Se sich die Wohnung noch leischte?"

Er sah seinen Vermieter verärgert an. „Herr Weckerle, wenn ich jemals zahlungsunfähig werden sollte, lasse ich Sie das als Ersten wissen. Ehrenwort!"

Eine Woche später bekam er eine Einladung zum Mittagessen. Wahrscheinlich hatte Frau Weckerle ihren Gatten in den Senkel gestellt und ihm klargemacht, dass man einen guten Mieter so etwas nicht fragt. Es hatte Maultaschen gegeben: erst Maultaschen in der Brühe, dann Maultaschen mit Kartoffelsalat. Weckerles waren Bilderbuchschwaben, angefangen bei ihrem Namen und ihrer Vorliebe für schwäbische Spezialitäten, über ihr gepflegtes Stuttgarter Honoratiorenschwäbisch bis hin zu ihrer Fähigkeit, Geld zusammenzuhalten. Häuslebesitzer waren sie außerdem. Sie wohnten im Erdgeschoss und kümmerten sich um den Garten, Wolfgang bewohnte die beiden oberen Etagen. Wahrscheinlich, dachte er, gab es heute bei ihnen Spätzle zum Mittagessen. Man mochte ja von den Schwaben halten, was man wollte, aber von Spätzle verstanden sie was – und von Kartoffelsalat ebenfalls. Das musste auch ein Sachse wie Wolfgang zugeben.

„Ich wünsche Ihnen einen schönen Sonntag!", sagte er, als oben im selben Augenblick in seiner Wohnung das Telefon klingelte. Er schwankte einen Augenblick, ob er es nicht einfach ignorieren sollte, aber vielleicht wollte ihn ja Sylvia sprechen. Hin und wieder rief sie ihn an, um zu fragen, wie es ihm so ginge. Also rannte er wieder hoch und nahm den Hörer ab.

„Hallo!"

„Guten Tag! Bin ich mit Herrn Ingenieur Wolfgang Blischke verbunden?“

Wolfgang schluckte. Diese Stimme, diesen leichten Akzent würde er sein Leben lang nicht vergessen. „Menschenskind, Kjeld! Alter Schwede! Wo hast du all die Jahre gesteckt?“

„Nicht ‚alter Schwede‘! Ich bin Däne. Wir lieben alle Skandinavier, aber wir sind stolz, Dänen zu sein.“

„Natürlich weiß ich, dass du Däne bist, du alter Schwede! Wo steckst du? Wann können wir uns sehen?“

„Ich bin mit meiner Frau in Stuttgart. Können wir zusammen mittagessen? Gegen zwölf könnten wir am Schlossplatz sein.“

„Einverstanden! Du, ich freue mich wahnsinnig auf dich, das heißt: auf euch. Bis nachher!“

Wann hatte er Kjeld Pedersen zum letzten Mal gesehen? Vor neun Jahren? Vor zehn? Egal! Nachher würde er mit ihm und seiner Frau Paula zusammen sein. Beschwingten Schrittes marschierte er zum Bismarckturm.

Peter aus Glauchau

Lange hielt es ihn nicht auf der Anhöhe im Westen. Geradezu magisch zog es ihn in die Innenstadt, wo er gegen Mittag Kjeld und seine Frau treffen würde. Wo wäre er heute eigentlich ohne Kjeld? Vielleicht immer noch in Leipzig.

Als er am Schlossplatz angekommen war, sah er auf die Uhr und musste über seine Eile lächeln. Es war gerade erst halb zwölf. Mit etwas Glück fand er eine freie Bank in der Grünanlage vor dem Neuen Schloss in der Nähe des Brunnens. Von hier aus konnte er in mehrere Richtungen schauen. Das war praktisch, denn er wusste nicht, woher Kjeld und seine Frau kommen würden. Die Sonne schien auf sein Gesicht, und er blinzelte genüsslich, als plötzlich raue, laute Stimmen seine Ruhe störten.

Beim Brunnen saß eine Gruppe Jugendlicher. Einer von ihnen hatte einem Obdachlosen eine Plastiktüte weggenommen.

„Gib mir meine Sachen wieder, du Hund!", rief der Obdachlose.

„Halt's Maul! Das ist meine Tasche. Bis gestern habe ich sie gehabt, plötzlich war sie weg. Du Mistkerl hast sie geklaut."

„Ich klaue nicht, und jetzt gib mir meine Tasche wieder!", brüllte der Obdachlose.

Der Jugendliche gab ihm einen heftigen Stoß, sodass der Obdachlose stürzte.

„Gib mir die Tasche wieder. Ich hab doch sowieso nichts", sagte der Obdachlose. Es klang kläglich.

„Erst will ich mal schauen, ob das meine Sachen sind!", erwiderte der Jugendliche, der sich nun endgültig als Sieger fühlte. „Mal schauen, was du da drin hast." Er leerte den Beutel aus. Ein speckiges Hemd, eine Flasche Rotwein und ein paar Kleinigkeiten fielen auf den Boden.

„Ähh, wahrscheinlich voll verlaust!", rief der Jugendliche und kickte das Hemd mit einem Fußtritt einige Schritte weiter. Dann nahm er die Flasche. „Das Zeug brauchst du nicht!", rief er und schraubte die Flasche auf. Ein knapper halber Liter eines billigen Rotweins ergoss sich auf den Boden. Die anderen Jugendlichen lachten.

„Ihr seid gemein!", klagte der Obdachlose.

Wolfgang sah sich um. Die ganze Szene spielte sich sehr lautstark ab. Viele Leute mussten eigentlich mitbekommen, was da los war, aber alle taten so, als ob sie das nichts anginge. Sein Herz klopfte bis zum Hals, als er aufstand und auf den Jugendlichen zutrat. „Los, gib ihm seine Sachen wieder!"

Der Jugendliche sah ihn mit einer Mischung aus Verwunderung und Verachtung an. „Misch dich da nicht ein, Opa! Was willst du eigentlich?"

„Ich will, dass du diesem Mann seine Sachen gibst", sagte er und bemühte sich, ruhig zu bleiben. „Außerdem will ich, dass du ihm den Wein ersetzt."

„Du spinnst wohl komplett, Alter. Und jetzt verpiss dich!"

„Gib ihm seine Sachen wieder!", sagte Wolfgang mit drohender Stimme.

„Guckt euch dieses Arschloch an", wandte sich der Jugendliche an seine Gruppe. „Der meint doch tatsächlich, er hätte was zu sagen." Dann gab er Wolfgang einen Stoß.

Der war aber darauf vorbereitet, wich zur Seite aus, ergriff den Arm des Jugendlichen und zog ihn zu sich heran. Wolfgang spürte, wie die Wut in ihm aufstieg.

„Hör gut zu", sagte er mit leiser, aber schneidender Stimme, „du gibst ihm jetzt alle seine Sachen wieder und entschuldigst dich bei ihm, oder ich hole die Polizei. Hast du mich verstanden, du Drecksack?"

„Ist ja schon gut! Immer cool bleiben, Macker." Damit hob der junge Mann die Sachen vom Boden auf, stopfte alles wieder in die Tüte und gab sie dem Obdachlosen. „War nicht so gemeint", sagte er und trat mit seinen Kumpels den Rückzug an.

„Danke! Das war klasse!", sagte der Obdachlose und sah seinen gut gekleideten Retter neugierig an. „Hast du gesehen, wie der den Schwanz eingezogen hat, als du mit ihm Klartext geredet hast? Mann, du bist knorke!"

Die Redeweise des Mannes ließ Wolfgang aufhorchen. „Du kommst aus Sachsen, oder?", fragte er ihn.

„Nu freilich, aus Glauchau", erwiderte sein Gegenüber, „ich heiße Peter. Und du?"

„Wolfgang. Ich komme aus Leipzig."

„Na, Mensch, wir Sachsen müssen doch zusammenhalten!", jubelte er, um einen Augenblick später Wolfgang erstaunt anzublicken. „Aus Leipzig? Aber hören tut man das nicht mehr."

„Nee", sagte Wolfgang und wechselte jetzt ins Sächsische, „ich lebe schon ziemlich lange hier."

„Und du bist ein gemachter Mann", sagte Peter bewundernd, indem er an Wolfgang hinauf- und hinuntersah. „Toll, dass du mir geholfen hast. Wer kümmert sich sonst schon um einen Berber wie mich? Mir ging's auch schon mal besser. Ob du's glaubst oder nicht, ich habe mal bei der Kirche gearbeitet. Ist schon lange her. Jetzt hänge ich hier rum und schiebe meistens Kohldampf."

Wolfgang verstand den Wink mit dem Zaunpfahl und griff nach seiner Geldbörse. „Hier, geh was essen und trinken auf den Schreck." Er fischte einen Zehn-Euro-Schein heraus und gab ihn dem Glauchauer.

„Danke, du bist ein echter Kerl." Peters Blick blieb auf Wolfgangs Brust hängen, und sein Gesicht sah plötzlich ernst, ja traurig aus.

„Was ist los?", fragte Wolfgang irritiert.

„Schon gut. Ich habe nur deine Krawattennadel gesehen."

„Ja, und?", fragte Wolfgang und überlegte, ob das ein raffinierter Versuch war, die silberne Nadel zu erschnorren.

„Weißte", sagte Peter traurig, „ich habe auch mal so eine gehabt. Genau so eine. Die hat mir mal mein Superintendent zum Geburtstag geschenkt."

„Und jetzt hast du sie nicht mehr?"

Peter schüttelte traurig den Kopf. „Ich habe sie mal für eine Decke eingetauscht, als es mir ganz dreckig ging. Dabei hing ich so an der Nadel. Sie war das letzte Wertvolle, das mir geblieben war."

In einem plötzlichen Entschluss nahm Wolfgang die Nadel ab. „Hier, nimm sie. Du kannst sie haben."

Peter erschrak und machte unwillkürlich einen Schritt rückwärts. „Nein, die will ich nicht. Das ist deine. Entschuldige, dass ich überhaupt davon angefangen habe. Ich will sie wirklich nicht. Du hast schon genug für mich getan."

„Nimm sie", sagte Wolfgang energisch. „Nimm sie als ein Zeichen dafür, dass auch für dich wieder bessere Zeiten kommen." Damit hielt er dem Landsmann die Nadel hin. „Nun mach schon! Du kannst sie haben. Ich schenke sie dir."

Zögernd nahm der Glauchauer die Krawattennadel. Seine Augen färbten sich rot. „Danke! Danke!", stammelte er. „Du, ich schließ dich jeden Abend in mein Gebet ein."

„Schon gut", sagte Wolfgang, der Mühe hatte, nun seinerseits eine gewisse Rührung zu verbergen. „Mach das, ich kann's gebrauchen. Jetzt muss ich gehen. Ich warte auf jemanden." Er drehte sich um und ging.

„Auf Wiedersehen!", rief ihm Peter nach. „Auf Wiedersehen in Leipzig oder in Glauchau!"

Wolfgang atmete tief durch und versuchte sich wieder zu beruhigen. Die ganze Szene hatte ihn erregt. Als er hochblickte, sah er, dass er Kjeld Pedersen direkt in die Arme lief.

„Guten Tag, Herr Blischke", sagte der und machte eine spöttische Verbeugung. „Ich bin doch sehr froh, dass Sie das Problem allein gemeistert haben."

„Sag bloß, du hast das alles mitbekommen?", fragte Wolfgang entgeistert.

Kjeld und seine wesentlich jüngere Frau lachten. „Jedes Wort", antwortete Kjeld, „und ehrlich gesagt bin ich froh, dass ich nicht eingreifen musste. Schon die Armee ihrer dänischen Majestät hat mit Bedauern feststellen müssen, dass ich absolut kriegsuntauglich bin." Dann wandte er sich an seine Frau. „Brigitta, darf ich dir meinen Freund Wolfgang vorstellen, den besten Rundfunktechniker in Deutschland."

Wolfgang machte eine leichte Verbeugung. „Gnädige Frau, darf ich Ihnen Kjeld Pedersen vorstellen, den besten Rundfunktechniker Dänemarks und gewieftesten Fluchthelfer, den ich je hatte." Alle drei lachten.

Brigitta heißt sie, dachte er im Stillen. Was ist mit Paula?

Kjeld schien seine Gedanken zu erraten. „Du kennst Brigitta noch nicht. Wir sind erst seit Kurzem verheiratet." Dann fügte er nach einer Pause hinzu: „Paula ist vor drei Jahren gestorben."

„Oh, das tut mir leid!" sagte Wolfgang, der Paula sehr gemocht hatte.

„Brigitta sieht zwar wie eine Dänin aus", fuhr Kjeld fort,

„aber sie ist eine Deutsche. Irgendwie habe ich an euch Deutschen einen Narren gefressen. Das hat mit dir angefangen."

Wolfgang lächelte und sah Brigitta freundlich an. Sie hatte mittelblonde Haare, ziemlich kurz geschnitten, und strahlend blaue Augen. Er hat Geschmack, der Junge, dachte Wolfgang.

„Sie haben Mut, Herr Blischke", sagte Brigitta Pedersen. „Ich fand das großartig, wie Sie dem Mann zu Hilfe gekommen sind."

„Um ehrlich zu sein: Ich hatte Angst, als ich auf die Jugendlichen zuging. Zum Helden tauge ich wirklich nicht. Aber ich weiß, wie das ist, wenn man nicht viel hat. Als ich vor Jahren aus der DDR in den Westen kam, hatte ich nichts dabei außer den Kleidern, die ich trug. Deshalb kann ich es nicht leiden, wenn man auf so einem Habenichts auch noch rumtrampelt."

„Respekt, Herr Blischke!"

„Bitte, sag Wolfgang zu mir. Kjeld und ich kennen uns schon so lange. Einverstanden?"

„Gern, Wolfgang!"

Warum hat er Sylvia nicht mitgebracht?, dachte Kjeld. Was ist los mit ihm?

Aber Wolfgang machte keine Anstalten, etwas zu erklären. Er sah seine Besucher an. „Was machen wir? Was wollt ihr essen? Ich hatte ursprünglich vor, in ein Steakhaus zu gehen. Aber ihr seid die Gäste. Sagt ihr, worauf ihr Lust habt."

Kjeld und Brigitta sahen sich an. „Steak klingt gut. Meinst du nicht auch, Schatz?", fragte Brigitta und sah ihren Mann auffordernd an.

„Einverstanden!", meinte Kjeld.

„Wie viel Zeit habt ihr mitgebracht?“, wollte Wolfgang wissen.

„Um drei Uhr spätestens müssen wir wieder gehen. Tut mir leid, aber wir müssen heute noch nach Dänemark zurückfahren.“

„Dann lasst uns gehen“, sagte Wolfgang. „Ihr glaubt gar nicht, wie sehr ich mich freue, euch zu sehen.“

Der Flüchtling

Sie hatten gegessen, die Teller waren abgeräumt, jetzt standen nur noch drei Gläser und eine Flasche Syrah aus Chile vor ihnen. Wolfgang fühlte sich wohl. Sie hatten beim Essen angenehm geplaudert und Kjeld hatte erzählt, wie er sich in Brigitta verliebt hatte. Dann konnte Kjeld seine zurückgehaltene Frage nicht länger unterdrücken. „Darf ich fragen, wo Sylvia ist?"

Wolfgangs hochgemute Stimmung sauste mit einem Schlag in den Keller. Er versuchte sich zusammenzunehmen und antwortete mit etwas heiserer Stimme: „Sie ist vor ein paar Monaten ausgezogen. Ich tauge wohl nicht allzu viel als Ehemann."

Kjeld spürte, dass er einen Fehler gemacht hatte.

„Na ja, irgendwie haben wir uns auseinandergelebt", ergänzte Wolfgang. „Wahrscheinlich lag es an mir."

Kjeld hörte die Resignation in der Stimme seines Freundes, aber er wusste nicht, wie er die Situation retten sollte.

Brigitta kam ihm zu Hilfe. „Das tut mir leid. Sicherlich ist das schmerzhaft für dich." Tröstend legte sie ihre Hand auf seinen Arm.

Nach einem Augenblick des Schweigens wechselte sie das Thema. „Bitte still meine Neugier und erzähl mir von deiner Flucht und von Kjelds Rolle dabei."

Wolfgang war überrascht. „Hat Kjeld dir das nicht schon längst erzählt?", fragte er verwundert.

Sie schüttelte lachend den Kopf. „Kjeld ist ein großer Schweiger. Manchmal muss ich ihm jedes Wort aus der Nase ziehen."

Nun war es an Wolfgang zu lachen. „Na, damals, als ich

ihn kennengelernt habe, redete er wie ein Buch. Wahrscheinlich wäre ich sonst nie in den Westen gekommen. Er hat mich zur Republikflucht geradezu überredet und damit der Deutschen Demokratischen Republik einen hoffnungsvollen Nachwuchswissenschaftler entzogen, dieser Schuft."

„Ach, musste ich dich wirklich überreden? Du schienst mir an der Sache durchaus interessiert zu sein."

„Ich bin mit diesem Gedanken damals wirklich nicht gereist. Ich war entschlossen, in die DDR zurückzukehren."

Kjeld runzelte die Stirn. „Na komm, erzähl mir nicht, dass du damals keinen Gedanken an Flucht verschwendet hast."

„Gut", räumte Wolfgang ein, „kein DDR-Bürger, der ins kapitalistische Ausland reisen konnte, hat nicht mal gedacht, dass es die Gelegenheit sein könnte abzuhauen."

„Na also!", triumphierte Kjeld.

„Verzeihung!", protestierte Brigitta. „Könnten die Herren Ingenieure einfach mal vorne und der Reihe nach anfangen?"

„Du hast recht", sagte Wolfgang. „Also, um wirklich vorne anzufangen: Eines Tages überraschte mich mein Lehrer und Förderer, Prof. Bergmann, mit der Frage, ob ich Lust hätte, ihn auf eine Reise in die Schweiz zu begleiten."

„Moment mal!", unterbrach ihn Brigitta energisch. „Ihr konntet als DDR-Bürger einfach so in die Schweiz reisen?"

„Nee, das ganz bestimmt nicht!", rief Wolfgang. „Was war in der DDR überhaupt einfach? Westreisen jedenfalls nicht, auch nicht in die neutrale Schweiz. Reisen ins kapitalistische Ausland bedeuteten den Gipfel an Umstandskrämerei und Bürokratie, gepaart mit einer Riesenportion Misstrauen bei den offiziellen Stellen. Natürlich gab es einen kleinen Kreis privilegierter Personen, die sogar zu den verhassten Kapitalisten fahren durften. Nicht einmal die auf Abgrenzung so versessene DDR konnte es sich leisten, gänzlich auf entsprechende internationale Kontakte und Begegnungen zu verzichten. Schließlich war man auf Anerkennung aus und wollte endlich wirtschaftlich an den Westen aufschließen. Bergmann gehörte zu diesen Privilegierten; nicht so sehr, weil er politisch auf Linie gewesen wäre, sondern ganz einfach, weil er in seinem Fachgebiet der beste Mann der DDR war.

Dass ich mitsollte, war allerdings ein Wunder. Ich war damals kein bekannter Mann, sondern nur sein Assistent. Außerdem war ich jung und ledig. Solche Leute ließ man nicht reisen. Hätte ich Frau und Kinder gehabt, wären meine Chancen minimal besser gewesen. Man haut nicht so schnell ab, wenn zu Hause Frau und Kinder auf einen warten. Bergmann hat wohl sein ganzes Renommee in die Waagschale geworfen, um mich mitnehmen zu können. Also ließ ich mich von ihm auch überreden, in die Partei einzutreten. Politisch lag mir daran gar nichts, aber wenn es die Bedingung war, Bergmann zu begleiten und ins Ausland zu können, dann meinetwegen. Später hat er mir erzählt, dass er mich zu seinem Nachfolger aufbauen wollte. Außerdem sprach ich besser Englisch als die meisten meiner Kollegen." Er trank einen Schluck von seinem Wein.

„Du hast später wieder Kontakt zu Bergmann gehabt?", fragte Kjeld Pedersen interessiert.

„Ja, nach der Wende", nickte Wolfgang. „Da war er schon ein alter Mann. Ich hatte Bergmann gegenüber immer ein schlechtes Gewissen, denn meine Flucht hat ihm bestimmt viel Ärger eingebracht. Ich gestehe aber, dass Sylvia mich sehr gedrängt hat, mit Bergmann endlich Kontakt aufzunehmen. ‚Das bist du ihm schuldig!', hat sie gesagt. Sie hatte natürlich recht, aber in solchen Dingen bin ich ziemlich feige. – Na, wie dem auch sei, ich schrieb ihm einen Brief und entschuldigte mich für alles. Er hat mich dann angerufen und war zu meiner Erleichterung sehr freundlich. ‚Ach, wissen Sie', sagte er, ‚vielleicht hätte ich es an Ihrer Stelle auch so gemacht. Im Westen hatten Sie doch ganz andere Chancen.'

Natürlich haben sie ihn schwer in die Mangel genommen, als er ohne mich in die DDR zurückkehrte. Vermutlich schwerer, als er es mir gegenüber am Telefon erzählt hat. Wenn es einige Parteikreise je in Erwägung gezogen hatten, unter Umständen auch einmal jüngere Leute in den Westen reisen zu lassen, dann habe ich dem ein jähes Ende gesetzt. Aber letzten Endes haben sie ihm dann doch geglaubt, dass er an meiner Flucht nicht schuld war. Ihn gänzlich kaltzustellen, konnten sie sich wissenschaftlich nicht leisten. Er durfte nicht mehr in den Westen reisen, aber seinen Lehrstuhl haben sie ihm gelassen."

Er schwieg einen Augenblick und hing den Gedanken an seinen alten Lehrer nach.

Brigitta sorgte aber dafür, dass sein Schweigen nicht zu lange dauerte. „Erzähl weiter, Wolfgang! Was für ein Kongress war das? Was hast du erlebt? Wie hast du mit Kjeld Kontakt bekommen? Merkst du nicht, dass ich vor Neugier platze?"

Wolfgang lächelte. „Ich kann immer noch nicht glauben, dass Kjeld dir so wenig erzählt hat. Es war ein internationaler Kongress für Funktechnik in Zürich. Bergmann und ich sollten die Ohren spitzen und möglichst viel an Erkenntnissen mitbringen. Hauptsprache des Kongresses war Englisch. Ich vermute, dass meine überdurchschnittlichen Englischkenntnisse geholfen haben, dass Bergmann mich mitnehmen durfte."

„Wie konntest du in der DDR so gut Englisch lernen?", wollte Brigitta wissen.

„Meine erste Fremdsprache an der polytechnischen Oberschule war natürlich Russisch. Die meisten Schüler hat das wenig interessiert, aber ich war richtig versessen darauf, Sprachen zu lernen."

„Du scheinst ein sehr begabter Mensch zu sein, nicht nur technisch-mathematisch, sondern auch sprachlich", meinte Brigitta bewundernd.

Wolfgang wehrte ab. „Halb so wild. Aber ich saß schon als kleiner Junge an unserem alten Röhrenradio und hörte die halbe Welt. Damals hätte ich gern verstanden, was ich da eigentlich hörte. Insofern war ich sehr motiviert, fremde Sprachen zu lernen, als ich endlich die Möglichkeit dazu hatte. Erst recht, als ich älter wurde und mehr und mehr merkte, wie eng doch die kleine DDR war."

„Stopp!", unterbrach ihn Brigitta. „Durftet ihr denn Westsender hören?"

Wolfgang grinste. „Es war natürlich nicht gern gesehen. Immer wieder gab es auch Kampagnen dagegen. Aber was meinst du, in welche Richtung die meisten Fernsehantennen auf Leipziger Dächern zeigten? Als der Kalte Krieg auf dem Höhepunkt war, hat man immer wieder versucht, Westsender zu stören. Dann mussten findige Bastler aus primitivsten Mitteln Geräte bauen, die die Störungen zumindest abschwächten. In der dritten Klasse hat unsere Zeichenlehrerin mal versucht herauszubekommen, ob bei uns Westfernsehen geschaut wurde. Sie kam eines Tages strahlend in unsere Klasse und sagte: ‚So, liebe Kinder, heute dürft ihr alle mal eine Fernsehuhr zeichnen. Wisst ihr, so eine, wie man sie vor den Nachrichten auf dem Bildschirm sieht.' Fast alle in der Klasse fingen begeistert an zu zeichnen."

„Ja, und?", fragte Brigitta, die noch nicht erkennen konnte, worauf das hinauslaufen würde.

Wolfgang erklärte: „Damals in den Sechzigerjahren sah man vor der Tagesschau um zwanzig Uhr im Westfernsehen eine Uhr mit Strichen, während bei der Uhr der ‚Aktuellen Kamera' der DDR die Stunden und Minuten durch Punkte markiert waren. Natürlich haben die meisten Kinder voller Eifer eine Uhr mit Strichen gemalt, und ihre Eltern bekamen daraufhin einen ermahnenden Brief der Schulleitung."

„Oh!", rief Brigitta. „Haben deine Eltern auch einen Brief bekommen?"

Wolfgang schüttelte den Kopf. „Nein, dafür hat mein Vater gesorgt. Als er mitbekam, dass sein kleiner Sohn bald jede freie Minute vor dem Radio saß, um auf Mittel- und Kurzwelle möglichst viele ausländische Stationen zu hören, hat er mir mal gesagt, dass ich anderen Leuten immer nur erzählen sollte, dass ich Radio Berlin höre und das Fernsehen der DDR anschaue. Sonst könnte ich eine Menge Ärger bekommen."

„Aber er hat es dir nicht verboten, was anderes zu hören?", wollte Kjeld wissen.

„Nein. Erstens hätte ein Verbot bei mir nicht viel geholfen. Das wusste mein Vater. Dazu war ich viel zu fasziniert von dem Medium Rundfunk. Zweitens war mein Vater ein vernünftiger Mann und hat alles getan, um meinem Bruder und mir zu helfen und uns zu fördern. Er brachte der Welt eine gesunde Neugier entgegen und die hat er mir vererbt."

Nach einer nachdenklichen Pause fügte Wolfgang leise hinzu: „Neben Sylvia war mein Vater für mich der wichtigste Mensch."

Er trank einen Schluck Wein und fuhr dann fort: „Auf dem Kongress fiel mir Kjeld sofort auf. Wir beide waren unter dieser Riege mittelalterlicher und älterer Herren die mit Abstand jüngsten Teilnehmer. Wir haben uns sofort füreinander interessiert."

„Lauter Männer!“, warf Brigitta ein. „Gab’s da keine Frauen?“

„Lieber Schatz“, belehrte sie ihr Mann, „zumindest damals war unser Fachgebiet noch eine ausgesprochene Männerdomäne. Es geht durchaus auch mal ohne euch.“

Sie zog scherzhaft eine Grimasse.

„Jedenfalls haben wir uns schnell angefreundet und bei jeder Gelegenheit zusammengesteckt, was Bergmanns und meine Begleiter ziemlich nervös machte“, erzählte Wolfgang.

„Was für Begleiter?“, wollte Brigitta wissen.

„Das waren zwei Herren, die offiziell als unsere Assistenten angemeldet waren. Ein wenig verstanden sie auch von Technik, aber der Kongress hat sie hoffnungslos überfordert. Ihre Aufgabe bestand auch nicht im Lernen. Sie sollten auf uns aufpassen. Darum hatten sie auch, kaum waren wir in der Schweiz angekommen, unsere Reisepässe an sich genommen. Ihre Fürsorglichkeit war kaum zu überbieten.“

„Das war einer der Gründe, warum ich Wolfgang gefragt habe, ob er nicht die DDR verlassen wollte“, ergänzte Kjeld, der seinen Teil zum Bericht beitragen wollte. „Ich habe sehr schnell gemerkt, was für ein begabter Mensch er ist. Die Vorstellung, dass so einer ständig unter der Bevormundung einer Staatsmacht stehen sollte, ging mir total gegen den Strich. Nimm doch nur mal die Autos der DDR. Es soll doch keiner glauben, dass die Ingenieure der DDR nicht bessere Autos hätten bauen können als nur die knatternden Trabis und die etwas größeren Wartburgs. Aber man ließ sie ja nicht zum Zuge kommen.“

Wolfgang nickte nachdenklich. Dann lächelte er und erzählte weiter: „Kjeld hat mir von den Möglichkeiten, die ich im Westen haben würde, vorgeschwärmt. Ich sah die reiche Schweiz, und plötzlich erschienen mir mein eigenes Leben und meine Zukunft fürchterlich eng und kläglich. Da habe ich mich zu einer Entführung überreden lassen."

„Entführung?", staunte Brigitta. „Habe ich etwa einen Kriminellen geheiratet?"

Kjeld lachte. „Nun, ich hatte einen Freund in der Schweiz. Den habe ich angerufen. An einem Nachmittag machten die Kongressteilnehmer eine Sightseeingtour durch Zürich. Für die beiden Herren von der Staatssicherheit war das eine besondere Herausforderung. Der eine wollte auch partout nicht von Wolfgangs Seite weichen. Deshalb haben wir beide auf dem Weg derart hemmungslos und hochgestochen gefachsimpelt, dass es ihm allmählich doch langweilig wurde und er anfing, sich mehr für die Schaufenster zu interessieren. Was er nicht wusste, war, dass mein Freund uns mit dem Auto unauffällig folgte. Als wir aus dem Fraumünster kamen, wo wir die Chagallfenster bestaunt hatten, war die Gelegenheit günstig. Plötzlich stieg Wolfgang in den Wagen, der schon verschwunden war, bevor die anderen was merkten. Mein Freund fuhr Wolfgang dann in die Botschaft der Bundesrepublik nach Bern. Ich tat natürlich so, als hätte ich keine Ahnung, aber die beiden Herren ahnten durchaus was. Von da an war klar, dass ich nie in die DDR reisen würde."

Wolfgang erinnerte sich: „Erst als ich im Wagen saß, habe ich mich gefragt, was ich da eigentlich tue. Ich hatte nichts bei mir, außer was ich auf dem Leibe trug. Meinen Pass hatte ich auch nicht, nur meinen Personalausweis hatte ich mir vorher durch einen Trick besorgt. Ich hatte erzählt, dass ich meinem Vater etwas mitbringen wollte und keine Mehrwertsteuer bezahlen müsste, wenn ich mich als Ausländer auswies. Herr Niepelt, so hieß mein ‚Betreuer', hat mir das abgekauft. – Junge, Junge, wenn ich mir das so überlege, wundere ich mich heute noch über mich. Ich bin gar nicht so der spontane Typ oder der Abenteurer. Ich bin eher ein Gewohnheitsmensch. Und wenn ich es mir überlege: So schlecht ging es mir in der DDR gar nicht."

Kjeld registrierte den Klang in der Stimme seines Freundes und war beunruhigt. „Hast du den Schritt bereut?"

„Nein, nein", sagte Wolfgang rasch und griff wieder zu seinem Glas. „Der Anfang in Westdeutschland war sehr schwierig für mich. Da bin ich natürlich durch einige Krisen gegangen. Aber ich habe es geschafft." Nach einer Pause fügte er hinzu: „Trotzdem habe ich einen hohen Preis bezahlt."

Kjeld wollte eben fragen, worin dieser Preis bestehe, als Brigitta auf ihre Uhr sah und erschrak. „Ach du liebe Güte, Kjeld! Unser Zug! Wir müssen noch unser Gepäck holen."

Sie verabschiedeten sich rasch und herzlich. Wolfgang war wieder allein.

Sylvia

Das Wiedersehen mit dem alten Freund und der plötzliche Aufbruch schlugen Wolfgang aufs Gemüt. Ziellos schlenderte er durch den Schlossgarten und registrierte auch nicht, dass ihm von Weitem der obdachlose Peter zuwinkte.

Nach einiger Zeit setzte er sich auf eine Bank und hing seinen Gedanken nach. Das Treffen mit Kjeld war schön gewesen, und er gönnte seinem Freund das neue Glück mit Brigitta. Aber umso einsamer fühlte er sich jetzt. „Wo ist Sylvia?" „Sie ist vor mir davongelaufen." Na, großartig! So hörten sich erfolgreiche Lebensgeschichten an. Wolfgang lachte bitter auf.

Er und Sylvia hatten vor vielen Jahren in einer sehr warmen Sommernacht einmal hier gesessen. Sie hatten sich einen schönen Abend gemacht, und Sylvia war in übermütiger Stimmung gewesen. Dann war sie zu den verrücktesten Sachen fähig.

„Mir ist fürchterlich warm!", rief sie und setzte sich an den Rand des viereckigen Bassins, in dem einige Enten schwammen. Sie zog ihre Sandaletten aus und ließ die Füße im Wasser baumeln.

„Das reicht noch nicht zur Abkühlung.", stellte sie dann fest und forderte ihn auf: „Komm, zieh deine Schuhe aus. Wir waten durchs Wasser."

„Du spinnst!", wehrte er ab. „Außerdem machst du dir dann womöglich deine schönen Sachen schmutzig."

„Stimmt, das wäre wirklich schade!", meinte sie, und ehe sich's Wolfgang versah, hatte sie ihre Bluse und ihren Rock ausgezogen und watete mit Slip und BH durch das Wasser.

„Sylvia, das kannst du doch nicht machen!", rief er und musste trotzdem lachen. Der Anblick war zu komisch.

Es kam, wie es kommen musste. Kaum war sie einige Schritte in dem Becken gegangen, als eine Polizeistreife auftauchte. Der jüngere der beiden Beamten war sehr barsch. „Machen Sie, dass Sie aus dem Wasser rauskommen, und ein bisschen plötzlich, wenn ich bitten darf."

Der ältere Beamte hatte wohl schon schlimmere Dinge in seiner Laufbahn erlebt und legte seinem Kollegen begütigend die Hand auf den Arm. „Schalt einen Gang runter, Herbert!", meinte er und wandte sich dann auf Schwäbisch an Sylvia: „Ja, heidenei, was macht denn so a schöne Frau in dem dreckiga Wasser? Jetzt kommet Se mol raus."

Galant bot er ihr seinen Arm, als sie aus dem Becken stieg. Dann sprach er Wolfgang an: „Also wenn i mei Frau do hanne bade dät, no wär die echt narret!"

Sie kamen glimpflich davon. Der jüngere Polizist bestand noch darauf, dass sie sich auswiesen, dann durften sie gehen.

Wolfgang lächelte in Erinnerung an diese Episode. Das war typisch Sylvia! Deswegen hatte er sich in sie verliebt. Ihr manchmal schräger Humor, ihre Spontaneität, ihre Lebendigkeit hatten ihn von Anfang an fasziniert, als er sie kennenlernte. Sie war so anders als er. Gegensätze ziehen sich an, dachte er, aber vielleicht sind am Ende doch eher die Ehen langlebiger, in denen die Partner einander gleichen.

Aber Sylvia konnte auch sehr ernsthaft sein. Ihre Schüler mochten sie, denn sie hatte die richtige Mischung zwischen Strenge und Großzügigkeit. Man konnte viel bei ihr lernen. Mehr noch: Schon mancher Schüler hatte sich mit seinen Problemen an sie gewandt, weil sie Verständnis und Vertrauen ausstrahlte.

Doch dann hatte ihr Verständnis für Wolfgangs nüchterne und ruhige Art nicht mehr gereicht. Sie waren kein Paar mehr. Seufzend erhob sich Wolfgang von der Bank und setzte seinen Weg fort.

Irgendwann taten ihm die Füße weh. Trotzdem konnte er sich nicht entschließen, einen Bus zu nehmen. Er wollte allein sein. So lenkte er müde seine Schritte nach Hause.

Die Wohnung empfing ihn gleichgültig und schweigend. Die Dusche spülte den Schweiß, aber nicht seine Melancholie ab. Es fing an zu dämmern, und jetzt war die ideale Zeit, die ersten asiatischen Sender in den Tropenbändern zu suchen. Doch nach fünf Minuten legte er die Kopfhörer weg und sah aus dem Fenster über die Stadt.

Er liebte diesen Blick. Es war die Lage des Hauses am Hang, die ihn bewogen hatte, die nicht ganz billige Wohnung zu mieten. Schon als Kind träumte er davon, einmal in einem Haus zu wohnen, von dem aus man auf andere Häuser schauen konnte. Sylvia hätte gern weniger Miete bezahlt und eine andere Wohnung genommen. Als echte Schwäbin hatte sie auch einen Bausparvertrag ins Gespräch gebracht. Erst nach langen Diskussionen und inständigem Bitten seinerseits hatte sie nachgegeben.

Er sah aus dem Fenster, und seine Gedanken machten sich selbstständig. Du hast dir deinen Traum erfüllt, Wolfgang. Du hast eine tolle große Wohnung auf zwei Etagen – ganz für dich allein. Vor dir liegt die Stadt. Eine halbe Million Menschen. Aber du bist allein. Wie lange willst du das durchhalten?

Ich brauche niemanden. Ich gehöre nicht zu der Sorte Männer, die nicht wissen, wie man einen Herd anschaltet oder seine Hemden bügelt. Ja, ich bin jetzt allein. Das ist gar nicht mal schlecht. Keiner, der sagt: „Tu das! Tu jenes! Was ist los mit dir? Nun red doch endlich!“

Du machst dir was vor. Schau dein Leben an. Im Beruf hast

du Erfolg gehabt. Aber wenn es um menschliche Beziehungen geht, bist du kläglich gescheitert. Du hast dich gefreut, dass Kjeld heute gekommen ist. Warum hast du eigentlich in all den letzten Jahren nie die Kurve gekriegt, ihn einmal anzurufen oder zu besuchen?

Ich bin eben nicht der Beziehungsmensch. Mein Gott, das ist nun mal nicht meine Art.

Was heißt da „mein Gott"? Du glaubst doch gar nicht an Gott.

Ja, und? Ich brauche ihn nicht.

Und an was glaubst du?

An mich. An das Leben.

An was für ein Leben? Mann, mach dir doch nichts vor. Merkst du denn nicht, dass dein ach so schönes Leben allmählich gewaltig zu bröckeln anfängt? Und zwar genau deshalb, weil du fast nie was in Beziehungen investiert hast.

Komm, komm, komm! Bleib auf dem Teppich. Ich habe versucht, Sylvia ein guter Mann zu sein. Ich hatte keine Affären, ich habe hart für uns gearbeitet. Soll ich denn allein schuld daran sein, dass sie ausgezogen ist? Wenn sie meint, mit mir nicht mehr leben zu können – bitte. Jeder ist seines Glückes Schmied.

Und was ist mit Bernhard?

Bernhard, dieser Schuft, hat mich so niederträchtig gegen die Wand fahren lassen. Was er mir angetan hat, als unser Vater starb, war unter aller Sau.

Zuletzt hast du ihn aber gegen die Wand fahren lassen. Vergiss das nicht!

Er hat es nicht besser verdient!

Wolfgang, du hast ihm keine Chance gegeben. Sagst du nicht bei jeder Gelegenheit, jeder habe eine zweite Chance verdient? Du hast sie ihm nicht gegeben. Das war gemein.

Was soll diese blöde Philosophiererei?

Wolfgang seufzte und ging in die Küche, um sich ein Brot zu machen. Im Kühlschrank fand er noch ein Bier.

Ob er nachher Sylvia anrufen sollte? Er zögerte. Wenn sie miteinander telefonierten, waren die Gespräche entweder oberflächlich oder schwierig, jedenfalls meistens. Er hatte auf beides keine Lust. Andererseits ... Als sie auszog, hatten sie vereinbart, Freunde zu bleiben und als vernünftige Menschen miteinander umzugehen. Als wenn das so einfach wäre! Gut, er würde sie anrufen. Später. Er ging in seinen Funkraum und setzte die Kopfhörer wieder auf.

Irgendwann fiel ihm ein, dass er seine Frau anrufen wollte. Er zog sein Handy aus der Tasche und wählte ihre Nummer.

„Blischke."

„Hallo, ich bin's, Wolfgang!"

„Wolfgang, weißt du eigentlich, wie spät es ist?"

„Nein. Keine Ahnung", bekannte er freimütig.

„Als Ingenieur solltest du in der Lage sein, eine Uhr zu lesen."

„Das bin ich, Frau Oberstudienrätin", erwiderte er, gereizt durch die Kühle ihrer Stimme. „Ich habe aber nicht auf die Uhr geschaut. Wenn ich dich geweckt habe, tut es mir leid. Dann rufe ich ein anderes Mal an."

„Du hast mich nicht geweckt. Aber ich mag es nicht, wenn so spät mein Telefon klingelt. Das solltest du eigentlich wissen. Was willst du?"

„Jetzt nichts mehr", sagte er resignierend. „Entschuldige, wenn ich dich gestört habe." Damit drückte er die rote Taste auf seinem Mobiltelefon und beendete das Gespräch. Er seufzte tief auf. Was kaputt ist, ist kaputt, dachte er.

Fünf Minuten später klingelte sein Telefon. Auf dem Display erkannte er Sylvias Nummer.

„Ja?“, fragte er. Es klang mürrisch.

„Entschuldige, Wolfgang. Ich glaube, ich war vorhin nicht sehr nett zu dir.“

Das bist du schon länger nicht mehr!, wollte er antworten. Im letzten Augenblick gelang es ihm, den Satz zu unterdrücken. Stattdessen sagte er: „Ist schon gut. – Was hast du heute gemacht?“

Sie seufzte. „Ich hätte in den letzten Tagen einen Aufsatz korrigieren sollen und habe das ständig vor mir hergeschoben. Aber meine zwölfte Klasse wartet schon ungeduldig. Also habe ich, statt bei dem tollen Wetter spazieren zu gehen, den ganzen Tag am Schreibtisch gesessen. Wahrscheinlich war ich deshalb so ungnädig zu dir.“

„Na ja, schon gut.“

Sie schwiegen einander an.

„Und was hast du gemacht?“, fragte sie nach einer Weile. Er war sich nicht sicher, ob sie nur höflich oder wirklich interessiert war.

„Ich wollte nach dem Frühstück aus dem Haus zu einem Spaziergang, als mich Kjeld Pedersen anrief und mir sagte, dass er in Stuttgart sei. Wir haben uns zum Mittagessen getroffen. Er, seine Frau und ich.“

„Das ist ja toll!“, sagte sie und es klang ehrlich interessiert. „Wie geht es ihm und Paula?“

„Paula ist seit drei Jahren tot. Seine neue Frau heißt Brigitta, ist jünger als er und sieht fabelhaft aus. Das Blau ihrer Augen – toll!“

Sie musste die Neuigkeiten erst einmal verdauen. Einen Augenblick lang kam ihr der Gedanke, dass Wolfgang vielleicht auch auf der Suche nach einer jüngeren, fabelhaft aussehenden Frau sein könnte. „Wart ihr lange zusammen?“, wollte sie wissen.

„Bis kurz vor drei", informierte er sie. „Dann mussten sie ganz schnell zu ihrem Zug. Ich bin danach noch eine Weile durch die Stadt gelaufen."

Sie schwiegen wieder.

„Und wie geht es dir so?", fragte Sylvia.

„Na ja."

„Du bist wie immer äußerst informativ."

Er beschloss, sich nicht provozieren zu lassen. Es war ein wirklicher Beschluss, denn er hatte die Spitze ihres Satzes deutlich vernommen. „Ich habe wieder von Bernhard geträumt", sagte er leise.

„Diesen Traum mit dem Messer?", fragte sie.

„Ja, den mit dem Messer."

„Hm."

Das Schweigen dauerte lange.

„Sylvia!"

„Ja?"

„Du fehlst mir. Zum Kuckuck, du fehlst mir."

Dieses Geständnis machte sie völlig perplex. Damit hatte sie nicht gerechnet. Im Bruchteil einer Sekunde stritten verschiedene Gefühle in ihrer Brust. Sie wusste nicht, wie sie reagieren sollte. „Was hast du eben gesagt?"

„Du hast mich sehr gut verstanden."

Sie schnappte nach Luft. „Sag das noch mal."

Aber das tat er nicht. Wolfgang war über dieses Geständnis selbst erschrocken. Es war ihm rausgerutscht. Er hatte sie nicht in der Absicht angerufen, ihr das zu sagen. Oder doch?

Sylvia war jetzt völlig von der Rolle. „Wolfgang, ich habe dir gesagt, wir können immer über alles sprechen." Sie fing an zu stottern. „Aber du musst verstehen, nach allem … Also, ich meine … Wenn du glaubst, ich würde jetzt einfach so zurückkommen, das geht nicht."

„Das meine ich auch gar nicht", sagte er matt. „Ich wollte dir nicht zu nahe treten. Ich will jetzt auch keine Grundsatzdebatten. Entschuldige einfach, ja? Gute Nacht!"

Er legte auf. Sie hörte das Knacken im Hörer und starrte ihr Telefon an. Dann wurde sie wütend. „Sylvia, du bist eine selten blöde Kuh! Da bringt dieser Mann einmal im Jahrhundert etwas Persönliches über seine Lippen, und du kannst deine dumme Klappe nicht halten. Warum konntest du dich nicht einfach freuen und was Nettes sagen?"

Doch genau da lag das Problem. Ihre Kommunikation war im Laufe der Jahre immer schwieriger geworden. Oder sollte man besser sagen: Sie fand immer seltener statt? Was hatten sie sich eigentlich zu sagen? „Immer muss ich reden und du sagst nie was!" Das war einer ihrer Vorwürfe ihm gegenüber, kurz bevor sie die Konsequenz gezogen hatte und ausgezogen war.

Es gab Zeiten, da hatte es ihr weniger ausgemacht, dass er so wenig über sich und seine Gefühle redete. Da meinte sie, sie käme mit seiner Art klar. Er hatte so viele gute Eigenschaften. Sie liebte ihn. Er liebte sie, auch wenn er das nur selten sagte. Aber sie spürte es an der Art, wie er mit ihr umging.

Sie hatten sich beide Kinder gewünscht und sich immer wieder ausgemalt, wie das sein würde, wenn drei Kinder das Haus bevölkerten. „Lass uns drei Kinder haben!", hatte er einmal gesagt. „Einen Jungen und zwei Mädchen."

Aber sie bekamen keine Kinder. Irgendwann ließen sie sich untersuchen. Es stellte sich heraus, dass das Problem bei ihm lag. „Ihr Körper produziert zu wenig Spermien", hatte der Arzt ihm bedauernd mitgeteilt. Er war sehr geknickt. Sie hatte versucht, ihn zu trösten.

Wie wenig ihr das gelungen war, zeigte sich eines Tages.

Sie hatten sich heftig gestritten. Weswegen, wusste sie heute nicht mehr. Aber sie hatte irgendeinen Satz gesagt in der Art: „Das hättest du wenigstens richtig machen können." Da war er explodiert und hatte losgebrüllt: „Ich weiß, dass ich ein Versager bin. Ich kann dir nicht mal Kinder machen." Dann war er aus dem Haus gestürmt. Es war das erste und einzige Mal, dass er erst am frühen Morgen zurückkam und ziemlich betrunken war.

Sie hatten danach über die Sache gesprochen und sich versöhnt. Aber – das hatte sie später einmal registriert – von da an wurde ihm seine Arbeit immer wichtiger. Weil auch sie als Lehrerin für Deutsch und Englisch an einem Gymnasium genug zu tun hatte, war ihnen lange nicht aufgefallen, wie sie im Lauf der Zeit immer mehr nebeneinanderher lebten.

„Wir müssten mehr miteinander reden und uns dafür mehr Zeit nehmen." So sagt man immer, bis man eines Tages feststellt, dass es nichts mehr zu reden gibt.

Ende letzten Jahres hatte sie es nicht mehr ausgehalten. Ein Aufsatz über Lebensphasen, der ihr in die Hände gefallen war, hatte den letzten Ausschlag gegeben. „Ich bin nicht dazu verurteilt, neben dir zu verkümmern. Ich brauche einen Neuanfang. In mir ist zu viel ungelebtes Leben. In diesem Haus und neben dir kann das nicht raus." Sachlich und kühl hatte sie das Wolfgang mitgeteilt. So kühl, dass sie sich insgeheim über sich selbst wunderte. Aber diese Kühle war wohl der beste Beweis ihrer Entfremdung.

Wolfgang hatte ihr nicht viel Widerstand entgegengesetzt und eher hilflos reagiert. „Tu das, was für dich das Beste ist. Ich werde dich nicht hindern."

Das war typisch für ihn. „Hast du nicht mehr zu sagen?", hatte sie wütend gefragt. Warum konnte dieser Kerl nicht endlich mal sagen, was in ihm vorging? Konnte er nicht weinen oder explodieren? Warum musste er immer alles hinter seinem breiten Brustkasten verbergen? Warum bekam er seinen Mund nicht auf?

„Du bist ein erwachsener Mensch und musst wissen, was du tust", lautete seine Antwort auf ihren Ausbruch.

Und nun der heutige Abend. „Du fehlst mir." Im Nachdenken spürte sie, wie sehr sie dieser Satz getroffen hatte. Sie fühlte sich plötzlich elend und schuldig. Weinend ging sie ins Bad, um sich für die Nacht fertig zu machen.

Die Nachricht

Es war etwa drei Wochen später. Wolfgang saß seinem Chef Hartmut Schlingensief gegenüber, dem Leiter der Abteilung „Spezialempfänger“ des internationalen Elektronikkonzerns „Bridgeman Electronics“.

„Willst du was trinken, Wolfgang?“

„Wenn du einen Kaffee hättest, wäre das prima.“

Wenige Minuten später dampfte der Kaffee in ihren Tassen.

„Könnt ihr euren Zeitplan einhalten mit deiner Spezialantenne, Wolfgang?“

„Ja natürlich, sonst hätte ich dir das rechtzeitig gesagt, Hartmut. Außerdem, wenn ich das hinzufügen darf, ist es nicht ‚meine‘ Antenne, sondern unsere. Du weißt, ich habe ein gutes Team.“

Schlingensief lächelte leicht. „Du hast recht. Trotzdem solltest du nicht so bescheiden sein. Schließlich bist du der Chef unserer Entwicklungsabteilung. Was wären unsere jungen Ingenieure ohne deine Ideen und Anleitung?“

Er setzte seine Brille ab. „Hör zu, Wolfgang. Ich frage deshalb nach dem Zeitplan, weil Mittwoch nächster Woche Big Boss persönlich hier vorbeikommt und sich bei dieser Gelegenheit dein Wunderwerk der Technik anschauen will.“

Wolfgang sah ziemlich unglücklich aus. „Ich weiß, du bist ein Mensch schneller Entscheidungen, aber musstest du mir das antun? Wir sollten noch ein paar Probemessungen vornehmen. Bis Mittwoch, das wird reichlich knapp. Und dann gleich Mister James Bridgeman himself? Was hast du dir dabei gedacht?“

„Das kann ich dir ganz genau sagen, lieber Wolfgang“, erwiderte Schlingensief, und seine Stimme klang energisch, „es war allerhöchste Zeit, dass sich die Konzernspitze hier wieder mal sehen lässt. In den letzten zwei Jahren haben sie uns eher links liegen lassen. Sicher, Spezialempfänger sind nicht die Art von Geräten, mit denen der Konzern das große Geld macht. Aber im internationalen Vergleich in dieser Sparte gehören wir zur Spitze, und wenn wir das bleiben wollen, dann müssen sie sich auch für uns interessieren und zum Kuckuck noch mal etwas mehr Geld in unsere Sparte pumpen. Ich habe ihm gesagt, dass wir ein ganz tolles Ding produziert haben. Du wirst Mr Bridgeman deine kleine, aber feine Antenne so präsentieren, dass er aus dem Staunen nicht mehr herauskommt und wieder mal merkt, was er an uns hat. Ist das klar?"

„Es war noch nie deine Art, dich undeutlich auszudrücken", grinste Wolfgang. „Trotzdem, du bringst uns gewaltig in Stress."

„Tut mir leid, aber es muss sein. Der Konzern fängt an, sich von einigen Sparten, die nicht so einträglich sind, zu trennen. Ich möchte unter allen Umständen vermeiden, dass wir dabei sind."

„Das kann ich verstehen", meinte Wolfgang und erhob sich seufzend. „Dann wollen wir mal."

Er rief sein Team zusammen und erstattete Bericht. „Das bedeutet einige Überstunden, meine Damen und Herren. Ich will bis Freitagabend alle Messungen auf meinem Schreibtisch haben."

„Aber, Wolfgang", warf eine junge Ingenieurin ein, „du hattest mir ein verlängertes Wochenende ab Donnerstagnachmittag versprochen."

Wolfgang sah ihr enttäuschtes Gesicht und fühlte sich schlecht. „Es geht nicht, Miriam. Bitte versteh doch! – Johannes, du hast bereits an der Präsentation gearbeitet. Geh noch mal komplett drüber und leg im Zweifelsfall nach.

Klotzen, nicht kleckern! Hast du gehört? Ich mache dich dafür verantwortlich, dass sich Mr Bridgeman toll fühlt, wenn er unsere Abteilung wieder verlässt."

Er gab weitere Anweisungen, als sein Telefon klingelte. Der Pförtner war am Apparat. „Herr Chefingenieur, da sind zwei Herrschaften von der Polizei für Sie."

Wolfgang bat seinen Stellvertreter zu übernehmen und ging hinunter. Unten warteten eine Frau und ein Mann in Zivil auf ihn.

„Herr Wolfgang Blischke?"

„Ja, der bin ich."

„Können wir Sie in einem ruhigen Raum sprechen? Es ist sehr wichtig."

Wolfgang wandte sich an den Pförtner. „In meinem Büro findet eine Abteilungsbesprechung statt. Wo können wir hingehen?"

Der Pförtner deutete mit einer Kopfbewegung in eine Richtung. „Besprechungszimmer drei ist frei."

Als sie in dem Raum saßen, stellte sich der Mann – er war der ältere der beiden – vor. „Mein Name ist Klotzki, und das ist meine Kollegin Höhne. Wir sind von der Polizei hier in Stuttgart. Sie sind Herr Wolfgang Blischke aus Leipzig?"

„Das sagte ich Ihnen bereits", antwortete Wolfgang, der sich zunehmend unbehaglich fühlte. „Übrigens bin ich Stuttgarter, auch wenn ich in Leipzig geboren bin. Habe ich was ausgefressen?"

„Nein, nein", sagte der Polizeibeamte und suchte nach Worten. „Es ist nur so ... Wir haben Ihnen eine unangenehme Nachricht zu überbringen. Es tut uns sehr leid, aber ..."

„Ist etwas mit meiner Frau?", fragte Wolfgang besorgt.

„Nein", schaltete sich Frau Höhne ein, „es geht um Ihren Bruder. Wir müssen Ihnen leider mitteilen, dass Ihr Bruder nicht mehr lebt. Wir haben heute diese Mitteilung von der Kripo aus Leipzig erhalten."

Wolfgang sah bestürzt aus. „Bernhard ist tot?" Verwirrt sah er die beiden Polizeibeamten an. „Was ist passiert? War mein Bruder krank? Er ist doch jünger als ich. Warum hat die Polizei in Leipzig mich nicht direkt angerufen? Überhaupt – wieso die Polizei?"

Kommissar Klotzki hasste solche Situationen. Hilfe suchend sah er seine Kollegin an. Die verstand.

„Herr Blischke", sagte sie, „es ist einer unserer Arbeitsgrundsätze, dass Todesnachrichten nur persönlich und nicht telefonisch überbracht werden. Es schmerzt auch uns, dass wir Sie damit konfrontieren müssen. Um auf Ihre andere Frage einzugehen: Nein, Ihr Bruder war nicht krank."

Wie macht sie das nur?, dachte Kommissar Klotzki. Sie kann das einfach besser.

„Und wie kam mein Bruder ums Leben?", fragte Wolfgang mit belegter Stimme.

„Ihr Bruder übernachtete in seiner Laube in einer Kleingartenanlage unweit von seiner Wohnung. Vorgestern, also am Sonntagvormittag, um genau zu sein, fand ihn ein Nachbar – tot. Man hat Ihren Bruder erstochen."

„Erstochen?", würgte Wolfgang heraus. Er hatte plötzlich das Gefühl, der Raum stürze über ihm zusammen. „Sagten Sie erstochen? Alles, alles, aber das doch nicht!" Er schloss die Augen, und die Gedanken in seinem Kopf jagten sich. Sein Gesicht verlor die Farbe.

Kommissar Klotzki sah ihn besorgt an. „Soll ich Ihnen ein Glas Wasser bringen?"

Wolfgang schüttelte den Kopf und versuchte, sich wieder in die Gewalt zu bringen. „Erstochen! Um Himmels willen, wer tut denn so etwas? Hat die Polizei schon eine Spur?"

Der Kommissar schüttelte den Kopf. „Leider nein. Aber vielleicht können Sie der Polizei ja helfen. Ich weiß, es ist in diesem Augenblick eine Zumutung, aber wir müssen Ihnen ein paar Fragen stellen."

Wolfgang nickte mechanisch.

„Haben Sie eine – und sei es noch so vage – Vermutung, wer das getan haben könnte? Mit wem hatte Ihr Bruder Kontakt? Hatte er Feinde?"

Wolfgang schüttelte den Kopf. „Ich habe nicht den Schimmer einer Ahnung. Ich weiß nicht, mit wem mein Bruder Kontakt hatte."

„Hat er Ihnen denn nie erzählt, was er so macht?"

Wieder schüttelte Wolfgang den Kopf.

„Wann haben Sie denn Ihren Bruder zum letzten Mal gesehen?", wollte die Beamtin wissen.

Als Antwort zuckte Wolfgang mit den Schultern. „Vor fünfundzwanzig Jahren? Ich weiß nicht ..."

Die beiden Polizisten sahen sich fragend an.

„Sagten Sie vor fünfundzwanzig Jahren?", fragte Kommissar Klotzki irritiert. „Wollen Sie damit sagen, dass Sie zu Ihrem Bruder keinen Kontakt hatten?"

„Genau das will ich sagen", sagte Wolfgang zögernd. „Ich habe die DDR illegal und in einem plötzlichen Entschluss verlassen. Mein Vater und mein Bruder blieben zurück. Als ich ihnen später schrieb, wie es mir ging, kam ein bitterböser Brief von meinem Bruder. Er lege keinen Wert mehr auf mich und wie es mir gehe, sei ihm egal. Das war's dann."

„Und das hat sich auch nach der Wende nicht geändert?", fragte Frau Höhne.

Wolfgang nickte. „Ich kann Ihnen nichts über meinen Bruder sagen."

Wieder sahen sich die beiden Polizeibeamten an. Nach

einer Pause ergriff Kommissar Klotzki das Wort: „Wir bitten Sie, noch heute Kontakt mit Hauptkommissar Berger in Leipzig aufzunehmen. Hier auf diesem Zettel steht seine Nummer. Bitte, es ist wichtig, dass Sie das tun."

Sie verabschiedeten sich und drückten noch einmal ihre Anteilnahme aus. Er blieb im Besprechungszimmer zurück und starrte die Wand an.

Irgendwann öffnete sich die Tür und seine Mitarbeiterin Miriam streckte ihren Kopf in den Raum. „Wolfgang, bist du fertig? Wir warten auf dich." Dann sah sie sein Gesicht. „Was ist los mit dir? Geht es dir nicht gut? Kann ich dir helfen?"

„Mir geht's beschissen."

„Soll ich einen Arzt ...?"

Er ließ sie nicht ausreden und wehrte mit einer Geste ab. „Ich brauche keinen Arzt. Aber tu mir einen Gefallen. Sag Dr. Schlingensief, dass ich ihn sofort sprechen muss. Hörst du? Ich lasse mir nur kaltes Wasser übers Gesicht laufen, dann komme ich. Sei so gut!"

Höchst alarmiert verließ sie den Raum.

Fünf Minuten später saß er seinem Chef wieder gegenüber und erklärte ihm, was vorgefallen war. „Hartmut, du musst unbedingt dem Big Boss absagen. Ich muss morgen nach Leipzig fahren."

Schlingensief runzelte die Stirn. Dem Chef des ganzen Konzerns abzusagen, war nicht nach seinem Geschmack. Andererseits, da saß sein bester Mann wie ein Häufchen Elend im Sessel, bleich und mit zitternden Händen. „Wolfgang, ich verstehe deine Lage. Aber ..." Er vollendete den Satz nicht.

„Hör zu, Hartmut! Dann lass meinetwegen James Bridgeman kommen. Mein Team nimmt das in die Hand. Sie können das so gut wie ich. Sag Big Boss über mich, was du willst."

„Wolfgang, ich weiß, dass du nicht ehrsüchtig bist und

deinen Mitarbeitern jeden Erfolg gönnst. Aber ich kann nicht Bridgeman kommen lassen, und der Chef der Entwicklungsabteilung ist nicht da. Versteh das doch!"

„Bitte, versteh mich, Hartmut."

Schlingensief dachte nach. „Hör zu, Wolfgang. Ich werde versuchen, ob er zu einem späteren Zeitpunkt seinen Besuch machen kann. Versprechen kann ich dir das aber nicht. Dein Team soll alles wie geplant für Mittwoch fertig machen. Fahr morgen nach Leipzig und tu, was du zu erledigen hast. Wenn sich Bridgemans Besuch nicht verschieben lässt, rufe ich dich an, und dann musst du am kommenden Mittwoch hier sein. Du musst! Hast du mich verstanden?"

„Okay", nickte Wolfgang, der sich allmählich wieder etwas beruhigt hatte.

Eine Stunde später – er war bereits zu Hause – rief er die Nummer in Leipzig an. Allerdings meldete sich nicht Hauptkommissar Berger, sondern eine Oberkommissarin Kühn-Landenberger. Trotz aller inneren Anspannung entging ihm nicht, dass sie eine angenehme, warme Stimme hatte.

„Es ist wichtig, dass Sie so schnell wie möglich kommen. Wann können Sie hier sein, Herr Blischke?"

„Ich dachte, morgen im Laufe des Tages. Ich muss erst noch packen. Sagen Sie mir, muss ich meinen Bruder identifizieren?"

„Nein, das müssen Sie nicht", sagte sie. „An der Identität Ihres Bruders besteht kein Zweifel. Aber Sie verstehen sicherlich, dass wir viele Fragen haben. Sie sind nach unseren Informationen der engste Angehörige des Toten. Sie werden seine Beerdigung organisieren müssen, wenn die Staatsanwaltschaft die Leiche freigegeben hat. Und Sie werden seinen Haushalt auflösen müssen. Aber diesen Zeitpunkt bestimmen natürlich Sie."

„Da kommt ja einiges auf mich zu."

„Das alles tut mir sehr leid für Sie, Herr Blischke. Ich denke, es reicht, wenn Sie am Nachmittag bei uns sind. Ach ja: Fahren Sie trotz allem vorsichtig. Kommen Sie gut in Leipzig an."

Ihre Anteilnahme tat ihm gut.

Dann wählte er Sylvias Nummer. Schon als er sich meldete, spürte sie, dass etwas vorgefallen sein musste.

„Wolfgang, was ist los?"

„Ich fahre morgen nach Leipzig."

„Nach Leipzig? *Du* fährst nach Leipzig? Wie kommt das?"

„Bernhard ist tot. Die Polizei hat mich informiert. Er wurde ermordet."

„Wolfgang, das ist ja schrecklich! Weißt du schon Näheres?"

„Nein. Ich weiß nur, dass er in seiner Gartenlaube erstochen worden ist."

Sie kannte ihren Mann gut genug, um zu wissen, dass gerade diese Todesart ihm besonders zu schaffen machte. „Wolfgang, das ist ja fürchterlich. Kann ich dir irgendwie helfen?"

Am liebsten hätte er sie gefragt, ob sie ihn begleiten würde. Aber er ließ es sein. Wahrscheinlich hätte sie ohnehin nicht freibekommen.

„Bitte, Wolfgang, halte mich auf dem Laufenden. Mach's gut. Ich denke an dich."

„Danke." Er hängte ein und setzte sich schwer atmend in einen Sessel.

„Vorwärts, Freie Deutsche Jugend!“

Irgendwann sah er auf die Uhr und erschrak. Er hatte noch nichts gepackt. Wo würde er in Leipzig unterkommen? Warum zum Kuckuck hatte er nicht gleich Beate, seine Sekretärin, angewiesen, ihm ein Hotelbett in Leipzig zu reservieren? Vielleicht war sie ja noch im Büro und konnte das erledigen. Erneut sah er auf die Uhr und entschloss sich, morgen selbst ein Zimmer zu suchen. Er wollte ihr nicht den Feierabend verderben.

Endlich holte er einen Koffer und eine Reisetasche und suchte einige Sachen zusammen. Es fiel ihm schwer, sich aufs Packen zu konzentrieren.

Ob es Vaters Garten war, in dem Bernhard ermordet worden war? Bald nach ihrem Umzug vom Westen in den Osten Leipzigs konnte ihr Vater einen Garten in einer Laubenkolonie unweit ihrer Wohnung pachten. Wenn das Wetter mitspielte, waren sie fast jedes Wochenende im Garten, wenigstens in der warmen Jahreszeit. Sein Vater legte Wert darauf, dass er und sein Bruder tüchtig mithalfen. Aber die Arbeit lohnte sich. Ihr Garten lieferte manches, was es in den Läden nicht oder nur schwer zu kaufen gab. Die Birnen hatte er immer so gern gegessen. Bernhard dagegen zog die Äpfel vor, die ihnen ein kleiner Baum in einer Ecke des Gartens schenkte.

Er setzte sich auf die Kante seines Bettes und hing seinen Gedanken nach. Zuerst hatten sie in Leipzig-Plagwitz gewohnt. Die Fenster im Treppenhaus waren bunt gewesen. Das hatte ihm als Kind so gefallen. In den Wohnungen des Hauses waren keine Toiletten. Die gab es im Treppenhaus eine halbe Etage tiefer. Von der Wohnung aus konnte man zu Fuß durch den Clara-Zetkin-Park zur Pferderennbahn gehen. Ein- oder zweimal im Jahr besuchte sein Vater ein Pferderennen und verwettete ein paar Mark. Wenn sie dann durch den Park auf demselben Weg zurückkamen, sagte sein Vater immer: „Das ist der Hätt-ich-doch-Weg!" „Warum heißt der so?", hatte Bernhard einmal gefragt, und sein Vater hatte gegrinst: „Weil sich alle Leute auf diesem Weg jetzt sagen: ‚Hätt' ich doch auf das andere Pferd gesetzt.'"

Wolfgang lächelte bei diesem Gedanken. Dann fiel ihm seine Mutter ein, die 1967 durch einen Verkehrsunfall ums Leben gekommen war. Wenige Monate nach ihrem Tod kam die Aufforderung, die Wohnung zu verlassen und in eine kleinere nach Sellerhausen-Stünz zu ziehen. Der Umzug war vor allem den beiden Jungen sehr schwergefallen, aber sein Vater schien froh gewesen zu sein. Zu vieles in der Plagwitzer Wohnung erinnerte ihn an seine Frau. Als sie den Garten bekamen, waren auch die beiden Jungen mit dem Umzug versöhnt. Aber zum Pferderennen ging sein Vater nie wieder.

Bernhard erstochen – in ihrem Garten. Ein entsetzlicher Gedanke! Das Erschrecken darüber brachte Wolfgang wieder zu sich. Hör endlich auf, Wolfgang!, dachte er. Du weißt nicht, ob es der alte Garten ist. Morgen wirst du es erfahren. Überleg dir lieber, was du der Polizei sagen willst.

Was soll ich ihr schon sagen? Die Wahrheit. Und die ist, dass ich keinen Kontakt mit meinem Bruder hatte.

Das stimmt nicht ganz. Und vor allem sein letzter Anruf …

Ach was!

Wolfgang stand auf und suchte die restlichen Sachen zusammen. Dann machte er sich etwas zu essen und trank noch einen Whisky, bevor er ins Bett ging. Er brauchte lange, um in einen unruhigen Schlaf zu fallen.

Als ihn sein Wecker am frühen Morgen aus dem Schlummer riss, fühlte er sich gerädert. „Nur noch ein paar Minuten …“, brummte er, drehte sich auf die rechte Seite und schloss noch einmal die Augen. Aus den fünf Minuten, die er sich geben wollte, um zu sich zu kommen, wurden fünfzig.

Mit sich selbst hadernd sprang er aus dem Bett, als er wieder auf das Display seines Weckers blickte. Eine Dreiviertelstunde später fuhr er seinen Lancia aus der Garage.

Er fuhr seinen italienischen Wagen nur selten, weil sich der PKW im Stuttgarter Stadtverkehr kaum lohnte und er seinen Arbeitsplatz bequem mit öffentlichen Verkehrsmitteln erreichen konnte. Unter anderen Umständen hätte er die Autofahrt bei diesem Bilderbuchwetter genossen, aber jetzt kreisten seine Gedanken ständig um Leipzig, um Bernhard, um den Mord in der Datsche, wie das Gartenhaus im Osten hieß, und was ihn wohl in Leipzig erwarten würde. „Also, Wolfgang, jetzt musst du dich deiner Vergangenheit stellen. Streng dich an!“, redete er sich selbst zu, als er auf der Schnellstraße Richtung Autobahn fuhr.

Nach knapp zwei Stunden Fahrt steuerte er einen Autobahnparkplatz an, um seinen Sakko auszuziehen. Auf dem Parkplatz stand ein Bus mit Schülern. Es mussten wohl ausländische Schüler sein, denn sie trugen eine Schuluniform.

Seine eigene Schulzeit fiel ihm ein, als er das blaue FDJ-Hemd getragen hatte. „Lernt im Geiste Thälmanns kämpfen.“ Moment mal, das war doch eine Liedzeile! Aber woraus? Ach ja!

„Lobt das Lernen,
mehrt das Wissen,
preist des Volkes Schöpferkraft!

Unsre Zeit greift nach den Sternen.
Ehr und Ruhm der Wissenschaft!
Vorwärts, Freie Deutsche Jugend!
Der Partei unser Vertrau'n.
An der Seite der Genossen
wollen wir heut das Morgen bau'n."

Wie ging die zweite Strophe? Richtig!

„Lernt im Geiste Thälmanns kämpfen
für die junge Republik …"

An dieser Stelle verließ ihn sein Gedächtnis. Warum fiel ihm jetzt dieser pathetische alte Schinken ein? Er schüttelte unwillkürlich den Kopf so heftig, dass drei Mädchen, die ihn beobachtet hatten, ihn erst entgeistert anschauten und dann kicherten und prusteten.

Wolfgang fühlte sich ertappt und startete wieder seinen Wagen. Was einem das Hirn doch für Streiche spielt!, dachte er. Wann habe ich dieses Lied zum letzten Mal gehört? Evelyn hatte dieses Lied so gern gesungen. Die „rote" Evelyn aus seiner Klasse, die alle Jungs heimlich bewunderten, weil sie mit vierzehn schon eine Figur wie eine Achtzehnjährige hatte. Sie war eine ganz stramme Thälmann-Pionierin gewesen und der Liebling aller Lehrer in Staatsbürgerkunde. Was wohl aus ihr geworden war?

Je länger er fuhr, desto mehr fielen ihm Ereignisse aus seiner Jugend ein. Es war gut, dass auf der Autobahn nicht viel Verkehr war, denn er hing seinen Gedanken nach. Er hatte sein Autoradio sehr leise gestellt, aber eine bekannte Melodie riss ihn aus seinen Gedanken und ließ ihn das Radio lauter stellen. Es war „Help" von den Beatles. Er hatte die Beatles immer gemocht und diesen Song mit seinem Drive sowieso. Auch unter den Jugendlichen der DDR hatte es so etwas wie eine Beatlemania gegeben. Am Anfang war der Arbeiter- und

Bauernstaat den Beatles sehr gewogen gewesen. Man war stolz auf die „Arbeiterjungs aus Liverpool" und sah in ihnen eine Bestätigung der schöpferischen Kraft der Arbeiterklasse. Aber diese Haltung änderte sich sehr schnell. Wolfgang grinste, als er sich an den berühmten Ausspruch Walter Ulbrichts erinnerte: „Isses denn wirklich so, dass wir jeden Dreck, der vom Westen kommt, nu kopieren müssen? Ich denke, Genossen, mit der Monotonie des Je-Je-Je, und wie das alles heißt, ja, sollte man doch Schluss machen." Dann hatte auch der Ober-FDJler Erich Honecker in einer Rede verlautbaren lassen, dass man zwar nichts gegen eine „gepflegte Beatmusik" habe, gewisse Kreise aber doch übersehen hätten, dass „der Gegner" die Beatmusik benutze, um Jugendliche „zu Exzessen aufzuputschen", um so „Unmoral und Skeptizismus" zu verbreiten und die „Deutsche Demokratische Republik von innen her aufzuweichen".

Wenn man in Wolfgangs Schulklasse Lust auf diese Musik hatte und darauf pfiff, ob sie Unmoral oder Skeptizismus verbreitete, konnte man entweder Westradio hören oder man ging zu Willi. Der hatte einen Onkel im Westen, der regelmäßig zweimal im Jahr zur Leipziger Messe kam und seinen Neffen Willi immer stapelweise mit geschmuggelten Platten beglückte. Keiner hatte eine so große Sammlung von Westplatten wie Willi. Kein Wunder, dass sich die halbe Klasse bei ihm traf.

Wolfgangs Lehrer in Staatsbürgerkunde kämpfte besonders heftig gegen die „Musik des Klassenfeindes". Willi rächte sich dafür eines Tages auf seine Weise. Er hatte eine alte Schallplatte mit „Satisfaction" von den Rolling Stones. Diese Platte war vom häufigen Abspielen so verkratzt und mitgenommen, dass Willi bereit war, sie für einen bösen Streich zu opfern. Er steckte sie in einem unbeachteten Augenblick diesem Lehrer in ein Seitenfach seiner Aktenmappe, das der Lehrer nicht ständig benutzte. Dann bekam der Genosse Direktor einen anonymen Brief, in dem ihm mitgeteilt wurde, Genosse Klimke bringe „schädliche Musik aus kapitalistischen Ländern“ in die Schule. Die Platte wurde prompt gefunden und der sozialistische Erzieher Klimke musste sich einige kritische Fragen gefallen lassen. Doch die Sache roch zu sehr nach einem gemeinen Schülerstreich, als dass Genosse Klimke allzu sehr in die Klemme geraten wäre, zumal der Direktor vom „gesunden Klassenbewusstsein“ seines Kollegen überzeugt war. Immerhin – im nächsten Schuljahr hatten sie einen anderen Lehrer. Die Sache hatte sich für die Beatfans in der Klasse gelohnt.

Ein Hinweisschild auf die erste Ausfahrt Richtung Leipzig riss Wolfgang aus seinen Gedanken. Aufregung, ja Angst überfiel ihn. Jetzt musste er sich für eine der Ausfahrten entscheiden und in die Stadt fahren. Am liebsten wäre er weitergefahren oder umgekehrt.

Am Schkeuditzer Kreuz bog er nach Osten ab und fuhr von Norden her in die Stadt. Der Verkehr forderte jetzt seine ganze Konzentration. „Leipzig, du hast dich gewaltig verändert!“, murmelte er, während er einen Parkplatz suchte. Das war genauso mühsam wie in Stuttgart. Schließlich landete er in einer Tiefgarage unweit der Thomaskirche. Aufatmend stieg er aus und suchte den Weg nach oben. Die Sonne blendete ihn. Er versuchte sich zu orientieren. Die Thomaskirche half ihm dabei. Als er vor dem Bach-Denkmal stand, fühlte er einen Kloß im Hals. Es war, als ob ihn die Stadt nach vielen Jahren als Heimkehrer begrüßte. Er setzte sich auf eine Bank, um seine Gefühle wieder in den Griff zu bekommen.

Schließlich stand er auf, um in einem der Hotels in der Innenstadt ein Zimmer zu bekommen. Er musste bald feststellen, wie schwer das war. Die preiswerteren Zimmer waren alle belegt, und er hatte keine Lust, jeden beliebigen Preis nur zum Übernachten zu bezahlen. So fuhr er mit seinem Wagen etwas aus dem Zentrum heraus und hatte Glück. Nahe einer Straßenbahnhaltestelle fand er nicht nur einen Parkplatz in einer Nebenstraße, sondern auch ein kleines Hotel, das brauchbare Zimmer zu einem angemessenen Preis bot.

Als die Wirtin, die ihm das Zimmer zeigte, sich eben zurückziehen wollte, fiel ihm etwas ein. „Haben Sie vielleicht die letzten Ausgaben der Zeitung?"

„Mal schauen", sagte sie und verschwand. Ein paar Minuten später klopfte sie an seiner Tür und legte ihm einige Ausgaben der „Leipziger Volkszeitung" auf den Tisch.

Er bedankte sich und überlegte. Bernhards Leiche war am Sonntag gefunden worden. Ob die Montagsausgabe bereits einen Artikel brachte? Er blätterte die Zeitung durch, fand aber nichts. Doch in der Dienstagsausgabe wurde er fündig. Eine kleine Notiz berichtete, dass in einer Schrebergartenanlage in Sellerhausen-Stünz ein Mann erstochen aufgefunden worden sei. Die Polizei tappe noch im Dunkeln, Kleingärtner hätten aber die Vermutung geäußert, dass der Tote, der in seinem Gartenhaus übernachtet hatte, eine Bande Jugendlicher überrascht habe. In letzter Zeit habe es vermehrt nächtliche Einbrüche in Gartenhäusern durch vermutlich jugendliche Täter gegeben.

Wolfgang ließ die Zeitung sinken. Bernhard von jugendlichen Einbrechern ermordet? Vielleicht. So abwegig war diese Vermutung nicht. Er sah auf die Uhr. In drei Stunden konnte er die Polizei fragen, zu welchen Ergebnissen sie bisher gekommen war. Eigentlich war jetzt die Zeit zum Mittagessen, aber er verspürte keinen Hunger.

In der Dimitroffstraße

Bevor er das Hotel verliess, studierte er den Stadtplan und stellte fest, dass er mit seinem Hotel Glück gehabt hatte. Wenn er in die Straßenbahn bei seinem Hotel einstieg, musste er nur vier Stationen fahren, um bereits am Hauptbahnhof zu sein. Das Auto konnte also auf seinem Parkplatz bleiben. Er war froh, diesen Parkplatz gefunden zu haben. Damals, zu seiner Zeit, war das noch einfacher gewesen.

Er beschloss, den Weg zur Polizei in der Dimitroffstraße zu Fuß zu gehen. Das war bequem zu schaffen, und nach der langen Fahrt würde ihm ein kleiner Fußmarsch helfen, den Kopf klarzubekommen.

Als er in der Nähe des Bundesverwaltungsgerichts in die Dimitroffstraße einbog, befiel ihn wieder ein Gefühl großer Beklommenheit. Die massiven Mauern des Polizeigebäudes verstärkten das Gefühl noch. Er holte tief Luft und klingelte an der Tür.

„Guten Tag! Mein Name ist Wolfgang Blischke. Ich habe einen Termin bei Hauptkommissar Berger."

Drei Minuten später stand der Beamte vor ihm.

„Guten Tag, Herr Blischke. Ich freue mich, Sie kennenzulernen, wenn auch der Anlass alles andere als angenehm ist. Kommen Sie mit in mein Büro."

Dort saß bereits die jüngere Kollegin des Hauptkommissars.

„Nehmen Sie bitte Platz!"

Berger hatte kurz geschorene Haare und graue Augen, die den Besucher aufmerksam musterten. Aus den Ärmeln des kurzen Hemdes ragten muskulöse Arme, die von einem rotblonden Flaum bedeckt waren.

„Sie werden verstehen, dass wir eine Reihe von Fragen an Sie haben, Herr Blischke. Aber zunächst werden Sie sicherlich einiges wissen wollen."

Wolfgang nickte und schluckte. Berger berichtete. Bernhard hatte in der Nacht vom Samstag zum Sonntag in der Gartenlaube übernachtet. Am nächsten Morgen war einem anderen Kleingärtner aufgefallen, dass das Gartentor offen stand, Bernhard aber nicht zu sehen war. Der Mann ging in den Garten und fand Bernhard auf dem Boden seiner Laube liegend. Man hatte ihm mehrmals in die Brust gestochen.

„Kann ich meinen Bruder sehen?"

„Selbstverständlich! Meine Kollegin wird nachher mit Ihnen ins Gerichtsmedizinische Institut fahren. Außerdem wird sie mit Ihnen in die Gartenanlage und in die Wohnung gehen. Die Arbeit unserer Spurensicherung im Garten ist abgeschlossen, sodass Sie jederzeit den Garten betreten können. Natürlich waren wir auch in der Wohnung Ihres Bruders. Haben Sie bitte Verständnis dafür, dass wir das ohne Ihre Einwilligung getan haben. Wir haben ja auch erst im Laufe unserer ersten Ermittlungen erfahren, dass es Sie gibt und dass Sie in Stuttgart wohnen."

Wolfgang nickte. „Eine Frage, Herr Berger. In der Zeitung fand ich die Vermutung, dass mein Bruder von Einbrechern ermordet worden ist. Was halten Sie davon?"

„Nun, wir ermitteln selbstverständlich in alle Richtungen", antwortete der Polizist bedächtig. „Richtig ist, dass wir immer wieder Einbrüche in Gartenhäusern haben. Die Laubenpieper sind natürlich mit solchen Verdächtigungen schnell bei der Hand, weil sie wütend auf die Einbrecher sind. Aber Mutmaßungen sind eine Sache, Tatsachen eine andere. Gestatten Sie mir eine Frage bei dieser Gelegenheit: Wo waren Sie eigentlich in der Nacht von Sonnabend auf Sonntag?"

Wolfgang schluckte. Der Hauptkommissar wollte doch nicht etwa ihn verdächtigen? „Ich war zu Hause."

„Kann das jemand bestätigen?"

Wolfgang überlegte. „Nein. Niemand."

„Hm. Sie tragen einen Ring, sind also verheiratet. Ihre Frau kann das auch nicht bestätigen?"

„Wir leben getrennt. Aber warten Sie! Meine Vermieter ... Nein, doch nicht. Die waren am Wochenende weg. Ich habe sie erst am Sonntagnachmittag bei ihrer Rückkehr wieder gesehen. Ich habe also kein Alibi. Aber ich würde doch meinem eigenen Bruder nichts tun."

Kaum hatte er den Satz ausgesprochen, kam er sich wie ein Narr vor. Warum sollte Berger ihm das glauben? Auf deutschen Friedhöfen lagen viele Leute, die von ihren eigenen Angehörigen umgebracht worden waren. Die Mundwinkel des Hauptkommissars zuckten leicht. Wolfgang fiel auf, dass die Kommissarin bisher kein Wort gesprochen hatte, ihn aber ständig aufmerksam beobachtete. Er fühlte sich zunehmend unwohl.

Nach einer kurzen Pause wandte sich auf einmal Frau Kühn-Landenberger an ihn. Wolfgang registrierte, dass der Hauptkommissar nun die Rolle des Beobachters übernahm.

„Sie sagten unseren Stuttgarter Kollegen, dass Sie nach Ihrer Republikflucht keinen Kontakt mehr zu Ihrem Bruder hatten. Ist das so richtig?"

„Ja, das stimmt."

„Überhaupt keinen Kontakt? Überlegen Sie genau." Ihre Skepsis war mit Händen zu greifen.

„Nun ja", Wolfgang zögerte mit der Antwort, „nachdem ich einige Zeit im Notaufnahmelager war, habe ich einen Brief nach Hause geschrieben und meinem Vater und meinem Bruder gesagt, dass es mir gut ging. Ich bat sie, Verständnis für meinen Schritt zu haben. Ich musste lange auf eine Antwort warten. Dann kam ein Brief von meinem Bruder. Ich hätte mich von meiner Familie böswillig getrennt. Ich sei für ihn und für unseren Vater darum so gut wie tot. Sie wünschten keinen weiteren Kontakt. Dann, etwa anderthalb Jahre nach meiner Flucht, starb mein Vater. Bernhard, also mein Bruder, schickte mir ein kurzes Telegramm mit der Nachricht. Ich habe daraufhin zurücktelegrafiert, er solle mir sagen, wann und wo unser Vater beerdigt werden würde. Ich würde auf alle Fälle kommen." Wolfgang presste die Lippen aufeinander, als ob sein nächster Satz nicht gesagt werden sollte. Dann holte er tief Luft. „Bernhards Antwort bestand aus einem Telegramm, in dem er mir mitteilte, ich hätte Vaters Herz gebrochen und solle darum bleiben, wo ich war."

Er schwieg einen Moment. Dann fuhr er mit leiser, belegter Stimme fort: „Etwas Schlimmeres hätte mir Bernhard nicht antun können. Ich glaube, ich habe ihn in diesem Augenblick gehasst. Mein Vater hat mir sehr viel bedeutet. Nicht zu seiner Beerdigung zu können ... Ich bin damals beinahe verrückt geworden." Er schwieg wieder.

„Wie ging es dann weiter?", fragte die Kommissarin nach.

„Funkstille. Wir hatten uns nichts mehr zu sagen."

„Es gab auch nach der Wende keinen Versuch von Ihnen oder Ihrem Bruder, diese Funkstille zu beenden?"

Wolfgang zögerte wieder. Er hatte diese Frage erwartet und befürchtet. Sie konfrontierte ihn mit seinem Versagen.

„Nun, Herr Blischke?"

Unwillkürlich seufzte er auf. „Ich habe von da an keinen Kontakt mehr gepflegt, aber Anfang des Jahres", er fuhr sich mit der Zunge über die trockenen Lippen, „also Anfang des Jahres kam erstmals ein Anruf von Bernhard. Damit hatte ich überhaupt nicht gerechnet."

Er schwieg wieder und sah vor sich auf den Tisch. Dann blickte er auf.

„Kann ich bitte ein Glas Wasser haben?"

Die Beamtin stand auf, um ihm seinen Wunsch zu erfüllen. Dann sah sie ihn an. „Sie hatten mit diesem Anruf nicht gerechnet. Das verstehe ich. Und was wollte Ihr Bruder?" Sie ließ einfach nicht locker.

Es hatte keinen Sinn, sich zu verstecken. Wolfgang gab sich einen Ruck. „Es kam plötzlich ein ganz neuer Ton von Bernhard. Er habe über vieles nachgedacht und sehe ein, dass er Fehler gemacht habe. Das täte ihm leid. Ob wir uns sehen und aussprechen könnten."

Die Beamtin schien überrascht. Sie sah Wolfgang noch interessierter an. „Und was haben Sie darauf geantwortet?"

Wolfgangs Stimme wurde lauter. „Ich bin ausgerastet. Die ganze Wut von früher kam bei mir hoch." Dann senkte er die Stimme. „Ich habe ihm gesagt, nach allem, was er mir bei Vaters Tod angetan habe, solle er nun bleiben, wo er ist."

Er machte eine Pause.

„Verstehen Sie", sagte Wolfgang zögernd, „ich habe ihm eine Retourkutsche reingedonnert. Ich wollte ihm wehtun. Dann habe ich das Gespräch abgebrochen. Ich habe mich benommen wie ein Idiot. Jetzt kann ich es nicht wiedergutmachen." Er faltete die Hände und ließ die Finger knacken. Dann wieder ein Augenblick des Schweigens.

„Und das war dann Ihr letzter Kontakt mit Ihrem Bruder?"

Wolfgang schwieg.

„Herr Blischke! Würden Sie bitte meine Frage beantworten."

Wolfgang presste die Lippen aufeinander.

„Ihr Bruder hat Sie gestern vor drei Wochen noch einmal

angerufen", schaltete sich der Hauptkommissar ein. Seine Stimme klang schneidend. „Selbstverständlich haben wir uns dafür interessiert, wen Ihr Bruder in letzter Zeit angerufen hat. Dabei fanden wir Ihre Nummer. Das Gespräch dauerte nicht lange, nämlich siebenundvierzig Sekunden. Das ist nicht viel. Dennoch würde mich interessieren, was Ihr Bruder Ihnen gesagt hat."

Wolfgang war etwas eingeschüchtert. „Er bat mich dringend, mit ihm zu sprechen. Es sei äußerst wichtig, ganz egal, was zwischen uns stehe."

„Und Ihre Antwort?" Wieder die schneidende Stimme. „Was war Ihrem Bruder so wichtig?"

Wolfgang wäre am liebsten unter dem Schreibtisch verschwunden. „Ich weiß es nicht", sagte er leise, „ich habe ihm nur gesagt, er solle mich endlich in Ruhe lassen. Dann habe ich aufgelegt."

Wolfgang erwartete einen Wutausbruch des Polizeibeamten, den Satz: Herr Blischke, Sie sind ein kompletter Idiot! Aber der Hauptkommissar explodierte nicht. Er räusperte sich, und was er dann sagte, war für Wolfgang noch schlimmer: „Schade, Herr Blischke. Wenn wir wüssten, was Ihr Bruder so dringend auf dem Herzen hatte, wären wir vielleicht – ich sage: vielleicht – jetzt ein Stück weiter."

Er atmete hörbar durch. „Gut, Herr Blischke. Das soll für den Moment genügen. Dennoch habe ich noch ein paar Fragen. Könnten Sie morgen Vormittag gegen halb elf Uhr hier sein? – Wunderbar! Ach ja, wie lange werden Sie in Leipzig sein?"

„Das hängt auch von meiner Firma ab. Aber vor Sonntag werde ich wohl nicht abreisen."

„Gut. Sie können schon einmal rausgehen. Meine Kollegin wird in wenigen Minuten zu Ihnen kommen und mit

Ihnen in die Gerichtsmedizin fahren. Auf Wiedersehen bis morgen!"

Er gab Wolfgang die Hand, der aufatmend das Büro verließ.

Hauptkommissar Berger sah seine Assistentin an. „Was halten Sie von ihm? Hat er uns alles gesagt?"

Sie wiegte den Kopf hin und her. „Ich weiß es nicht. Manche Sachen musste man ihm sehr mühsam aus der Nase ziehen. "

Berger nickte. „Kann ja sein, dass ihm sein Verhalten nur peinlich ist. Aber noch traue ich ihm nicht über den Weg. Wir werden ihn genau im Auge behalten und beobachten."

„Wir haben zurzeit kaum Leute, Herr Berger. Wer bitteschön ist ‚wir'?"

„Immer die, die fragt!", grinste ihr Vorgesetzter.

Die Eintragung

Als Wolfgang am späteren Abend wieder in seinem Hotelzimmer saß, war er nicht nur müde, sondern fühlte sich auch deprimiert. Er hätte gern geschlafen, gleichzeitig war er angefüllt mit den Eindrücken des Tages. Er wusste, dass er kein Auge zumachen würde, wenn er jetzt ins Bett ging. Im Zimmer gab es keinen Kühlschrank mit Minibar. Gab es in diesem Hotel überhaupt etwas zu trinken? Er ging zwei Treppen hinunter zum Nachtportier und ließ sich zwei Flaschen Wernesgrüner Pils geben. Als er das erste Glas getrunken hatte, klingelte sein Handy.

„Hallo Sylvia, nett, dass du anrufst!"

„Woher weißt du, dass ich ... Ach so, du siehst ja meine Nummer auf dem Display. Wie geht es dir? Ich musste den ganzen Tag an dich denken. Heute war ich bestimmt eine sehr unkonzentrierte Lehrerin."

Er lächelte leicht. Dann wurde er wieder ernst. „Um ehrlich zu sein, geht es mir nicht sehr gut. Ich bin total durch den Wind. Ich bin lange Autofahrten nicht mehr gewöhnt, dann das Wiedersehen mit meiner Heimatstadt nach all den vielen Jahren, die Befragung durch die Polizei, Bernhards Leiche in der Gerichtsmedizin, nachher der Garten und die Wohnung – irgendwie macht mich das gerade völlig fertig."

„Du Ärmster!", sagte sie teilnahmsvoll. „Magst du mir ein wenig erzählen?"

„Wo fange ich an?", seufzte er. „Na ja, irgendwann auf der Fahrt habe ich festgestellt, dass, je näher ich Leipzig kam, mir umso mehr Dinge aus meiner Kindheit und Jugend eingefallen sind. Dinge, an die ich schon eine Ewigkeit nicht mehr gedacht hatte. Das war sehr komisch. Und dann die

Stadt selber ... Wie soll ich das erklären? Natürlich ist das Leipzig von heute nicht mehr das Leipzig von 1982, als ich die Stadt verlassen habe. Trotzdem war mir vieles vertraut, viel mehr, als ich gedacht hätte. Überraschend vertraut. Bis hin zu den großen Steinplatten, aus denen viele Gehwege gemacht sind. Die waren schon zuzeiten meiner Großeltern so. Viele Gebäude, die ich nur grau und braun in Erinnerung hatte, bedeckt vom Ruß der Braunkohle, sind heute renoviert und sehen prächtig aus. Dazwischen findest du Häuser, bei denen wohl die Eigentumsfrage nicht geklärt ist oder so. Was weiß ich! Jedenfalls sehen sie heute noch dreckiger und kaputter aus als zu meiner Zeit. Sie fallen zwischen all den herausgeputzten Häusern krass auf."

„Hast du eine gute Unterkunft gefunden, Wolfgang?"

„Ich bin zufrieden. Nichts Besonderes. Aber das Hotel liegt sehr verkehrsgünstig, das Zimmer ist sauber und die Matratze in meinem Bett ist ganz in Ordnung." Er lächelte leicht. „Mal sehen, wie morgen das Frühstück sein wird."

Er schwieg einen Moment. „Erzähl weiter!", forderte sie ihn auf. „Du musstest dann zur Polizei. Wie war das?"

„Erinnere mich nicht dran!", seufzte er. „Berger, das ist der Leiter der Mordkommission, hat mich viel nach Bernhard befragt. Du, das ist so ein ganz Energischer. Dabei konnte ich ihm doch fast nichts sagen. Ich habe das Gefühl, er nimmt mir das nicht ab. Morgen will er noch mal mit mir reden. Ich wüsste nicht, was ich ihm sagen könnte. Seine jüngere Kollegin ist dann mit mir in die Gerichtsmedizin gefahren, weil ich Bernhard sehen wollte."

Er schwieg eine ganze Weile, und sie war klug genug, das Schweigen nicht zu unterbrechen.

„Sie haben mir natürlich nur sein Gesicht gezeigt. Ich war total verwirrt. Das lag nicht allein daran, dass ich den Anblick von Leichen nur schlecht aushalte, wie du weißt. Diese bleiche Gestalt sah so völlig anders aus, als ich mir das vorgestellt hatte, viel älter. Er hatte eine Halbglatze. Komisch! Ich weiß keinen männlichen Verwandten von uns, der eine Glatze gehabt hätte. Ich muss dann wohl gemurmelt haben: ‚Das soll Bernhard sein?‘, auf alle Fälle wurde die Kommissarin lebhaft und fragte mich, ob ich daran zweifelte. Ich habe mir seinen linken Unterarm zeigen lassen. Da war die Narbe, die er meinem Taschenmesser verdankt. Diese blöde Narbe war noch das Vertrauteste an meinem Bruder."

Wolfgang sprach jetzt lauter und etwas schneller. „Verstehst du, da liegt dein eigener Bruder, und du erkennst ihn nicht wieder. Du weißt nicht, was er gemacht hat, du weißt nicht, wovon er gelebt hat, du weißt eigentlich gar nichts über ihn, nur Dinge, die bald dreißig Jahre her sind. Ich weiß nicht mal, ob er verheiratet war. Nichts, gar nichts weiß ich über ihn! Warum habe ich verbohrter Idiot mich nicht mehr um ihn gekümmert? Warum habe ich ihn abblitzen lassen, als er wieder mit mir reden wollte? Kannst du mir das sagen?"

„Du warst von ihm verletzt, Wolfgang."

„Ich habe mich trotzdem idiotisch benommen." Ihm versagte die Stimme.

Sylvia wurde davon überrascht. Sie spürte, wie nahe ihr das Gespräch ging. So offen, so ehrlich, so ausführlich hatte er schon seit langer Zeit nicht mehr über sich selbst und seine Gefühle gesprochen. Sie hätte ihn gern getröstet, aber ihr fehlten die richtigen Worte. So schwieg sie und ließ ihm Zeit, sich wieder zu fangen.

„Ich erzähl mal weiter", sagte er leise. „Sie ist dann mit mir in den Garten gefahren. Es war unser alter Garten, und wenn plötzlich mein Vater aus dem Gartenhaus gekommen wäre, hätte es mich nicht mal gewundert. So viele Dinge standen plötzlich vor mir. Ich habe nur halb zugehört, als mir die Kommissarin sachlich einige Dinge erklärte, wo und wie mein Bruder dagelegen habe und so."

„Das muss sicherlich für dich ..., na ja, schwierig gewesen sein."

Er nickte, aber das konnte sie ja nicht sehen.

„Und wie war es für dich, als ihr in Bernhards Wohnung wart?"

Er holte tief Luft und strich sich die Haare aus dem Gesicht. „Da steigerte sich alles noch. Es ist unsere alte Wohnung. Vom Garten aus bist du in wenigen Minuten schon an dem Haus. Natürlich war die Etagentür mit einem Polizeiband zugeklebt, aber Frau Kühn-Landenberger machte das Siegel weg und sagte mir, es käme auch nicht mehr dran. Die Polizei hat schon kurz nach Entdeckung des Mordes die Wohnung genau untersucht. Ich kann jetzt über die Wohnung verfügen.

Weißt du, Sylvia, es ist komisch. Einerseits ist es die alte Wohnung, in der du Jahre deines jungen Lebens verbracht hast, und trotzdem hast du das Gefühl, unbefugt die Wohnung eines Fremden zu betreten. Verstehst du, ich kam da rein und wusste sofort, wo welcher Raum ist. Zum Teil stehen da noch Möbel, die ich schon benutzt habe. Ich frage mich, was Bernhard eigentlich all die Jahre gemacht hat und warum er nie umgezogen ist. Dieses Vertraute und zugleich Fremde – ich weiß gar nicht, wie ich das beschreiben soll."

„Bist du lange in der Wohnung geblieben?"

„Ich habe nicht auf die Uhr geschaut, aber es muss wohl schon einige Zeit gewesen sein. Die Kommissarin ist bald gegangen, nachdem sie mir alle Schlüssel übergeben hatte. Ich habe mich an den Küchentisch gesetzt und aus dem Fenster gestarrt. Irgendwann bin ich dann von Raum zu Raum gegangen und habe mir alles ein wenig genauer angeschaut. Im Wohnzimmer habe ich dann etwas gefunden, was mich ziemlich verblüfft hat. Du ahnst nicht, was."

„Sag's mir, Wolfgang!"

„Bernhard hatte da ein großes Regal mit vielen Büchern, darunter jede Menge politisches Zeug. Aber zwei Bücher lagen so da, als ob er sie erst kürzlich in der Hand gehabt hätte. Es war eine Lutherbibel und dann noch ein Buch: ‚Hoffnung für alle', was auch eine Bibel ist, aber in einer neueren Übersetzung."

„Na ja", meinte Sylvia, die Wolfgangs Erstaunen über diesen Fund nicht ganz nachvollziehen konnte, „vielleicht hat er sich dafür interessiert."

„Ja, aber Sylvia!", rief Wolfgang irritiert. „Wir Blischkes haben es nie mit der Religion gehabt. Wenn die Bibeln nur so dagelegen wären! Aber ich habe darin geblättert. Er hat jede Menge Sätze unterstrichen, hat sich Anmerkungen am Seitenrand gemacht usw. Mein Bruder muss sich übrigens zu einem sehr peniblen Menschen entwickelt haben. Ich habe nämlich festgestellt, dass er bei jedem Buch vorn das Datum des Kaufs eingetragen hat. Er hat sich beide Bibeln kurz nacheinander im letzten Herbst angeschafft. Ich möchte wissen, was da in ihm vorgegangen ist."

„Vielleicht entdeckst du in der Wohnung noch mehr Dinge, die dir helfen, ein Bild von deinem Bruder zu gewinnen."

„Ja, vielleicht."

Er schwieg wieder und spürte plötzlich eine große Müdigkeit in sich aufsteigen. Doch er wollte das Gespräch nicht auf einmal beenden. Es hatte ihm gutgetan, mit ihr über die Eindrücke dieses Tages zu reden.

„Du, Sylvia!"

„Ja?"

„Danke, dass du angerufen hast. Das Gespräch mit dir hat mir geholfen, meine Eindrücke und Gefühle ein bisschen zu ordnen. Sei nicht böse, wenn ich jetzt aufhöre. Ich werde mein Bier austrinken und dann ins Bett gehen. Wer weiß, was Berger morgen alles von mir wissen will."

„Gute Nacht, Wolfgang, schlaf gut!"

Sie war ihm nicht böse. Wenn das Thema nicht so ernst gewesen wäre, wäre sie wohl über das Gespräch glücklich gewesen. Sie war froh über seine Offenheit. Mehr als sonst hatte er sie in sein Herz schauen lassen. Lange beschäftigte sie sich mit seinem Bericht. Später als üblich kam sie zum Schlafen.

Während Wolfgang sein Bier austrank, blieben seine Gedanken bei Bernhards Bibeln hängen. Es war nicht nur die Tatsache, dass sein Bruder zwei Bibeln besaß und in ihnen offensichtlich ausgiebig gelesen hatte. Da war noch etwas. Auf der ersten Seite der Lutherbibel hatte er eine handschriftliche Eintragung seines Bruders gefunden: „Ich bin Zachäus."

Komisch! Wolfgang schüttelte den Kopf. Was hatte das zu bedeuten? Wer war Zachäus? Wolfgang ärgerte sich. Ich hätte Sylvia fragen können!, dachte er. Vielleicht könnte sie ja was mit diesem Satz anfangen. Na, egal! Von allen Rätseln war das wohl noch das kleinste. Die große Frage war: Wer hatte Bernhard umgebracht und warum? Waren es Einbrecher gewesen? Er schüttelte wieder den Kopf. Es hatte keinen Sinn, jetzt darüber nachzugrübeln.

Er ging ins Bett und versuchte zu schlafen.

Das Verhör

DAS FRÜHSTÜCK IM HOTEL übertraf mit seiner Reichhaltigkeit Wolfgangs Erwartungen. Nachdem er in der Nacht trotz aller Erlebnisse einigermaßen gut geschlafen hatte, aß er mit großem Appetit. Normalerweise frühstückte er sehr einfach. Von seinem Einkommen her hätte er sich einen aufwendigeren Lebensstil leisten können, aber er war von früher Einfachheit gewöhnt, und sie machte ihm nichts aus. Die schöne große Wohnung und sein gut ausgestattetes Auto waren der einzige Luxus, den er sich gönnte. Umso lieber frühstückte er gut, wenn sich einmal die Gelegenheit bot.

Er beschloss, wieder zu Fuß in die Dimitroffstraße zu gehen. Die Sonne schien warm, und es war schwüler als am Vortag. Er geriet ins Schwitzen. Was wollte ihn Berger denn noch fragen? Er hatte nicht mehr zu sagen als gestern. Aber vielleicht würde ihn Berger dreimal zu den immer gleichen Dingen befragen in der Hoffnung, irgendwelche Widersprüche in seiner Aussage zu entdecken. Denn es war wohl so, dass Berger ihm misstraute. Wolfgang ärgerte sich über Berger und über sich selbst. Warum hatte er damals Bernhard nicht ausreden lassen, als er ihn angerufen hatte? „Wolfgang, man zahlt für alles im Leben!“, sagte er sich selbst.

Hauptkommissar Berger wirkte heute weniger distanziert als gestern. Freundlich erkundigte er sich nach Wolfgangs Wohlbefinden. Dann kam er zur Sache. „Herr Blischke, nachdem Sie uns ja über Ihren Bruder leider fast nichts sagen können, möchte ich Sie heute bitten, mir etwas mehr von sich zu erzählen.“

Wolfgang schaute den Polizeibeamten irritiert an. „Ich

glaube nicht, dass Ihnen das helfen wird, den oder die Mörder meines Bruders zu finden."

Berger lächelte. „Lassen Sie das getrost unsere Sorge sein. Wissen Sie, manchmal sind es die kleinsten Dinge, die uns weiterhelfen. Ich will ehrlich zu Ihnen sein. Mich beschäftigt die Frage, was Ihr Bruder Ihnen vor drei Wochen so dringend mitteilen wollte. Vielleicht hatte das ja doch mehr mit Ihnen zu tun, als Sie vermutet haben."

„Also ich weiß nicht …"

„Schauen wir mal, Herr Blischke, und legen wir los." Er lehnte sich in seinem Stuhl zurück und spielte mit einem Kugelschreiber. „Ich weiß, dass Sie Rundfunktechniker sind, und ich habe mir sagen lassen, Sie seien auf Ihrem Gebiet eine Koryphäe. Entwickeln Sie Rundfunkgeräte?"

Nun lächelte Wolfgang ein wenig. „Mein Spezialgebiet ist die Kurzwelle."

Der Polizist schnitt eine Grimasse. „Kurzwelle – das ist doch dieses Rundfunkband, das heute kaum einer mehr hört. Die Sender sind schlecht einzustellen, man hört Rauschen, Knattern und Piepsen, die Sender laufen einem weg und manchmal hört man zwei Sender gleichzeitig."

„Das ist dann der Fall, wenn Sie ein billiges Gerät benutzen", erwiderte Wolfgang. „Aber die Digitalisierung kommt wie heute beim Fernsehen auch in diesem Bereich. Bald werden Sie die wichtigsten internationalen Rundfunkstationen in guter Qualität hören können. Außerdem braucht man diesen Wellenbereich nicht nur für normalen Rundfunk. Funkamateure lieben die Kurzwelle. Auf Kurzwelle werden Fernschreiben verschickt, Wetterkarten gefaxt usw. Auch im internationalen Flugverkehr spielt die Kurzwelle eine große Rolle, wenn man längere Strecken funktechnisch überbrücken muss."

„Das ist ja interessant." Berger neigte sich Wolfgang zu. „Erzählen Sie weiter."

Wolfgang wurde lebhaft wie immer, wenn das Gespräch auf sein Fachgebiet kam: „Um es ganz einfach zu sagen: Wenn Sie mit überschaubarem Aufwand eine lange Strecke überbrücken müssen oder eine große Fläche abdecken wollen, ohne Satelliten zu benutzen, kommen Sie ohne Kurzwelle nicht aus. Das ist auch der Grund, warum der Kurzwellenrundfunk in vielen Ländern dieser Erde immer noch eine sehr große Rolle spielt."

„Aha! Man lernt doch nie aus. Sie bauen also die Sender und Empfänger dazu. Ich könnte mir so ein Gerät kaufen, wenn mich das interessieren würde."

Wolfgang lächelte leicht. „Ich weiß ja nicht, was ein Hauptkommissar verdient, doch ich befürchte, dass Sie sich so ein Gerät kaum leisten könnten. Für unsere Spitzenprodukte werden Sie locker sechzigtausend Euro los, und mit Zubehör auch einiges mehr, wenn's sein muss."

Berger pfiff durch die Zähne. „Donnerlittchen! Wer hätte das gedacht? Das übersteigt tatsächlich mein Budget. Aber wozu braucht man derart teure Geräte?"

„Schauen Sie! In der Tat hat die Kurzwelle so ein paar Schwierigkeiten, denen Sie mit entsprechendem technischem Aufwand begegnen können. Dazu kommt, dass manche Sender sehr schwach sind. Stellen Sie sich zum Beispiel vor, da sitzen irgendwo in einem riesigen Dschungel oder meinetwegen im unwegsamen Hindukusch irgendwelche Rebellengruppen, die sich mit zum Teil selbst gebauten Sendern und Empfängern untereinander verständigen. Wenn man die in der Hauptstadt oder vielleicht in Washington oder in Moskau hören will, dann ist man mit einem unserer Geräte ganz froh."

Berger massierte sich die Unterlippe mit seinen Fingern. „Jetzt verraten Sie mir noch, wer diese teuren Geräte kauft. Obwohl – ich ahne es bereits."

Wolfgang nickte. „Botschaften, Nachrichtenagenturen, Geheimdienste, Militärs – das ist unsere Kundschaft."

Der Hauptkommissar überlegte ein Weilchen. „Dann sind Sie also ein ganz wichtiger Mann. Ich nehme an, dass alles, was Sie entwickeln, so lange geheim bleibt, bis Sie es auf den Markt bringen."

„Ja, natürlich. Wir betreiben einen ziemlichen Aufwand, um Werkspionage zu unterbinden. Wie Sie wissen, gibt es Länder, die da alles andere als zimperlich sind."

„Darf ich Sie trotzdem fragen, an welchem Projekt Sie derzeit arbeiten? Oder ist das auch geheim?"

Wolfgang lächelte. „Unser letztes Projekt haben wir eben abgeschlossen. Es handelt sich um eine kleine Antenne mit entsprechendem Verstärker. Es ist immer gut, wenn Sie außerhalb von Gebäuden fern aller störenden Einflüsse eine große Antennenanlage betreiben können. Aber das ist manchmal nicht möglich. Wenn ich Ihnen das kurz erklären soll ..."

Berger machte eine abwehrende Bewegung. „Verschonen Sie mein armes Polizistenhirn mit allzu viel Technik. Aber sagen Sie mir bitte eines: Hatte Ihre Firma in letzter Zeit mit Industriespionage zu tun?"

Wolfgang war bestürzt. „Nicht dass ich wüsste! Aber warum fragen Sie mich das alles? Was hat mein Beruf mit der Ermordung meines Bruders in seiner Gartenlaube zu tun? Sagen Sie mir das!"

Wieder wehrte Berger mit der Hand die Frage ab. „Langsam, Herr Blischke! Ob es etwas damit zu tun hat, ist derzeit nur eine Frage unter vielen, und ein guter Polizist wird jede Möglichkeit in Erwägung ziehen. – Lassen Sie mich eine andere Frage stellen: Sie haben damals Ihren Wehrdienst in der NVA abgeleistet?"

Wolfgang nickte.

„Und bei welcher Waffengattung waren Sie da? Ich könnte mir vorstellen, dass so einer wie Sie bei den Funkern war."

Wolfgang verzog sein Gesicht. „Da wäre ich zwar gern hingegangen, wenn ich schon zur Armee musste, aber der Arbeiter- und Bauernstaat meinte, dass ich besser Panzergrenadier sein sollte."

„Und Sie haben bei der Armee keine besondere Ausbildung genossen?"

„Ich habe bei der NVA überhaupt nichts genossen!", schnaubte Wolfgang. „Ich habe jeden Tag gezählt, der mich meiner Entlassung näher brachte. Erinnern Sie mich nicht daran. Ich habe diese Zeit in meiner Erinnerung weitgehend gelöscht."

„Sie haben also Ihren ganz normalen Dienst als Grenadier geleistet. Mehr nicht?"

„Das sagte ich Ihnen bereits!", erwiderte Wolfgang etwas gereizt, weil er die Frage des Hauptkommissars nicht einordnen konnte. „Ich habe das Genick eingezogen, mein Maul gehalten und war froh, wenn man mich in Ruhe ließ."

Berger nickte. „So habe ich es auch gehalten. Ach, ich vergaß zu fragen: Wollen Sie etwas trinken?"

Wolfgang nickte. „Ein Glas Wasser wäre angenehm. Und dann hoffe ich, dass ich bald gehen kann", sagte er und versuchte zu lächeln. Ihm war aufgefallen, dass Kommissarin Kühn-Landenberger sich an dem Gespräch nicht beteiligte. Sie machte nur Notizen. Jetzt stand sie auf, um ihm das gewünschte Wasser zu bringen.

Berger lächelte leicht. „Ich fürchte, ein wenig muss ich

Ihre Geduld noch strapazieren. Außerdem habe ich nicht jeden Tag einen so interessanten Gesprächpartner wie Sie."

Was soll das?, dachte Wolfgang. Glaubst du, ich merke nicht, dass du mit verdeckten Karten spielst? Er zog die Luft ein und machte sich auf neue Überraschungen gefasst.

„Herr Blischke", fuhr Berger fort, „ich habe da noch ein paar Fragen, die sich auf Ihre ersten Jahre in der Bundesrepublik beziehen. Sie haben sich 1982 aus der DDR abgesetzt und kamen nach Westdeutschland. Wie ging es da weiter?"

Wolfgang räusperte sich. „Nun ja, ich war ja mit nichts gekommen und hatte auch keine Verwandten im Westen. Deshalb habe ich längere Zeit im Aufnahmelager in Gießen verbracht. Schließlich bekam ich eine Stelle als Ingenieur bei Grundig. Da war ich dann etwa zwei Jahre. Das half mir, mir hier eine Existenz aufzubauen. Aber die Arbeit unterforderte mich. Verstehen Sie mich nicht falsch – ich war dankbar für meinen Job. Aber mein Lehrer in der DDR, Professor Bergmann, war ein Könner und er wollte mich zum Wissenschaftler und Lehrer aufbauen. So war ich schließlich froh, als ich zu Bridgeman Electronics wechseln konnte."

„Wie kamen Sie zu Ihrer neuen Stelle?"

„Ich vermute, das hing mit einem anderen Ingenieur zusammen, der damals bei Grundig arbeitete und dann zu Bridgeman wechselte. Einige Zeit später bekam ich ein Angebot von dieser Firma und habe das dankbar angenommen. Natürlich haben die mich nicht gleich zum Chefingenieur gemacht, aber die Arbeit war doch abwechslungsreicher und herausfordernder."

„Wie hieß denn dieser Ingenieur?"

„Jetzt bringen Sie mich in Verlegenheit! Ich habe den Namen vergessen. Wiesinger oder so ähnlich. Ich hatte in Stuttgart kaum mit ihm zu tun, da er in einer anderen Abteilung war und dann bald nach meinem Kommen in die Zentrale nach Seattle wechselte."

„An den Namen können Sie sich nicht genauer erinnern?"

Wolfgang schüttelte den Kopf. „Leider nein."

„Lassen Sie es mich wissen, falls er Ihnen wieder einfällt", bat Berger. „Da ist noch etwas, Herr Blischke. Haben irgendwelche Leute aus der DDR versucht, mit Ihnen – na, sagen wir mal – Kontakt aufzunehmen?"

Wolfgang schluckte. In welche Richtung ging denn dieses Gespräch? Er war aufs Höchste alarmiert, denn da gab es tatsächlich eine Sache.

„Es war 1984 oder 1985", sagte er zögernd, „ich war damals noch nicht verheiratet und machte Urlaub am Bodensee, weil ich diese Landschaft kennenlernen wollte. Ich hatte mich in einem netten Hotel in der Nähe von Friedrichshafen einquartiert. Die ersten Tage vergingen, ohne dass etwas Besonderes passiert wäre. Dann lernte ich im Hotelrestaurant zwei Männer kennen, die wohl ebenfalls Urlaub machten und enge Freunde zu sein schienen. Wir kamen ins Gespräch. Sie kannten die Gegend besser als ich und machten ein paar schöne Ausflüge mit mir. Dann fragten sie mich, ob ich Lust auf eine Segelpartie hätte. Was für eine Frage! Ich hatte noch nie gesegelt. Wir wollten den ganzen Tag auf dem See bleiben.

Zunächst war alles sehr schön. Dann fingen sie an, mich vieles zu fragen. Über meine Herkunft, über meine Zukunftspläne und über meine Arbeit. Die Fragerei wurde mir zunehmend lästig, aber wenn Sie mitten auf dem See irgendwo zwischen Deutschland und der Schweiz sind, können Sie schlecht weglaufen. Schließlich ließen sie die Katze aus dem Sack. ‚Du hast sicher eine große Karriere vor dir, Wolfgang', sagte der eine, ‚aber ist dir klar, dass du alles, was du hier bist und werden wirst, den Arbeitern und Bauern der Deutschen Demokratischen Republik verdankst? Dieser Staat hat dich zu dem gemacht, was du bist, und du dankst es den Menschen dort mit Republikflucht.'

Am liebsten wäre ich ins Wasser gesprungen, aber das Ufer war viel zu weit weg, und so ein toller Schwimmer bin ich auch nicht."

Bergers Gesicht war angespannt. „Ich sagte Ihnen doch, dass Sie ein interessanter Gesprächspartner für uns sind. Stillen Sie meine Neugier. Wie ging es weiter?"

Wolfgang atmete tief durch. Das Gespräch erregte ihn. Hätte man ihm in diesem Augenblick eine Zigarette angeboten, hätte sein Entschluss, Nichtraucher zu werden, sich in Rauch aufgelöst.

„Wir stritten eine Weile miteinander. Im Grunde stellte sich dann alles als Erpressung heraus. ‚Hör zu, Wolfgang', sagten sie mir, ‚in Leipzig leben dein Bruder und dein Lehrer Professor Bergmann, dem du so viel verdankst. Du wirst doch sicherlich nicht wollen, dass beide unter deinem verantwortungslosen Handeln zu leiden haben. Du arbeitest für einen kapitalistischen US-Konzern, der für die amerikanischen Kriegstreiber eine wichtige Rolle spielt. Es ist in deiner Hand, ob du etwas für den Weltfrieden und das Wohlbefinden deiner Freunde tust oder nicht.' Sie verlangten von mir, dass ich die Ergebnisse meiner Arbeit regelmäßig einem Verbindungsmann übergeben sollte."

„Was haben Sie dann gemacht, Herr Blischke?"

„Nun, man hatte mich in Gießen schon darauf vorbereitet, dass so etwas geschehen könnte. Für diesen Fall hatte ich eine Kontaktadresse. Ehrlich gesagt, habe ich mit mir gerungen, ob ich mich dort melden sollte. Ich hatte einfach Angst um Bernhard und Professor Bergmann. Ich wollte nicht, dass man sie verhaftete oder irgendwie unter Druck setzte. Dann habe ich mich doch gemeldet. Ich bekam die Anweisung, auf die Erpressung scheinbar einzugehen, aber nur bedeutungslose oder im Zweifelsfall gefälschte Ergebnisse weiterzugeben.

Das ging ein Weilchen gut. Dann wurden mir wieder die Daumenschrauben angesetzt. Es sei zu wenig, was ich liefere, und ich solle an Bernhard denken usw. Zum Glück hat dann der BND zugegriffen. Ich weiß natürlich nicht, wie viele Leute sie verhaftet haben. Jedenfalls hatte ich ab da Ruhe. Meiner Laufbahn bei Bridgeman tat es ganz gut, dass ich dem BND zu einem Erfolg verholfen hatte. Man vertraute mir und ich wurde befördert."

Er machte eine Pause und sah Berger an. „Wenn Sie Genaueres wissen wollen, wenden Sie sich an den BND. Für jemanden wie Sie dürfte das doch kein Problem sein. Die haben die Akte sicher noch."

Berger nickte. „Ich danke Ihnen, Herr Blischke. Sie haben mir eine Menge Stoff zum Nachdenken geliefert. Bevor Sie gehen, noch ein paar Dinge. Bei Bedarf werde ich Sie anrufen und vielleicht auch noch einmal hierherbitten. Das werden Sie sicher verstehen. Sollten Sie Ihrerseits Gesprächsbedarf haben, wenden Sie sich bitte an meine Kollegin. Weiter: Die Staatsanwaltschaft hat die Leiche Ihres Bruders freigegeben. Sie können sich ab sofort an einen Bestatter wenden und das Nötige veranlassen."

Wolfgang stöhnte unwillkürlich auf. Schon der Gedanke daran war ihm mehr als unangenehm. Dann überraschte ihn Berger noch mit einer Frage.

„Haben Sie eigentlich Kontakt mit Ihrer Tante Hedwig?"

Wolfgang blieb der Mund offen stehen. „Tante Hedwig? Lebt sie noch? Nein, ich habe sie seit Ewigkeiten nicht mehr gesehen. Sie ist die älteste Schwester meiner Mutter. Ich hatte auch früher nur wenig Kontakt zu ihr. Wo ist sie?"

„Sie lebt in einem Altenheim in Herzberg an der Elster. Wir stießen auf ihren Namen und ihre Adresse, als wir in der Wohnung Ihres Bruders waren. Er scheint sie regelmäßig besucht zu haben. Wir haben sie allerdings bisher nicht mit unseren Fragen belästigt. Sie ist zwar ansprechbar, aber nicht in der Lage, allein das Haus zu verlassen. Ein Telefonat mit dem Heim machte uns klar, dass sie uns wohl nicht weiterhelfen kann. Vielleicht freut sie sich über Ihren Besuch."

Wolfgang war erschöpft. Zu viel war auf ihn eingestürmt. Trotzdem hatte auch er noch eine Frage.

„Da Sie sich ja in meiner Familie besser auskennen als ich, können Sie mir doch sicher sagen, ob mein Bruder verheiratet war und was er gearbeitet hat."

„Nein, verheiratet war er nicht. In seinem Fotoalbum sind Bilder, die ihn mit verschiedenen Frauen zeigen, vor allem mit einer. Wir haben sie als Angelika Wulze identifiziert. Sie ist aber seit einiger Zeit tot. Bitte erlauben Sie, dass wir die Alben noch behalten, bis wir sie ganz ausgewertet haben. Um Ihre andere Frage zu beantworten: Ihr Bruder hat zuletzt als Hausmeister an einem Gymnasium gearbeitet."

„Als Hausmeister? Das ist ja auch nicht gerade der Traumjob."

Berger zuckte mit den Achseln. „Aber es ist ein Job, und bei der Arbeitslosigkeit hier im Osten nicht der schlechteste. Außerdem war Ihr Bruder etwas gehbehindert. Er konnte nicht jede beliebige Arbeit verrichten."

Wolfgang sah Berger in die Augen. „Hören Sie! Sie haben mich ausgequetscht wie eine Zitrone, bestimmt nicht ohne Grund. Wer hat meinen Bruder umgebracht?"

„Ach, Herr Blischke, Sie verlangen zu viel von mir. Wenn

ich es wüsste, säße jetzt dieser Mensch und nicht Sie in meinem Büro. Wie ich Ihnen schon einmal sagte, ermitteln wir in alle Richtungen. Lassen Sie mich das mal so ausdrücken: Dass es jugendliche Einbrecher waren, überzeugt mich von allen Hypothesen am wenigsten. Mehr kann ich Ihnen nicht sagen."

Als Wolfgang sich verabschiedete, sprach Kommissarin Kühn-Landenberger ihn zum ersten Mal an diesem Tag an: „Sie werden ja nun vermutlich den Haushalt Ihres Bruders auflösen. Sagen Sie mir doch bitte Bescheid, wenn Sie auf etwas stoßen, was auch für uns von Interesse sein könnte."

Wolfgangs Kopf rauchte, als er das Polizeigebäude verließ. Seine Gedanken drehten sich im Kreis. Berger war ein schlauer Fuchs. Im Nachdenken über das Verhör wurde ihm erst richtig bewusst, wie viel er Berger von sich preisgegeben hatte. Warum hatte er nach Industriespionage gefragt? Was hatte Wolfgangs Begegnung mit der Stasi mit Bernhards Tod zu tun? Und warum wollte Berger etwas über seine Ausbildung bei der NVA wissen?

Er ging in die Innenstadt und kam zu einem italienischen Restaurant. Gern hätte er draußen unter einem Schirm gesessen, aber dort waren alle Plätze belegt. So ging er hinein und blätterte unschlüssig in der Speisekarte.

Eines steht fest, dachte er. Berger weiß mehr, als er mir sagt. Aber wie komme ich hinter Bernhards Geheimnisse?

Der Garten

Er versuchte sich beim Essen zu entspannen, was gar nicht so einfach war. Dann sah er auf seine Uhr. Nach dem Essen würde er eine Bestattungsfirma aufsuchen. Einen Cappuccino wollte er sich aber noch gönnen. Sein Mobiltelefon riss ihn aus seinen Gedanken. Es war Schlingensief, sein Chef.

„Wolfgang, wie geht es dir?"

„Den Umständen entsprechend. Das alles nimmt mich ganz schön mit."

„Das kann ich mir vorstellen. Halt die Ohren steif, Junge! – Du, hör zu. James Bridgeman hat sich gemeldet. Er meint, wenn du wirklich so gut bist, wie ich es ihm geschildert habe, solltest du unbedingt nach Seattle übersiedeln."

Wolfgang fuhr auf. „Um Himmels willen! Tut mir das auf meine alten Tage bloß nicht an."

Hartmut Schlingensief lachte. „Sei beruhigt! Ich habe dem Big Boss gesagt, dass du hier in Deutschland unentbehrlich bist. Aber jetzt zum Grund meines Anrufs. Er kommt wie geplant am Mittwoch nach Stuttgart. Du musst also zurückfahren. Mach dir aber keine Sorgen. Du hast wirklich ein gutes Team, das für dich durchs Feuer geht. Sie arbeiten wie die Wilden. Wann kann ich dich wieder erwarten?"

„Ich kann am Montag zurück sein."

„Ganz ausgezeichnet. Nach diesem Mittwoch kannst du dir freinehmen, solange du willst."

„Alles klar. Also bis Montag. Mach's gut."

„Du auch. Tschüss!"

Wolfgang nahm einen Schluck seines Cappuccinos. Irgendwie fühlte er sich nach diesem Anruf erleichtert. Die letzten vierundzwanzig Stunden hatten ihn sehr mitgenommen. Es war gut, dass es auch noch so etwas wie Normalität in seinem Leben gab. Bald würde er wieder zu Hause sein und seinem Beruf nachgehen. Er beschloss, zu Fuß durch die Innenstadt zum Bahnhof zu gehen und eine Straßenbahn nach Sellerhausen zu nehmen, um dort einen Bestatter im Wohnviertel seines Bruders zu suchen.

Es war noch schwüler geworden. Obwohl er in Gedanken immer wieder bei Bernhard landete, nahm er doch die Stadt wahr. „Leipzig, du bist schöner geworden und interessanter!“, murmelte er vor sich hin. Warum war er nicht früher gekommen?

Der Besuch beim Bestatter dauerte länger, als er erwartet hatte. Es waren sehr viele Dinge zu klären. Er fühlte sich im Grunde überfordert. Sylvia hätte das sicher souveräner gemacht als ich, dachte er. Er beschloss, Bernhard verbrennen zu lassen. Als der Bestatter ihn fragte, ob er eventuell ein anonymes Grab auf der „Wiese“ wolle, weil er sich schließlich nicht selbst um die Grabpflege kümmern könne, verneinte er entschieden. Bernhard sollte ein Urnengrab bekommen mit Stein. Dann musste er eben eine Gärtnerei mit der Grabpflege beauftragen. Das war er seinem Bruder schuldig. Er verneinte auch die Frage, ob ein Pfarrer die Trauerfeier halten solle. Gut, Bernhard hatte in der Bibel gelesen, aber das hieß ja noch nicht, dass er in einer Kirche gewesen war. Wolfgang hätte sich beim Gespräch mit einem Pfarrer noch hilfloser gefühlt.

Freitag nächster Woche sollte die Trauerfeier sein. Das war gut. Den Donnerstag brauchte er noch in Stuttgart. Wenn Bridgemans Besuch am Mittwoch gut verlaufen würde, musste er seinem Team eine kleine Abteilungsfeier ausrichten. Sollte die Sache wider Erwarten in die Binsen gehen, gab es auf alle Fälle viel zu besprechen. Am Donnerstagabend, wenn alles vorbei war, konnte er wieder nach Leipzig fahren.

Nach dem Gespräch verspürte er ein starkes Bedürfnis, sich an der frischen Luft zu bewegen. So lenkte er seine Schritte in die Gartenanlage. Stärker als am Vortag registrierte er, was sich alles verändert hatte. Wo früher nur Gärten gewesen waren, war heute ein Teil zu einer öffentlichen Grünanlage geworden, in der junge Frauen ihre Kinderwagen schoben und Rentner ihre Hunde Gassi führten. Ein anderer Teil hinter einem Zaun war völlig verwildert.

Auch die übrig gebliebenen Gartenanlagen hatten sich verändert. Ihm fiel auf, wie viele Rasenflächen es jetzt gab. Früher hatten die Laubenpieper möglichst jeden Teil zum Nutzgarten gemacht, um Gemüse, Beeren und Spalierobst zu ernten. Das war allemal besser, als in den HO-Läden lange anzustehen. Ein alter DDR-Witz fiel ihm ein: „Warum ist die Banane krumm? Weil sie um die DDR immer einen Bogen macht."

Einige wenige Gärten waren völlig verwildert, zwei oder drei waren komplett umgepflügt, es stand auch kein Gartenhaus, keine „Datsche", mehr auf ihnen. Das wäre früher undenkbar gewesen. Aber die große Mehrzahl der Gärten war noch immer bewirtschaftet und wetteiferte mit ihrer Blumenpracht um die Aufmerksamkeit des Betrachters.

Er musste einen Augenblick überlegen, welchen Seitenweg er nehmen musste, um in Vaters bzw. Bernhards (oder jetzt doch seinen?) Garten zu kommen. Früher hätte ich das im Dunkeln gefunden, dachte er. Nun ja, es waren auch viele Jahre seitdem vergangen. Als er das Vorhängeschloss an der Gartentüre öffnete, schaute ihn eine Frau, die in einem Nachbargarten arbeitete, neugierig an. Als er ihr freundlich zunickte, drehte sie den Kopf weg. Wolfgang ärgerte sich. „Zimtzicke!", murmelte er, als er den Garten betrat.

Er stellte fest, dass Bernhard den Garten sehr liebevoll gepflegt hatte. Es war ein Fleckchen Erde zum Wohlfühlen. Einige Blumen hatten unter der Sonne gelitten. Der Boden war trocken. Wolfgang fand eine Gießkanne, füllte sie mit Wasser und ging von Beet zu Beet. Wenn Sylvia mich so sähe, fielen ihr die Augen aus dem Kopf!, dachte er amüsiert. Aber Sylvia konnte ihn nicht sehen. Sie war weit weg. Zu weit. Sie hätte vielleicht gewusst, was das für Blumen waren, die er eben goss.

Als er mit der Arbeit fertig war, hatte er Lust, etwas auszuruhen. Die Schwüle hatte stetig zugenommen und er schwitzte. Im Westen türmten sich die Wolken zu großen Haufen. Womöglich kam bald ein Gewitter, und dann wäre seine Gießaktion überflüssig gewesen. Aber er fühlte sich gut. Vielleicht kam eben auch kein Gewitter, und dann hatte er Bernhards Garten gepflegt. Einen Augenblick lang gab er sich der Vorstellung hin, dass sie beide im Garten saßen, ein Bier miteinander tranken und einander von Leipzig und Stuttgart erzählten. Dann schüttelte er die Fantasie von sich ab. „Diese Möglichkeit haben wir Sturköpfe uns ja gründlich vermasselt!“, sagte er halblaut vor sich hin.

Er erinnerte sich, dass er sich ausruhen wollte. In der Datsche gab es sicherlich einen Stuhl. Er suchte den Schlüssel und musste erst einmal eine gewisse Scheu überwinden. Wenn man die Tür öffnete, sah man Bernhards Umrisse mit Kreide auf den Boden gezeichnet und darin einen Blutfleck. Das wusste er.

Wolfgang holte tief Luft und schloss auf. Er versuchte, sich von den Zeichen des Mordes nicht beeindrucken zu lassen, und sah sich im Raum um. Einen Gartenstuhl fand er schnell. Auf dem Tisch fand er eine alte Ausgabe der „Leipziger Volkszeitung“ und eine Gartenzeitschrift. Dann fiel sein

Auge auf ein Blatt, das auf einer Anrichte lag. Bernhard hatte maßstabsgetreu eine Zeichnung des Gartens angefertigt. Die Beete waren eingezeichnet, und Wolfgang fand die Namen der Blumensorten, die Bernhard in den Beeten angepflanzt und die er vorhin gegossen hatte. Auch die drei Bäumchen, die im Garten standen, waren eingezeichnet. Wolfgang stockte der Atem, als er in einer Ecke der Zeichnung die Eintragung „Wolfgangs Birnen" fand. Er stürzte aus der Laube und suchte den Baum. Ohne Zweifel! Das war „sein" Birnbaum, dessen Früchte er früher so gern gegessen hatte. „Wolfgangs Birnen"! Er wusste, dass das nicht der botanische Name des Baumes war. Bernhard hatte das in Erinnerung an ihn so eingetragen.

Wolfgang spürte plötzlich einen dicken Kloß im Hals. Da hatte er jahrelang die Vorstellung von Bernhard gehabt, dass dieser voller Wut und Hass alles aus seinem Leben getilgt hatte, was ihn an seinen älteren Bruder hätte erinnern können, und dann das!

Er hielt sich an dem Baum fest. Was geht hier ab?, dachte er. Bin ich im falschen Film, oder was? Warum? Warum hatte das alles so bescheuert ablaufen müssen? Bernhard, du Blödian! Hättest du nicht einfach mal sagen können, dass du immer noch mein Bruder sein willst? Warum haben wir nicht mehr zusammengefunden?

Weil du nicht wolltest, Wolfgang! Du hast all die Jahre voller Wut und gleichzeitig voller Sehnsucht an deinen Bruder und an diese gefürchtete und geliebte Stadt Leipzig gedacht. Aber als er endlich – spät, ja, elend spät! – angerufen hat, da hast du ihm das Maul verboten. Als endlich die Chance da war, da hast du „Nein" gesagt. Du wolltest dich ja revanchieren. Du wolltest ihn ja endlich den Schmerz spüren lassen, den er dir angetan hat. Das ist dir gründlich gelungen, mein Lieber. Wenn du schon keine Beziehungen halten oder heilen kannst, kaputt machen kannst du sie ganz gut. Klasse gemacht, Herr Ingenieur! Du hast Bernhard für einen Mistkerl gehalten. Vielleicht war er das ja auch. Aber du warst kein Haar besser!

Die Augen voller Tränen, setzte er sich schwer atmend auf den Gartenstuhl und versuchte, seine Fassung wiederzugewinnen. Es dauerte eine geraume Weile.

Am Stammtisch

Wolfgang, deine Gefühle werden hier gewaltig strapaziert, dachte er. Da sitzt du nun und bist kurz vorm Heulen. Wenn dich Sylvia jetzt sehen könnte! „Du hast keinen Zugang zu deinen Gefühlen und interessierst dich mehr für Sachen als für Menschen!“, hatte sie ihn einmal angeschrien, kurz bevor sie aus der Wohnung ausgezogen war.

Er stand langsam auf, schloss die Laube und das Gartentor zu und ging den Weg entlang an den Gärten vorbei. Am Rand der Gartenanlage, ein gutes Stück von Bernhards Garten entfernt, fand er ein eingeschossiges Häuschen, an dem eine Bierwerbung prangte. Vor dem Haus standen vier oder fünf Tische. An einem größeren Tisch saß eine Gruppe meist älterer Männer beim Bier und diskutierte heftig. An einem kleineren Tisch saß ein anderer Mann allein und trank ein Mineralwasser. Wolfgang setzte sich an einen freien Tisch. Er musste eine ganze Weile warten, dann kam endlich ein Mann mit einer großen Schürze zu ihm. Statt aber nach Wolfgangs Bestellung zu fragen, sagte er: „Das ist hier keine öffentliche Gaststätte. Hier werden nur Mitglieder der Gartenvereine bedient.“ Die brummige Stimme unterstrich seine Aussage.

„Ich habe hier einen Garten!“, erwiderte Wolfgang energisch und verärgert.

Der Mann sah ihn prüfend an. „Na, ja“, brummte er. „Was darf's denn sein?“

„Ein Pils bitte!“

Ein paar Minuten später starrte Wolfgang gedankenverloren in sein Glas, als seine Aufmerksamkeit auf den Nachbartisch gelenkt wurde.

„Jetzt hör aber auf!“, rief ein Mann mit einem wilden

grauen Haarschopf. „Natürlich ist mein Auto heute besser als die Pappe, die ich früher gefahren habe. Aber damals konnte ich es mir wenigstens leisten, die Karre vollzutanken und an die Ostsee zu fahren. Heute ziehen sie dir doch das Geld aus der Tasche, wo sie nur können. Weißt du, was heute der Liter Sprit kostet? Meine Frau war gestern beim Friseur. Wenn sie noch mal mit so einer Rechnung nach Hause kommt, schneide *ich* ihr künftig die Haare!"

„Na, dann pass bloß auf, dass sie bei so viel Schönheit nicht mit einem anderen durchbrennt", spottete ein schmächtiger Mann und schob seine Zigarette in den anderen Mundwinkel.

Die Männer lachten.

„Aber es stimmt schon", fuhr ein Dritter fort, „was kriegst du denn heute noch für dein Geld? Die Krankenkasse will auch immer mehr. Mein Neffe sollte dringend ein neues Kniegelenk kriegen. Was stellt sich da die Kasse an! Glaubt ihr, die kommen mal in die Gänge? Meiner Nachbarin, der alten Schachtel, haben sie's bezahlt. Aber der Junge mit seinen sechsunddreißig Jahren kriegt keinen Job, weil er nicht richtig laufen kann. Jetzt lebt er von Hartz IV, würde gern arbeiten und kann nicht, weil ihn so keiner nimmt. Menschenskind, ich versteh die Welt nicht mehr."

„Aber um unsere Gesundheit sind sie doch alle besorgt. Was willst du denn? Du kannst dich zwar immer noch in der Kneipe besaufen, aber wenigstens kriegst du jetzt beim Rauchen frische Luft, weil du nur noch draußen paffen darfst."

„Der Fortschritt ist eben unaufhaltsam!", grölte der Mann mit dem Haarschopf. „Noch ein paar Jahre, dann haben sie unsere Gärten auch plattgemacht, weil man mit diesem westdeutschen Kleingartengesetz bloß Ärger hat. Honecker hat uns wenigstens im Garten in Ruhe gelassen."

„Lass du uns mit Honecker in Ruhe! Dem waren die Gärten doch egal, weil er sowieso nicht bei der HO anstehen musste."

Nun schaltete sich der Älteste der Stammtischrunde ein. „Sagt nichts gegen Honi! Zu der Zeit hatte wenigstens jeder seine Arbeit!"

„Ja, Erich, bloß konnte es sein, dass dich dein Brigadier zweimal am Tag den Betriebshof hat kehren lassen, weil kein Material für die Produktion da war."

„Aber dein Geld haste trotzdem gekriegt!", rief der alte Mann, der Erich hieß, trotzig.

Wolfgang sah den Alten an. Irgendwie erinnerte er ihn an jemanden, aber Wolfgang fiel nicht ein, an wen. Der alte Mann registrierte den Blick und sah einen Augenblick irritiert aus. Dann trank er einen Schluck aus seinem Glas und wischte sich den Mund ab.

„Ich will euch mal was sagen", fuhr er fort, „wir haben eben jetzt einen lupenreinen Kapitalismus, und da wirst du ausgebeutet. Das Geld, das sie dir mit der einen Hand geben, ziehen sie dir mit der anderen wieder aus der Tasche."

„Erich, fang nicht schon wieder damit an!", maulte der Schmächtige. „Du musst dich auch mal mit den Tatsachen abfinden. Außerdem ist ja auch vieles besser geworden. Da hinten fließt die Rietzschke. Weißt du noch, was das immer für eine schwarze, stinkende Brühe war, weil es zu wenige Kläranlagen gab? Oder sieh dir doch mal das Haus an, in dem du wohnst. Da ist dir doch innen und außen der Verputz entgegengekommen, weil keiner was gemacht hat. Das sieht doch heute ganz anders aus."

„Dafür konnte man sich aber damals die Miete leisten!", brüllte Erich. „Klar sieht heute manche Fassade besser aus.

Aber es ist eben nur Fassade. Dahinter verfault die Gesellschaft. Dafür haben wir doch nicht gekämpft und unsere Knochen in unzähligen Aufbauschichten geschunden, dass die Reichen immer reicher werden und der Rest stempeln gehen muss. Dafür nicht!"

„Mensch, Erich, nun sag bloß: Ist denn gar nichts besser geworden?"

„Nu, ja", meinte Erich und trank sein Glas aus, „das Bier ist nicht mehr so eine Plempe. Das schmeckt heute besser."

Die Laubenpieper lachten und bestellten eine neue Runde Bier. Wolfgang bemerkte, dass ihm Erich, der Alte, wieder einen Blick zuwarf.

„Aber Erich sagt schon die Wahrheit", fing einer der Männer erneut an. „Jeder hatte Arbeit, und mit denen, die nicht arbeiten wollten, wurde ein ernstes Gespräch geführt. Es ist doch ein Jammer, wie viele junge Leute keine Ausbildung und keinen Job kriegen. Kein Wunder, dass sie auf dumme Gedanken kommen. Dann ziehen sie rum und brechen ein. Denkt, was ihr wollt, aber wenn in Berlin nicht eine Kanzlerin, sondern ein Staatsratsvorsitzender säße, würde Bernhard heute noch leben und säße hier mit am Tische."

Bei der Erwähnung des Namens zuckte Wolfgang zusammen, die Männer am Tisch senkten die Köpfe.

„Auf Bernhard!", sagte einer und hob sein Glas.

„Auf Bernhard!", sagten alle und nahmen einen Schluck. Wieder sah Erich zu Wolfgang hinüber. Dann stand er auf. „Sagen Sie mal", fragte er Wolfgang, „ich kenne Sie doch. Aber wie heißen Sie eigentlich?"

„Ich bin Wolfgang Blischke."

Einen Augenblick lang schwiegen alle und starrten Wolfgang an. Dann brach Erich in Jubel aus, bekam feuchte Augen und schloss Wolfgang in seine Arme.

„Mensch, Wolfgang, Junge! Das ist aber schön, dass du da bist.“ Dann weinte er.

Wolfgang stand hilflos da und versuchte, sich der Umarmung durch den alten Mann zu entwinden. „Verzeihung, aber …“, stotterte er.

„Aber, Wolfgang!“, rief der alte Mann. „Kennst du mich denn nicht mehr? Ich bin es, Onkel Erich.“

Allmählich dämmerte es Wolfgang. Onkel Erich! So hatte er als Junge immer einen Mann genannt, der seinen Garten schräg gegenüber ihrem Garten gehabt hatte.

„Weißt du noch, Wolfgang, du hast immer so gern die Erdbeeren in meinem Garten gefuttert. Komm, setz dich zu uns!“

Dann wurde er ernst. „Meine Anteilnahme zum Tod deines Bruders.“ Die Männer brummten alle etwas Zustimmendes und gaben Wolfgang die Hand.

„Lass dich anschauen!“, sagte „Onkel“ Erich. „Gut siehst du aus. Na, dir geht's wohl auch gut.“

„Es ginge mir besser, wenn das alles nicht passiert wäre.“

„Das kann ich mir denken.“

Alle schwiegen und starrten auf den Tisch. Aber Erich konnte sich nicht beruhigen. „Wolfgang, dass ich dich wiedersehe. Weißt du, du hättest dich auch mal blicken lassen können in all den Jahren!“

„Ich weiß nicht, ob Bernhard das so gepasst hätte“, sagte Wolfgang etwas gepresst.

„Das musste aber auch verstehen, Junge!“, meinte Erich. „Bernhard war sauer auf dich. Menschenskind, all die Jahre habt ihr zu uns gehört. Du, dein Vater und Bernhard. Und mit einem Mal bist du so mir nichts, dir nichts weg. Das verkraftet man nicht so leicht.“

Wolfgang zog es vor, nicht zu antworten.

„Aber in letzter Zeit hat Bernhard ab und zu von dir gesprochen“, meinte der Mann mit dem wilden Haarschopf nachdenklich.

„Was hat er denn gesagt?“, fragte Wolfgang interessiert.

„Na ja, dies und das“, antwortete der Mann reichlich unbestimmt.

„Die letzten Monate war er sowieso irgendwie komisch. Ich weiß auch nicht, aber irgendwie komisch.“ Mit dieser Feststellung machte der Schmächtige Wolfgang aufs Höchste neugierig.

„Wie meinen Sie das, ‚komisch‘?“, fragte er.

„Ich weiß auch nicht. Er war eben anders.“

„Red doch kein dummes Zeug, Bruno!“, blaffte Erich den Schmächtigen an. „Bernhard war Bernhard, und er war in Ordnung so.“ Dann wandte er sich an Wolfgang. „Versprich mir, dass du mich besuchst. Du sollst in der Rietzschke ersaufen, wenn du nicht zu mir kommst. Engelmannstraße 7. Merk dir das!“

Wolfgang versprach es ihm. Vielleicht konnte ihm Erich einiges über Bernhard erzählen.

„Sag mal, Wolfgang, weißt du schon, wann Bernhard beerdigt wird?“

Wolfgang nickte. „Freitag nächster Woche um 11 Uhr auf dem Ostfriedhof wird seine Urne beigesetzt.“

„Wir sind dabei. Ehrensache! – Was ist, trinkst du noch ein Bier?“

Wolfgang stand auf. „Nein, ich muss jetzt gehen.“ Er spürte im selben Augenblick, dass das den Stammtischbrüdern nicht passte. Wahrscheinlich hätten sie ihn gern über sein Leben „im Westen“ ausgefragt, aber er wollte wieder allein sein. „Ich muss jetzt wirklich gehen. Wir sehen uns ja wieder.“ Damit klopfte er auf den Tisch und machte sich auf den

Weg. Kurz danach stand auch der Mann, der allein an einem Tisch gesessen hatte, auf und ging ebenfalls.

Wolfgang lenkte seine Schritte in Richtung von Bernhards Wohnung. Er wollte noch ein paar Papiere suchen, um die der Beerdigungsunternehmer ihn gebeten hatte. Er bog eben in die Straße ein, als plötzlich eine Stimme hinter ihm seinen Namen rief. „Herr Blischke!“ Wolfgang drehte sich um. Es war der Mann, der allein gesessen hatte.

„Was ist? Was wollen Sie von mir?“

„Entschuldigen Sie bitte. Aber ich hätte gern ein paar Takte mit Ihnen geredet.“

„Und?“, fragte Wolfgang misstrauisch.

„Dewitz ist mein Name. Vielleicht haben Sie mich ja vorhin bemerkt. Ich habe auch einen Schrebergarten hier.“

„Warum saßen Sie dann nicht am Stammtisch?“

Herr Dewitz machte eine abwehrende Bewegung. „Die mögen mich nicht. Das sind alles alte Leipziger, die schon seit Ewigkeiten ihren Garten hier haben, und ich bin ein Wessi. Ich bin aus Duisburg und bin beruflich hier in Leipzig gelandet. Weil ich gern im Garten arbeite, habe ich einen Schrebergarten gepachtet. Ich hatte gehofft, damit auch etwas Anschluss zu finden, aber Pustekuchen.“

„Und was wollen Sie von mir?“

„Herr Blischke, glauben Sie auch wie die Laubenpieper, dass es Jugendliche waren, die Ihren Bruder umgebracht haben?“

„Das stand so in der Zeitung. Woher soll ich wissen, wer das getan hat?“ Wolfgang verspürte keine Lust, mit diesem Mann Mordtheorien zu diskutieren.

Der Duisburger tippte mit seinem Zeigefinger leicht auf Wolfgangs Brust. „Sagen Sie mal“, fragte er, „haben Sie als Jugendlicher mal krumme Dinger gedreht? Ich meine, auch so ein bisschen einbrechen und klauen?“

„Wie bitte?“ Wolfgang war über diese Frage mehr überrascht als verärgert. „Natürlich nicht!“

„Sehen Sie“, sagte Herr Dewitz, „aber ich habe das mal gemacht, damals in Duisburg. Ich kam da in schlechte Kreise. Irgendwann wurden wir erwischt, und ich stand vor dem Richter. ‚Junger Mann‘, sagte der, ‚wenn ich Sie hier noch einmal sehe, nehme ich Sie auseinander.‘ Er brummte mir eine Bewährungsstrafe auf, und ich war für den Rest meines Lebens geheilt.“

„Ja, und?“, erwiderte Wolfgang, der nicht sehen konnte, worauf dieser merkwürdige Mensch hinauswollte.

„Herr Blischke, bitte stellen Sie sich mal einen Augenblick lang vor, Sie wären ein Jugendlicher und gingen nachts in eine Kleingartenanlage zum Klauen.“

„Was soll das? Worauf wollen Sie hinaus?“

„Bitte, stellen Sie sich das nur mal vor. Wie würden Sie das anstellen?“

„Meine Güte!“, sagte Wolfgang irritiert. „Ich habe keine Ahnung vom Klauen und Einbrechen.“

„Trotzdem! Versuchen Sie doch einfach, es sich mal vorzustellen.“

„Na ja“, sagte Wolfgang, „auf alle Fälle wäre ich sehr vorsichtig. Ich hätte keine Lust, mich erwischen zu lassen.“

„Richtig!“, bestätigte Herr Dewitz. „Also, wie würden Sie es anstellen?“

„Nun, ich würde erst mal prüfen, ob die Gartentüre verschlossen ist. Wenn nicht, wäre ich schon mal misstrauisch, denn dann könnte ja jemand in seiner Laube übernachten.“

Der Neu-Leipziger nickte bestätigend. „Und weiter?“

„Sie machen mir vielleicht Spaß! Auf alle Fälle würde ich vorsichtig feststellen wollen, ob da jemand pennt, bevor ich die Laube aufknacke. Wenn ja, würde ich mich so schnell und leise wie möglich zurückziehen und woanders hingehen. Weit genug weg!“

„Sehr gut, Herr Blischke. Ich sehe, Sie hätten Talent zum Einbrecher. Und mal angenommen, Sie merken nicht gleich, dass da jemand in seiner Laube schläft. Und in dem Moment, wo Sie die Türe öffnen, spricht Sie jemand an. ‚Wer sind Sie und was wollen Sie?‘ Was machen Sie dann?“

„Was für eine Frage! Wahrscheinlich würde ich mir vor Angst in die Hose machen. Ich würde natürlich abhauen und zwar so schnell wie möglich. So eine Schrebergartenanlage ist nachts sehr dunkel. Die Chancen, zu verschwinden, wären da gar nicht so schlecht.“

„Stimmt!“ Der Duisburger sah Wolfgang erwartungsvoll an. „Also?“

„Was also?“

„Sie würden abhauen, Herr Blischke, abhauen, aber nicht zustechen.“

„Trotzdem!“, gab Wolfgang zu bedenken. „Unter Umständen könnte so ein Einbrecher doch zustechen. Vielleicht fängt der Mensch in der Laube an, sich zu wehren. Es ist ja nicht so, dass es keine jugendlichen Gewalttäter gibt.“

„Da haben Sie recht, leider!“, meinte Herr Dewitz. „Aber angenommen, so ein Mensch sticht doch zu aus lauter Schreck, weil er erwischt worden ist. Glauben Sie, dass das fast lautlos vor sich geht?“

„Hören Sie, Herr Dewitz!“, sagte Wolfgang gereizt. „Mir geht die Sache zu nahe, als dass ich Lust auf Ratespiele hätte. Sagen Sie endlich, worauf Sie hinauswollen. Natürlich würde das einige Geräusche machen. Vielleicht würde das Opfer schreien. Aber wer soll das hören, wenn sonst niemand in der Nähe ist? Die nächsten Häuser sind ein ganzes Ende weit weg.“

Dewitz schüttelte den Kopf. „Ihr Bruder war nicht allein in der Gartenanlage. In mindestens drei Lauben haben in jener Nacht Leute geschlafen."

„Was?" Wolfgang starrte den Mann an.

„Ja! Ich selbst habe in jener Nacht in meiner Laube gelegen, übrigens gar nicht so weit weg von Ihrem Garten. Dann Ihr Bruder. Und in einer dritten Laube hat ein Ehepaar übernachtet."

„Weiß das die Polizei?"

„Natürlich weiß sie es, Herr Blischke. Kurz nach der Entdeckung des Mordes wimmelte es von Polizei. Die Polizisten kamen fast gleichzeitig mit der Mehrheit der Gartenbesitzer an. Vergessen Sie nicht, es war Sonntag und die Sonne schien. Wer in Leipzig einen Garten hat, machte sich auf den Weg zu seiner Datsche. Die Polizei hat jeden befragt, ob er was mitgekriegt hat."

„Es gibt Leute mit einem gesunden Schlaf. Vielleicht hat niemand was gehört."

„Herr Blischke, ich schlafe auf meiner Gartenliege nie so tief wie zu Hause in meinem Bett. Wenn Ihr Bruder einen Einbrecher überrascht hätte und der hätte ein Messer gezogen und wäre auf Ihren Bruder losgegangen, also – ich denke schon, dass ich das mitbekommen hätte."

Wolfgangs Gedanken fuhren Karussell. „Außer meinem Bruder waren Sie und ein Ehepaar dort, sagen Sie?"

„Mindestens. Vielleicht war auch noch jemand da, ohne dass ich oder die Polizei das wüsste. Aber das ist pure Spekulation. Ich denke eher, dass da jemand anderes kam, kein Laubenpieper. Ich habe keine Ahnung, Herr Blischke. Aber jugendliche Einbrecher? Nee!"

Am Himmel zuckte ein Blitz. Einen Augenblick später donnerte es.

„Herr Blischke, ich muss los. Wir sehen uns sicherlich im Garten wieder. Schönen Abend noch.“

Damit drehte er sich um und ging raschen Schrittes davon. Ziemlich fassungslos sah ihm Wolfgang nach. Dann fielen die ersten Tropfen. Wolfgang rannte zum Haus, aber er war schon nass, als er endlich vor der Haustür stand.

Pfefferminzlikör und Leipziger Allerlei

ES WAR SPÄTER VORMITTAG, als er am nächsten Tag wieder zu dem Haus in Sellerhausen-Stünz kam. Am Abend vorher hatte er keine Papiere mehr gesucht. Zu sehr war ihm das Gespräch mit dem Duisburger nachgegangen. Wenn es bei Bernhards Ermordung so leise zugegangen war, wie dieser Mann behauptete – was um alles in der Welt hatte das dann zu bedeuten? Wolfgang hatte dagesessen und gegrübelt. Dann hatte er die Bibel zur Hand genommen und sie vorne aufgeschlagen: „Ich bin Zachäus." Rätsel über Rätsel.

Im Wohnzimmerschrank hatte er eine angebrochene Flasche Weinbrand gefunden. Als er spät in der Nacht die Wohnung wieder verließ, war die Flasche beinahe leer und Wolfgangs Schritte etwas unsicher. Ein Taxi brachte ihn ins Hotel.

Aber jetzt gegen elf Uhr vormittags und nach zwei Aspirin war sein Kopf endlich wieder klar. Er stand vor der Etagentür und klapperte mit den Schlüsseln. Welcher der vielen Schlüssel am Bund in die Wohnungstür passte, wusste er noch nicht.

Da ging die Tür der Nachbarwohnung auf. Eine rundliche ältere Frau mit einer nicht mehr sauberen Schürze stand im Türrahmen. „Guten Morgen! Sie sind doch sicher Herr Blischke. Ich wollte Ihnen noch mein Beileid ausdrücken."

Wolfgang nahm die ausgestreckte Hand und bedankte sich.

„Wolke ist mein Name. Erna Wolke. Hier an der Tür steht noch Fritz Wolke. Fritz – so hieß mein Mann. Aber der ist auch schon seit fünfzehn Jahren tot. Schlaganfall. Von heute auf morgen. Das war vielleicht ein Schreck! Aber wer weiß, was ihm alles erspart geblieben ist. Nun lebe ich hier allein. Meine Kinder haben nach der Wende beide nach dem Westen rübergemacht. Na ja, die leben da ganz ordentlich. Mein Sohn hat Arbeit bei Ford bekommen. Der verdient da ganz gut, glaube ich. Hoffentlich bleibt das so."

Auch eine kontaktfreudige Frau wie Erna Wolke musste einmal Luft holen, und Wolfgang wollte eben die Gelegenheit nutzen, ihr einen guten Tag zu wünschen, als sie auch schon weiterredete.

„Aber das mit Ihrem Bruder ist ja fürchterlich. Da haben Sie mit einem Menschen eben noch gesprochen, und am nächsten Tag ist er tot. Erstochen! Also wer macht denn so was? Ich habe vorgestern mit meiner Schwester in Halle telefoniert. ‚Hilde', hab ich gesagt, ‚der Herr Blischke war immer so ein aufmerksamer Nachbar. Immer höflich. Nicht so muffelig wie das Pärchen im ersten Stock.' (An dieser Stelle senkte sie die Stimme.) Und was glauben Sie, was mir meine Schwester erzählt hat? Da haben sie neulich in Halle einen alten Rentner überfallen. Sein ganzes Geld, alles weg, und der arme Mann ist im Krankenhaus. Nee, nee, das sind keine guten Zeiten. Aber Sie brauchen sich bloß mal hier im Viertel umschauen. Wie viele Ausländer hier wohnen. Also nicht, dass ich gegen diese Leute was hätte. Aber immer dieser Betrieb und dieser Krach jeden Abend. Ich trau mich schon gar nicht mehr richtig auf die Straße. Früher habe ich mit meinem Mann abends manchmal noch eine Runde gedreht. Jetzt sitze ich nur noch den ganzen Abend vorm Fernseher."

„Frau Wolke, ich wollte ..."

„Ach, nun lass ich Sie hier auf dem Gang stehen. Kommen Sie doch rein und trinken Sie einen Schluck."

Wolfgang ergab sich in sein Schicksal und folgte der redseligen Sächsin in ihr Allerheiligstes. So nannte sie ihr Wohnzimmer. Sie öffnete eine Schranktür und holte eine Flasche und zwei Gläschen heraus.

„Sie trinken doch sicher mit mir einen Pfefferminzlikör."

Bevor sich Wolfgang eingedenk seines verkaterten Kopfes vom frühen Vormittag wehren konnte, hatte sie schon eine giftgrüne Flüssigkeit in sein Glas gegossen. „Na denn, Prost, Herr Blischke!"

Er kippte den Likör möglichst schnell, damit er sich erst gar nicht auf seiner Zunge ausbreiten konnte, und setzte das Glas wieder hin. Prompt schenkte sie ihm ein zweites ein. „Ich habe doch gesehen, dass Sie nicht mit dem Auto gekommen sind", verriet sie ihm.

Na denn, Prost, Wolfgang!, dachte er und hütete sich, das zweite Glas so schnell auszutrinken wie das erste.

Frau Wolke leerte ebenfalls ihr Glas. „Das tut gut!", sagte sie und füllte sich wieder nach. „Mit Ihrem Bruder habe ich so manchen Pfeffi gekippt. Trinken Sie ruhig, Herr Blischke, ich hab noch eine Flasche draußen."

Ach, du mein Schreck!, dachte Wolfgang. Laut fragte er: „Wie gut haben Sie meinen Bruder eigentlich gekannt?"

„Nun ja, wie man sich eben so kennt, wenn man jahrelang Tür an Tür lebt. Wissen Sie, mit Ihrem Bruder konnte man ja reden. Nicht so wie mit den meisten Leuten, die in den letzten Jahren in diesem Haus gelebt haben. Die zwei Wohnungen unter uns stehen ja gerade leer. Und ganz unten die Leute ... Kaum, dass die mal ‚Guten Morgen' oder so was sagen. Nee, da war Ihr Bruder schon anders. Manchmal hat er mir auch was aus seinem Garten mitgebracht. Er hat immer ganz gerne mit mir geredet. Na ja, so ein Mann ganz alleine, das ist ja auch nichts. Früher hat ihn immer seine Freundin besucht. Wulze hieß die. Die hat hier auch übernachtet. Und dann starb sie ganz schnell an Krebs. Ihr Bruder hat sehr gelitten."

Sie schwieg einen Moment.

„Erzählen Sie mir mehr von meinem Bruder", bat er die Wohnungsnachbarin. „Was für ein Mensch war er?"

„Sag ich doch. Mit dem konnte man reden. Obwohl, wenn ich es mir so überlege, von sich selbst hat er nie viel geredet. Also ich meine jetzt mehr persönliche Dinge. Ich wusste zum Beispiel lange Zeit überhaupt nicht, dass er einen Bruder hatte. Von Ihnen hat er erstmals in letzter Zeit gesprochen, aber auch nur am Rande. So was aber auch! Zwei Brüder, und die besuchen sich nicht." Ihre Verwunderung und leichte Empörung musste sie mit einem Schluck Pfefferminzlikör wegspülen.

„Und weiter?", hakte Wolfgang nach.

„Er war sehr hilfsbereit. Manchmal habe ich es im Kreuz, wissen Sie. Da hat er mir immer den Müll runtergebracht. Er war sehr nett, sehr liebenswürdig, nur …" Sie stockte.

„Nur?", half ihr Wolfgang auf die Sprünge.

„Ich weiß ja nicht, ob ich das so sagen darf. Richtig rangelassen hat er einen ja nicht. Etwas verschlossen war er immer."

Wolfgang sah sie neugierig an. Aber Erna Wolkes Redefluss schien versiegt. Plötzlich klatschte sie sich an die Stirn.

„Mein Essen! Ich muss in die Küche. Nicht, dass mir das noch anbrennt."

Schade!, dachte Wolfgang. Sie hätte mehr erzählen sollen. Er machte Anstalten, sich zu verabschieden. Aber da überraschte ihn Frau Wolke.

„Bleiben Sie doch zum Essen. Es ist ja schon Mittag. Oder mögen Sie kein Leipziger Allerlei?"

„Doch, schon, aber Sie müssen nicht meinetwegen …"

„Das macht überhaupt keine Umstände. Zu zweit schmeckt es auch besser. Kommen Sie mit in die Küche."

Sie stellte sich an den Herd und probierte mit einem Löffel ihr Gemüse.

„Hmmm! Irgendwas fehlt da. Aber was?"

„Vielleicht ein bisschen Pfefferminzlikör?", schlug er vor und hätte sich im selben Augenblick am liebsten auf die Zunge gebissen. Die Bemerkung war ihm so rausgerutscht.

Doch Frau Wolke war viel zu sehr mit ihrem Essen beschäftigt, als dass sie Wolfgangs Spott wahrgenommen hätte. Sie nahm eine Gewürzdose in die Hand und ging recht großzügig mit dem Pulver um.

„So!", rief sie zufrieden. „Ihr Bruder hat auch immer gern gut gewürzt gegessen."

Sie stellte zwei Teller hin und füllte auf. Wolfgangs Appetit kam mit dem Essen. Seine Gastgeberin nahm es mit Genugtuung zur Kenntnis.

„Wollen Sie noch einen Pfeffi zur Verdauung?"

Wolfgang erschrak. „Nein, vielen Dank!", sagte er und brachte sein Glas vor der drohend erhobenen Flasche in Sicherheit. Sie gönnte sich ein drittes Glas.

„Morgen will ich bis Sonntag nach Delitzsch", verkündete sie ihrem Gast. Wolfgang meinte zu hören, dass ihre Zunge bei den Zischlauten leicht ins Rutschen geriet.

„In Delitzsch wohnt eine Freundin von mir."

Kein Zweifel, der Pfeffi tat seine Wirkung. Wolfgang überlegte, wie er sich elegant verabschieden könnte, als sie ihn mit einer Frage verblüffte: „Gehen Sie eigentlich in die Kirche? Also, ich meine, sonntags."

Während Wolfgang noch überlegte, welchen Hintergrund diese Frage haben könnte oder ob sie mehr aus einer Pfefferminzlaune kam, klärte sie ihn bereits auf.

„In letzter Zeit ist Ihr Bruder fast jeden Sonntag in die Kirche gegangen. Früher ja nie, aber seit Herbst regelmäßig. Und wissen Sie was?“

Wolfgang sah sie erwartungsvoll an. „Nein. Sagen Sie!“

„Er ist dazu immer nach Chemnitz gefahren. Stellen Sie sich das mal vor! Als ob es in Leipzig nicht genug Kirchen gäbe. Eine ist sogar ganz in der Nähe. Immer nach Chemnitz.“

„Das ist ja interessant. Hat er Ihnen erzählt, wohin er da geht und warum?“

„Ich weiß auch nicht. Aber der Gottesdienst sei da so schön und die Pfarrer so nett. Einmal hat er mich sogar gefragt, ob ich nicht mitkommen wollte. So was aber auch! Mein Fritz würde sich im Grabe rumdrehen. Der war nämlich in der Partei. ‚Religion ist Opium fürs Volk!‘, hat er immer gesagt.“

Wolfgang fragte sich, ob ausgerechnet Pfefferminzlikör einen großen historischen Fortschritt gegenüber der Religion gebracht habe. Doch dann rief er sich selbst zur Ordnung. Er hatte gestern Abend Bernhards Weinbrand geleert. Mit welchem Recht machte er sich über Erna Wolkes Pfeffi lustig?

Sie wurde sehr nachdenklich. „Ihr Bruder hat sich verändert. Nicht, dass er viel mehr erzählt hätte, aber – wie soll ich Ihnen das erklären? – er ist wärmer geworden und auch ausgeglichener. Einmal hat er auf der Treppe sogar leise gesungen. Das wäre ihm früher nie passiert. Komisch, nicht wahr?“

„Ja!“, sagte Wolfgang gedankenverloren. „Wirklich sehr komisch.“

Beide schwiegen. Wolfgang bekam auf einmal das Gefühl, dass es besser wäre zu gehen. Er bedankte sich.

Sie erkundigte sich nach Bernhards Beerdigung. „Laden

Sie eigentlich die Gäste auf der Trauerfeier nachher noch irgendwohin ein?“, fragte sie.

Er merkte wieder, wie hilflos er in solchen Dingen war. „Ist das so üblich?“

„Seine Freunde in der Laubenkolonie würde das sicher freuen“, meinte sie.

„Wohin soll ich denn mit den Leuten gehen?“, wollte er wissen.

Sie spürte seine Ratlosigkeit. „Fragen Sie doch den Wirt in der Laubengaststätte. Der kümmert sich bestimmt darum.“

Wolfgang war ihr wirklich dankbar. „Das ist eine gute Idee, Frau Wolke. Ich hoffe, Sie kommen auch.“

„Das bin ich Ihrem Bruder schuldig. Schön, dass Sie mich besucht haben. Morgen hätten Sie mich nicht zu Gesicht bekommen. Wie gesagt, da bin ich in Delitzsch.“ Und ihre Zunge bewältigte die Zischlaute ohne jedes Straucheln.

Erinnerungen

DIE GEBURTSURKUNDE, um die ihn der Beerdigungsunternehmer gebeten hatte, hatte er rasch gefunden. Bernhard hatte seine Papiere sorgfältig geordnet und abgelegt. Einen Teil des Nachmittags verbrachte Wolfgang mit einer Bestandsaufnahme dessen, was in der Wohnung zu finden war. Die meisten Dinge würde er entsorgen müssen, das stellte er bald fest. Am einfachsten ginge es wohl, wenn er eine Entrümpelungsfirma beauftragen würde. Nach einiger Zeit fühlte er sich zunehmend unbehaglich. Vielleicht, so überlegte er, sollte ich nicht über den Abtransport von Bernhards Sachen nachdenken, solange er nicht mal unter der Erde ist. Er machte sich einen Pulverkaffee und setzte sich ins Wohnzimmer. Es war auffallend, wie viele politische Bücher aus der DDR-Zeit in Bernhards Regal standen. Gar nicht passend dazu gab es einige christliche Bücher.

Ein ähnliches Bild ergab sich im Plattenregal. Einige CDs mit christlicher Musik standen links im Regal. Aus der DDR-Zeit hatte Bernhard neben einigen schönen Jazzaufnahmen des DDR-Plattenlabels eine Reihe dieser penetrant optimistischen FDJ- und Parteilieder. Wolfgang musste wieder an seine Klassenkameradin Evelyn denken, die die meisten dieser Lieder auswendig schmettern konnte.

Wolfgangs Eltern hatten Musik gemocht und diese Liebe ihren Söhnen, vor allem Wolfgang vererbt. In ihrer Wohnung war schon früh ein Plattenspieler zu finden gewesen. Wolfgang erinnerte sich, wie sein Vater einmal richtig zornig gewesen war. Wolfgang war noch ein Kind gewesen und hatte beim Stöbern hinten in einer Ecke des Plattenregals eine Platte entdeckt, die er zuvor noch nicht gesehen hatte. Er hatte sie aufgelegt:

„Die Partei, die Partei, die hat immer recht
und, Genossen, es bleibet dabei,
denn wer kämpft für das Recht,
der hat immer recht
gegen Lüge und Ausbeuterei."

So schallte es aus dem Lautsprecher. Und einen Augenblick später:

„So aus Leninschem Geist
wächst von Stalin geschweißt
die Partei, die Partei, die Partei."

Die Wohnzimmertür war aufgesprungen und sein Vater stand im Raum. „Was für einen Mist hörst denn du da?", hatte er gebrüllt.

Wolfgang war eingeschüchtert. „Aber du hast doch gesagt, dass ich Platten hören darf, wenn ich darauf aufpasse, Vati."

„Doch nicht so ein Zeug, Junge!"

„Aber wenn die Platte so schlecht ist, warum hast du sie dann gekauft?"

„Die habe ich nicht gekauft, die hat man mir mal gegeben. Gib sie her!" Sein Vater nahm die Platte, und ehe Wolfgang sich's versah, hatte der Vater sie zerbrochen.

Wolfgang lächelte wehmütig, als er sich an diese Szene erinnerte. Sein Vater hatte sich zeitlebens gegenüber den Oberen der Staatsführung einen gesunden Abstand bewahrt. Das hinderte ihn aber nicht daran, auf die „Herren in Bonn" ebenfalls zu schimpfen, wenn er es für richtig hielt. Sein Vater hätte niemals solche Platten und Bücher angeschafft, wie es Bernhard getan hatte. Was hatte Bernhard bewogen, sich mit Dingen zu umgeben, die im Grunde Propagandamaterial darstellten?

Wolfgang entdeckte ein altes Fotoalbum und der Atem stockte ihm. Kleinformatige Schwarzweiß-Bilder zeigten ihn bei seiner Jugendweihe. Auf dem Bild war noch Mutti zu sehen, die bald danach verunglückt war. Nachdenklich legte er das Album zur Seite, nachdem er es langsam durchgeblättert hatte. Er trat ans Fenster und blickte auf die Bahnlinie, die nahe am Haus vorbeiführte. So viel aus seiner Vergangenheit war in ihm aufgestanden, Ereignisse, an die er seit Jahrzehnten kaum mehr gedacht hatte. Wer bin ich?, dachte er. Der erfolgreiche Stuttgarter Ingenieur? Oder eben doch ein Arbeiterkind aus der DDR, das nach der Flucht seine Vergangenheit vor sich selbst versteckt hat? „Wolfgang, man nimmt sich mit, wohin man geht“, seufzte er.

Er spürte, wie ihm diese Begegnung mit seiner Vergangenheit zunehmend an die Nieren ging. Vielleicht wäre es doch am besten, wenn er gleich morgen wieder nach Stuttgart führe. Am Mittwoch kam Big Boss zu ihm. Da konnte er gar nicht gut genug vorbereitet sein. Am Sonntag noch mal im eigenen Bett ausschlafen, um dann am Montag in alter Frische wieder der Chef der Entwicklungsabteilung zu sein.

Sein Blick fiel auf einen kleinen Stoß Papiere und Prospekte, die auf einem Stuhl lagen. Er blätterte den Stapel durch. Da blieb sein Blick an einem Faltblatt der Thomaskirchengemeinde in Leipzig hängen. Er sah es durch. Heute war Freitag, da sang der Thomanerchor eine Motette. Ein Blick auf die Uhr. Doch, das würde noch gut reichen.

Wieder fiel ihm ein Erlebnis mit seinem Vater ein. Wolfgang war damals etwa sechzehn Jahre alt gewesen. Zu der Zeit hatte er einen Geschichtslehrer, der sich immer wieder mit bissigen Witzen und abfälligen Bemerkungen über Kirche und Christentum hervortat. Wolfgang fand die Witze ganz lustig und erzählte sie zu Hause. Sein Vater sagte nichts, aber eines Samstagnachmittags befahl er Wolfgang, ein frisches Hemd und eine saubere Hose anzuziehen.

„Los, Wolfgang, komm mit. Ich hab was vor."

„Ach, Vati, eigentlich wollte ich mich noch mit Mischa treffen."

„Das kannst du immer noch, und morgen ist auch noch ein Tag. Jetzt komm!"

„Wohin gehen wir denn?", hatte er gefragt, als sie in der Straßenbahn Richtung Innenstadt saßen.

„Das wirst du schon sehen und auch hören."

Zu Wolfgangs Überraschung gingen sie in die Thomaskirche. Dort fand ein Konzert mit dem Thomanerchor und dem Thomasorganisten statt. Wolfgang, für Musik empfänglich, war tief beeindruckt.

„Hat es dir gefallen?", wollte sein Vater nach dem Konzert wissen. Wolfgang nickte nur.

„Hör zu, Junge", sagte sein Vater dann, „ich bin kein gebildeter Mann und verstehe nichts von Kirche und Bibel. Aber ein Glaube, der solch eine Musik hervorbringt, kann nicht ganz so dämlich sein, wie dein Lehrer immer behauptet."

Diese Lektion hatte gesessen. Wolfgang hatte sie nie vergessen. Eindrücklicher hätte sein Vater ihm nicht den Respekt vor Fremdem und Andersartigem beibringen können.

„Also, Vati, dir zu Ehren gehe ich in die Motette", sagte er, als ob sein Vater neben ihm stünde. Es war sicher nicht die schlechteste Art, einen Tag abzuschließen, der ihn durch ein Wechselbad der Gefühle gebracht hatte.

Als er die restlichen Papiere durchsah, fand er noch einen Zettel. Er stammte von einer evangelischen Kirche in Chemnitz. Ob das Bernhards Gemeinde war? Im selben Augenblick änderte er seine Pläne. Nein, er würde nicht schon morgen früh nach Stuttgart zurückkehren. Er würde am Sonntagmorgen in diese Kirche fahren. Vielleicht fand er dort jemanden, der Bernhard gekannt hatte. Danach hatte er immer noch Zeit, nach Stuttgart zu kommen.

Er verließ das Haus und ging durch den Regen zur Straßenbahnhaltestelle, um zur Thomaskirche zu fahren.

„Auferstanden aus Ruinen"

Am nächsten Tag, dem Samstag, hatte sich das Wetter immer noch nicht gebessert. Seit dem Gewitterguss am Donnerstagabend war es kühl und regnerisch. Er blieb länger im Bett als sonst. Das Hotelfrühstück war bereits abgeräumt, als er nach unten kam. Wolfgang ging in die Stadt und aß in einer Bäckerei. Den Vormittag verbrachte er in der Stadt und versuchte, sich die Zeit so angenehm wie möglich zu vertreiben. Für den Nachmittag hatte er sich einen Besuch bei „Onkel" Erich vorgenommen.

Wahrscheinlich war Erich zu Hause. Bei dem Mistwetter war er sicher nicht im Garten. Wolfgang fand das Haus und klingelte.

Im zweiten Stock stand Erich in der Tür. „Ach, du bist's, Wolfgang! Ich freue mich, dass du den Weg zu mir gefunden hast. Komm rein."

Wolfgang betrat den kleinen Flur und bekam einen gelinden Schock. Auf der einen Wandseite hing die DDR-Fahne, Schwarz-Rot-Gold mit Hammer und Zirkel im Ährenkranz. Auf der gegenüberliegenden Wandseite hingen links und rechts vom Spiegel die Porträts von Walter Ulbricht und Erich Honecker.

Wolfgang grinste und konnte sich eine Bemerkung nicht verkneifen: „Na, ganz aktuell sind die beiden Herren ja auch nicht mehr."

„Hätte ich vielleicht Helmut Kohl dahin hängen sollen?", bellte Erich zurück. „Diesen selbstzufriedenen Kanzler einer Einheit, die wir so nicht gewollt haben?"

Wolfgang ließ sich provozieren. Auch seine Stimme wurde lauter. Aber er hatte noch nicht ganz verstanden, dass Erich an dieser Stelle absolut keinen Spaß verstand. So schwang bei ihm noch etwas Humor mit, als er antwortete: „Nein! Das musst du nicht. Aber wenn du schon Regierungschefs hier aufhängst, wie wäre es mit der Merkel? Die ist aus dem Osten und eine von uns."

„Eine von uns!" Erich lachte höhnisch auf. „Eine von uns? Eine von den Figuren, denen es 1989 nicht schnell genug gehen konnte, uns an die BRD zu verkaufen. ‚Deutschland, Deutschland über alles'!"

„Unsere Hymne heißt ‚Einigkeit und Recht und Freiheit'", korrigierte ihn Wolfgang.

„Wessen Freiheit?", rief Erich aufgebracht. „Die Freiheit der Banken und des Großkapitals? Nee, Junge, das ist nicht mein Deutschland!"

Wolfgang wurde nun auch wütend. „Welches Deutschland dann? Das mit Stacheldraht und Mauer vielleicht? Wenn es das sein sollte, leidest du an Altersstarrsinn!"

Erich starrte ihn einige Sekunden lang zornig an. Wolfgang überlegte, ob er nicht besser gehen sollte. Er war kaum zwei Minuten hier und nun so etwas!

Erichs zornige Gesichtszüge veränderten sich allmählich und bekamen eine gewisse Traurigkeit. „Hör zu, Junge!", sagte er mit schleppender Stimme. „Mein Vater, dieser Idiot, hat für Hitler den Arm gehoben und war stolz darauf, Parteimitglied bei den Faschisten zu sein. Aber Ende des Krieges, als man Jungen zur Wehrmacht presste, die noch halbe Kinder waren, hat er gesagt, das sei nicht in Ordnung. Da haben sie ihn ins Gefängnis geworfen wegen Wehrkraftzersetzung. Dabei konnte er noch froh sein, dass sie ihn nicht gleich erschossen haben. Mich haben sie als jungen Kerl an die Front geschickt. In einem Alter, wo ein junger Mann eigentlich den Mädchen nachsteigen sollte, habe ich im Schützengraben gelegen und Dreck gefressen. Verstehst du, in einem Alter, als dich die DDR anfangen ließ zu studieren, habe ich an der Ostfront mir den Arsch abgefroren." Seine Stimme wurde wieder lauter. „Und ich habe mir damals geschworen: Wenn du diesen gottverdammten Krieg überlebst, kämpfst du für ein neues Deutschland. Komm mit!"

Er führte Wolfgang ins Wohnzimmer. Dort trat er an einen Kassettenrekorder und drückte eine Taste. „Das ist mein Deutschland! Hör genau zu und sag mir, ob das die Hymne von Verbrechern oder Versagern ist." Aus dem Lautsprecher schallte die Hymne der DDR:

„Auferstanden aus Ruinen
und der Zukunft zugewandt,
lass uns dir zum Guten dienen,
Deutschland, einig Vaterland!"

Wolfgang erinnerte sich nicht, wie lange er schon nicht mehr die DDR-Hymne gehört hatte. Aber er tat dem alten Mann den Gefallen und hörte gut zu. Dass die Kassette genau an dieser Stelle stand, die Erich haben wollte, bewies, dass er dieses Lied öfters hörte.

„Glück und Frieden sei beschieden
Deutschland, unserm Vaterland.
Alle Welt sehnt sich nach Frieden,
reicht den Völkern eure Hand!"

Als das Lied zu Ende war, drückte Erich die Stopptaste. Wolfgang sah ihn an.

„Auferstanden aus Ruinen!", sagte Erich leise. „Wolfgang, du hast es nicht erlebt, wie Leipzig nach dem Krieg ausgesehen hat, meine und deine Heimatstadt. Du warst da noch nicht auf der Welt. ‚Lasst uns pflügen, lasst uns bauen, lernt und schafft wie nie zuvor', heißt es in der Hymne. Wolfgang, das war unsere Devise. Wir wollten etwas völlig Neues aufbauen. ‚Becher-Hymne' haben die im Westen immer dazu gesagt. Das stimmt, sie ist von Johannes Becher. Aber sie haben das immer so ausgesprochen, als ob sie ‚Säufer-Hymne' sagen wollten. Du hast sie 1989 nicht erlebt, als sie nach dem Mauerfall hierherkamen, die Herren aus dem Westen und, nicht zu vergessen, ihre Damen. Du hast dich ja hier nicht blicken lassen. Dann hättest du sie erleben können in ihrer ganzen Arroganz. ‚Jetzt zeigen wir euch mal, wie man einen Staat erfolgreich aufbaut.' Test the West!

Wolfgang, du musst mir nicht sagen, dass hier manches falschgelaufen ist. Aber etwas mehr Respekt hätte einigen Leuten gutgetan. Ein bisschen mehr Respekt vor uns."

Wolfgang schwieg. Was hätte er jetzt sagen können? Er wusste sehr wohl, dass es Leute gegeben hatte, die in die ehemalige DDR gekommen waren und das Blaue vom Himmel versprochen, dann aber nur abkassiert hatten und danach schnell wieder verschwunden waren.

„Junge!", sagte der alte Mann, und seine Stimme klang müde, „Junge, sieh doch mal hin, wie alles so läuft. Die gleichen Leute, die dir die freie Marktwirtschaft in den Himmel heben, solange es ihnen gut geht, schreien nach dem Staat, und das heißt nach dem Steuerzahler, wenn sie ihre Banken und Konzerne ruiniert haben. Die kleinen Leute landen in der Arbeitslosigkeit, und die Verantwortlichen kassieren eine dicke Abfindung. Ist das dein Deutschland, wie du es haben wolltest?"

Wolfgang schüttelte den Kopf. „Nein, das will ich auch nicht." Er sah, dass der Alte Tränen in den Augen hatte. In einer spontanen Regung nahm er ihn in den Arm. „Komm, ob Osten oder Westen, wir müssen zusammenhalten." Erich ließ sich die Umarmung gefallen wie ein kleines Kind.

„Erich", sagte Wolfgang leise, „jetzt lass uns nicht streiten, sondern mach uns mal ein Schälchen Heeßen."

„Nu, freilich, Junge!“, rief Erich. „Ich bin aber auch so eine Raute. Lass ich dich hier stehen und blöke dich an. Setz dich!“

Er wies seinem Gast einen Sessel zu und ging geschäftig in die Küche, um mit seiner Kaffeemaschine „ein Schälchen Heeßen“ zu brauen.

Wolfgang sah sich im Wohnzimmer um. An einer Wand hingen einige Auszeichnungen, die Erich im Laufe seines Lebens erhalten hatte als „guter Arbeiter“ und für den „Aufbau des Sozialismus“. Wolfgang dachte, dass Erich in dieser Zeit stehen geblieben war. Anders war die Konfrontation draußen auf dem Gang kaum zu erklären.

Erich kam aus der Küche und brachte einige Stück Kuchen auf einem Teller. „Den hat meine Tochter gebacken. Sie kommt einmal in der Woche und macht bei mir sauber. Sie nimmt meine Wäsche mit und bringt sie dann sauber und gebügelt wieder. Lydia, meine Frau, ist schon seit Jahren tot.“

Er ging wieder hinaus und brachte dann den Kaffee. Der Kuchen schmeckte sehr gut.

„Böse Sache, das mit Bernhard“, knurrte Erich. „Ich sag dir, das waren so ein paar arbeitslose Nichtsnutze, die in ganz Leipzig ihre Gaunertouren durch die Stadt und die Gärten machen. Das habe ich der Frau von der ‚Volkszeitung‘ auch ganz klar gesagt. Sag, was du willst, da bin ich mir sicher.“

Wolfgang antwortete nicht.

„Sag mal, Wolfgang, willst du einen Klaren?“, fragte Erich seinen Gast. Wolfgang schüttelte den Kopf.

„Weißt du, Wolfgang“, fing Erich wieder an, „die Einheit von Wirtschafts- und Sozialpolitik, wie sie Honecker immer propagiert hat, war der bessere Weg. Da gab es keine Arbeitslosen.“

Nicht schon wieder!, dachte Wolfgang. Die DDR ist an

dieser Politik pleitegegangen. Aber er sprach seine Gedanken nicht aus. Erich wäre nur wieder wütend geworden.

„Sag mal, Erich, Hand aufs Herz, einer der Laubenpieper sagte am Donnerstag, Bernhard sei irgendwie komisch geworden. Wie hat er denn das gemeint?"

„Ach, Bruno redet immer viel. Aber – na ja, so ganz falsch war es nicht. Bernhard hatte sich in den letzten Monaten verändert. Auf einmal ist er in die Kirche gegangen. Ich hab ihn mal angesprochen. ‚Bernhard, ein aufrechter Sozialist wie du, was will der bei den Pfaffen?' Da hat er mich angeschaut und gesagt: ‚Weißte, Erich, der Sozialismus ist eine große Idee, aber er sagt dir nicht, was du mit deiner Schuld machst.' Komisch, nicht wahr?" Erich schüttelte den Kopf.

Wolfgang war mit einem Schlag hellwach. „Schuld? Er sprach von Schuld? Was hat Bernhard damit gemeint?"

Erich zuckte die Achseln. „Ich weiß es nicht. Bestimmt irgend so ein Kirchengerede. Bernhard war immer ein ganzer Kerl. Ehrlich und geradeaus. Er war fleißig und ordentlich. Schuld? Ich wüsste nicht was."

Beide hingen ihren Gedanken nach.

Wolfgang schob nach. „Erzähl mir mehr von Bernhard. Damals, als ich gegangen bin, hat er doch im selben Kombinat wie mein Vater gearbeitet. Ich habe ja jeden Kontakt zu ihm verloren. Nächste Woche wird seine Urne beigesetzt, und ich beerdige im Grunde einen Fremden."

Erich sah ihn traurig an. „Ich weiß, Bernhard wollte mit dir nichts mehr zu tun haben. Mann, du kannst dir nicht vorstellen, wie wütend er war, als du dich in den Westen abgesetzt hast. Wütend ist gar kein Ausdruck. Gustav, dein Vater, hat da anders reagiert. Er kam zu mir in den Garten und sagte: ‚Mein Junge ist weg.' Dann hat er nur noch geweint. Das war das einzige Mal, dass ich deinen Vater hab weinen sehen. Dann wurde er auch bald danach krank. Irgend so eine Herzsache."

Wolfgang fühlte sich schlecht und traurig. Er spürte einen Kloß im Hals. „Da kam doch sicher die Stasi ins Haus. Haben sie meinem Vater und Bernhard sehr zugesetzt?"

„Na, zimperlich waren die nie!", rief Erich. „Die kamen nicht nur in eure Wohnung. Die haben auch uns Laubenpieper befragt. Wir waren alle froh, als sich nach einiger Zeit alles wieder beruhigte."

Erich goss wieder Kaffee in die Tassen. „Als dein Vater tot war, hat Bernhard beim Kombinat aufgehört und ist wieder zur Armee gegangen."

„Was?", schrie Wolfgang. „Er ist wieder Soldat geworden? Der hatte nach seinem Wehrdienst doch die Schnauze genauso voll wie ich."

„Na ja, Junge, du musst das verstehen. Er hat mir mal gesagt, nachdem sein Bruder die DDR verraten habe, wolle er seinem Staat noch viel intensiver dienen. Darum ist er Berufssoldat geworden. Die haben bei der Armee auch erst komisch geguckt, aber dann haben sie ihn doch zum Berufssoldaten gemacht. Außerdem war er immer viel kräftiger und sportlicher als du."

„Erich, jetzt will ich doch einen Klaren." Wolfgang war erschüttert. Bernhard war Berufssoldat geworden, und er, Wolfgang, sollte daran schuld sein. Merkwürdig, in der Wohnung hatte er keine Papiere oder Bilder gesehen, die auf diesen beruflichen Wechsel hingedeutet hätten.

Erich schenkte zwei Gläser ein. „Hier, Junge, Nordhäuser Korn. Das tut dir gut."

Wolfgang kippte den Schnaps in einem Zug.

„Bernhards Garten sah in der Zeit nicht so toll aus. Kein Wunder, er konnte ja nicht jedes Wochenende nach Leipzig kommen. Bruno und ich haben uns in der Zeit ein bisschen um den Garten gekümmert. Unkraut wegmachen und so. Mehr nicht."

Wolfgang war noch immer sprachlos. Er hatte mit vielem gerechnet, doch nicht damit.

„Bernhard war ja nur kurze Zeit bei der NVA", fuhr Erich fort. „Eben bis zu seinem Unfall."

„Was für ein Unfall?"

„Ach, so genau hat er das nie gesagt. Da hatte sich bei einem geparkten Fahrzeug wohl die Bremse gelöst und es fuhr auf ihn drauf. Seitdem hatte er Gehprobleme, und für längere Strecken nahm er immer einen Stock."

Wolfgang atmete tief durch. Das waren ja Neuigkeiten. Hoffentlich konnte er morgen in Chemnitz mit Bernhards Pfarrer sprechen. Vielleicht wusste dieser Mann mehr über Bernhard und über die Schuld, von der sein Bruder gesprochen hatte.

„Sag mal, Junge", fragte Erich, „Was machst du denn jetzt mit dem Garten und der Wohnung? Willst du nicht wieder nach Leipzig kommen? Ich würde mich freuen. Oder spielt da deine Frau nicht mit?"

Wolfgang seufzte. „Meine Frau ist ausgezogen. Die hatte genug von mir."

„Ich sehe schon, deine Lebensbäume sind auch nicht alle in den Himmel gewachsen. Aber wenn du jetzt allein bist, kannst du doch herkommen."

„Du vergisst, dass ich in Stuttgart mein Geld verdiene."

„Na, Jobs gibt es hier auch und zwar keine schlechten!", rief Erich.

Dann hat Leipzig doch von der Wende profitiert, lieber Erich, dachte Wolfgang, aber auch diesen Gedanken sprach er nicht aus, um keinen neuen Streit zu beginnen. Er sah auf die Uhr. „Du, Erich, ich mach mich jetzt wieder auf die Socken. Danke für deine Gastfreundschaft. Wir sehen uns nächste Woche auf dem Ostfriedhof.“

„Willst du nicht noch einen Nordhäuser?“, fragte Erich etwas enttäuscht.

Wolfgang schüttelte den Kopf, stand auf und gab Erich die Hand. „Bleib ruhig hier. Ich finde allein raus.“

Als Wolfgang die Etagentür geschlossen hatte, hörte er, dass Erich wieder seine Hymne laufen ließ.

„Alte Not gilt es zu zwingen,
und wir zwingen sie vereint,
denn es muss uns doch gelingen,
dass die Sonne schön wie nie
über Deutschland scheint.“

Er war froh, dass er sein Auto nicht dabeihatte, und er ging auch nicht zur Straßenbahn. Körperliche Anstrengung war jetzt das einzige Mittel, um das Gehörte zu verarbeiten. So machte er sich auf den weiten Weg vom Leipziger Osten in sein Hotel.

Geheimnis

Als er am nächsten Vormittag in seinem Auto saß, um nach Chemnitz zu fahren, fühlte Wolfgang eine gewaltige Anspannung. Er war jetzt den fünften Tag in Sachsen, und jeder Tag hatte für ihn die ganze Sache schwieriger und komplizierter werden lassen. Je mehr er über Bernhards Leben erfuhr (und was er bisher erfahren hatte, war wenig genug), desto größer wurden die Rätsel. Außerdem spürte er, dass er, Wolfgang, tiefer in alles verstrickt war, als er sich das je hätte vorstellen können.

Es war merkwürdig. Da hatten sich die Wege der beiden Brüder getrennt, und Wolfgang hatte geglaubt, dass sich die Lebenslinien im Grunde nicht mehr berühren würden, aber genau das Gegenteil war der Fall. Gerade die Trennung und die vielen Jahre ohne Kontakt hatten ihr Schicksal geprägt.

Wolfgang fühlte sich zunehmend schlechter. Sein Vater hatte nach seiner Flucht geweint und war bald darauf gestorben. Und Bernhard wähnte sich in dem Glauben, er müsse Wolfgangs Schuld der Flucht wiedergutmachen. Aber war seine Flucht denn Schuld? Hatte er nicht das getan, was Zigtausende DDR-Bürger auch getan hatten? Welche Schuld hatte wiederum Bernhard auf sich geladen, sodass er plötzlich meinte, er brauche den christlichen Glauben?

Es war gut, dass an diesem frühen Sonntagmorgen noch nicht viel Verkehr war, denn Wolfgang fuhr sehr unkonzentriert. Er kannte sich in Chemnitz nicht aus, aber sein Lancia hatte ein Navigationsgerät. Es brachte ihn zuverlässig in ein Chemnitzer Wohnviertel, wo er den Wagen parkte und ausstieg.

Er hatte noch Zeit, so vertrat er sich ein wenig die Beine.

Die Kirche lag ein wenig höher als die Wohnblocks an der Straße. Eine Grünfläche und Bäume umgaben das Gebäude. Die Kirche war um den Turm in der Mitte herumgebaut. Die dunklen Dachflächen setzten sich von den helleren Steinen der Mauern ab. An einer Tafel fand er den Hinweis, dass die Kirche Anfang des 20. Jahrhunderts gebaut worden war. Er betrat das Innere. Die Kirche war groß und bot viel Platz. Er setzte sich auf einen der hinteren Plätze und fühlte sich sehr unsicher. Ein Bild am Altar lenkte seinen Blick dorthin. Die große weiße Gestalt in der Mitte musste wohl Jesus sein. Um ihn herum einige Leute, die ihm intensiv zuhörten. Bernhard hätte da auch dabei sein können, dachte er.

Vorn bauten einige junge Leute Instrumente auf. Wolfgang staunte. Gab es da keine Orgelmusik im Gottesdienst? Vermutlich würden doch nur einige ältere Frauen den Gottesdienst besuchen. Ob die von einer Band entzückt sein würden?

Doch Wolfgang musste bald feststellen, dass der Kirchenraum sich füllte. Keineswegs nur alte Frauen suchten ihre Plätze, sondern Männer und Frauen, Junge und Alte wollten an dem Gottesdienst teilnehmen. Er war überrascht, denn das hatte er nicht erwartet, vor allem nicht so viele junge Leute.

Der Gottesdienst begann. Moderne Lieder mit der Band und klassische Kirchenlieder von der Orgel begleitet wechselten einander ab. Wolfgang kannte die Lieder nicht. Ein jüngerer Pfarrer hielt den Gottesdienst. Ob er ihm Auskunft über Bernhard geben könnte? Wolfgang bekam von der Predigt nicht sehr viel mit, weil seine Gedanken immer wieder bei Bernhard waren. Aber wenn das Bernhards Gemeinde gewesen war, so fing Wolfgang an, seinen Bruder zu verstehen. Die Atmosphäre gefiel ihm. Hier lebte alles, es schien stimmig zu sein, und er hatte den Eindruck, dass hier tatsächlich Leute versammelt waren, die sich als Gemeinschaft verstanden.

Als der Gottesdienst zu Ende war, bahnte er sich einen Weg nach vorn. Er erreichte den Pfarrer gerade noch, bevor er hinter einer Tür verschwand. „Entschuldigen Sie bitte, Herr Pfarrer! Kann ich Sie einen Augenblick sprechen? Es ist sehr wichtig."

„Bitte! Worum geht es?"

„Mein Name ist Wolfgang Blischke. Es geht um meinen Bruder Bernhard. Kennen Sie ihn?"

„Bernhard Blischke? Ja, natürlich. Was kann ich für Sie tun?"

„Ich wollte ... Also, ich muss Sie einige Dinge über ihn fragen."

„Hm. Ich habe im Moment nicht sehr viel Zeit. Aber warten Sie. Da gibt es jemanden, der ihn viel besser kennt als ich."

Wolfgang wurde nervös. „Verzeihen Sie, aber ich muss mit Bernhards Pfarrer sprechen. Es ist sehr wichtig."

„Ja, ja, ich verstehe schon."

Der Geistliche sah sich suchend im Raum um. „Ach, da sind sie ja", sagte er und dann zu Wolfgang gewandt: „Kommen Sie mit."

Mit raschen Schritten ging er durch den Kirchenraum. Wolfgang hatte Mühe, ihm zu folgen. Er ging zu einem Ehepaar, das etwa Anfang sechzig sein mochte.

„Frieder", sagte der Pfarrer, „da ist jemand, der mit dir reden möchte." Dann drehte er sich auch schon wieder um.

Das Ehepaar sah Wolfgang neugierig an.

„Verzeihen Sie bitte, wenn ich Sie aufhalte. Aber es ist sehr wichtig. Mein Name ist Wolfgang Blischke. Es geht um meinen Bruder Bernhard."

Das Ehepaar sah ihn freundlich an. „Das ist aber schön, dass wir Bernhards Bruder endlich einmal kennenlernen. Seien Sie willkommen. Wo ist Bernhard? Ist er nicht mit Ihnen hier?"

Wolfgangs Gesicht verdüsterte sich. „Mein Bruder ist tot. Wussten Sie das nicht?"

Das Ehepaar war überrascht. „Tot, sagen Sie? Nein, das wussten wir nicht. Was ist passiert?"

„Haben Sie ein bisschen Zeit für mich?"

„Selbstverständlich! Kommen Sie, setzen wir uns dort auf die Stühle."

Mit leiser Stimme erzählte er ihnen von Bernhards Ermordung. Der Mann und die Frau waren erschüttert.

„Bitte", sagte Wolfgang, „erzählen Sie mir alles, was Sie über meinen Bruder wissen. Ich habe ihn eigentlich kaum mehr gekannt. In Leipzig fand ich Hinweise, dass er Christ geworden ist. Warum? Was ist mit ihm geschehen? Ich habe gehört, dass es irgendwie um eine Schuld geht. Ich verstehe das alles nicht."

Das Ehepaar war überrascht. „Ja, hat er Ihnen das denn nicht selbst alles erzählt? Er sagte uns – warten Sie, das mag Ende letzten Jahres gewesen sein –, dass er mit Ihnen Kontakt aufnehmen wollte. Hat er das denn nicht getan?"

Wolfgang holte tief Luft. Mit heiserer Stimme erklärte er: „Mein Bruder hat zweimal versucht, mit mir zu reden. Ich habe es jedes Mal abgelehnt." Er biss sich auf die Lippen.

Das Ehepaar sah bekümmert aus und schwieg.

„Jetzt halten Sie mich sicher für einen bösen Menschen", fuhr Wolfgang fort. „Aber glauben Sie mir, wenn ich jemals in meinem Leben etwas bereut habe, dann das."

„Wir machen Ihnen keinen Vorwurf", sagte die Frau. „Das

kann jedem passieren. Man handelt aus einem Gefühl heraus und merkt erst hinterher, dass es völlig falsch war."

„Ich war ein Idiot!", seufzte Wolfgang. „Aber bitte, erzählen Sie mir von meinem Bruder."

„Er kam im Herbst in unsere Gemeinde", antwortete der Mann. „Wir veranstalten hier regelmäßig mehrwöchige Kurse, in denen die Leute sich über den Glauben kundig machen können. Ihr Bruder muss wohl beim Suchen im Internet auf unsere Gemeinde gestoßen sein. Am Anfang war er sehr distanziert und fragend. Aber er war mit einer beeindruckenden Ernsthaftigkeit bei der Sache. Schließlich hat er zu Gott gefunden."

„Hat er Ihnen von sich erzählt?"

Die Frau nickte. „Nach einigen Wochen bat er uns beide um ein persönliches Gespräch. Wir sind jetzt beide im Ruhestand. Mein Mann war hier Pfarrer, aber die Gemeinde freut sich immer, wenn wir uns hier noch engagieren. Deshalb haben wir den Kurs gehalten."

„Was hat er Ihnen da erzählt? Welche Schuld hat ihn so geplagt?"

Der Mann schüttelte den Kopf. „Genau diese Frage dürfen wir Ihnen nicht beantworten. Das ist ein Beichtgeheimnis."

Wolfgang reagierte mit einer Mischung aus Ärger und Verzweiflung. „Hören Sie! Ich will meinen Bruder verstehen. Ich will wissen, warum er getötet worden ist. Das Beichtgeheimnis in Ehren. Aber mein Bruder ist jetzt tot."

„Verzeihen Sie!", sagte der Mann. „Aber der Tod ändert daran nichts. Nur Ihr Bruder selbst hätte uns von diesem Schweigegebot entbinden können."

Wolfgang seufzte resigniert. „Haben Sie denn gar keinen Hinweis für mich?"

„Ich kann so viel sagen, Herr Blischke. Ihr Bruder hat in

einem langen Gespräch mir und meiner Frau sein Leben erzählt. Es war, wenn Sie so wollen, eine Lebensbeichte. Ja, er ist schuldig geworden, an Ihnen und an anderen Menschen. Mehr darf ich Ihnen nicht sagen."

„Aber bei aller Schuld: Er hat Vergebung und einen tiefen Frieden mit Gott empfangen", ergänzte die Frau.

Wolfgang lachte bitter auf. „Ach ja? Finden Sie nicht auch, dass Gott dann etwas besser auf meinen Bruder hätte aufpassen können? Genützt hat ihm sein Glaube ja nichts!"

Das Ehepaar schwieg betroffen. Wolfgang räusperte sich. „Entschuldigen Sie bitte! Ich wollte Ihre religiösen Gefühle nicht verletzen. Sie haben sicher sehr viel für meinen Bruder getan."

„Wir sind Ihnen nicht böse", sagte die Frau. „Das muss ja alles auch für Sie sehr schrecklich sein."

„Ich habe noch eine Frage, wenn Sie erlauben", fuhr Wolfgang fort. „In einer Bibel meines Bruders fand ich vorn eine Notiz von ihm: ‚Ich bin Zachäus.' Können Sie mir das erklären? Wer ist Zachäus?"

„Das bezieht sich auf eine Geschichte im Lukasevangelium. Jesus kam auf seinem Weg nach Jerusalem einmal durch die Stadt Jericho. Natürlich waren die Leute neugierig und wollten ihn sehen, auch der Zöllner Zachäus. Zachäus war klein und er wusste, dass ihn die Leute nicht nach vorne lassen würden, eben weil er Zöllner war. Deshalb stieg er auf einen Baum, um von dort Jesus besser sehen zu können."

Wolfgang blickte verständnislos. „Das verstehe ich nicht. Warum mochten ihn die Leute nicht? Beim Zoll zu arbeiten ist doch so ehrenwert wie meinetwegen Brot backen. Waren die Leute alle Schmuggler?"

Die Frau schüttelte lächelnd den Kopf. „Damals bedeutete Zöllner zu sein etwas anderes. Israel war Teil des Römischen

Reiches. Die Römer erhoben Steuern, und die Zöllner trieben sie für die Römer ein. Bei dieser Gelegenheit haben sie kräftig in die eigene Tasche gewirtschaftet."

„Gut, das verstehe ich jetzt. Und weiter?"

„Jesus sah Zachäus auf dem Baum sitzen und sagte: ‚Zachäus, komm herunter, ich will heute Abend bei dir zu Gast sein.' Zachäus freute sich, und die Leute von Jericho ärgerten sich, dass er ausgerechnet zu so einem ging. Im Laufe des Gesprächs sagte dann Zachäus: ‚Ich will die Hälfte meines Vermögens den Armen geben, und alle, die ich betrogen habe, will ich reichlich entschädigen.' Da sagte Jesus, nun sei Gottes Heil auch zu Zachäus gekommen."

Wolfgang überlegte. Halblaut sagte er: „‚Ich bin Zachäus.' Zachäus wollte sein Leben ändern. Er wollte seine Schuld wiedergutmachen. Heißt das, Bernhard wollte es genauso machen?"

Beide nickten. „Das dürfte stimmen. So haben wir Bernhard immer verstanden."

Wolfgang wurde blass. „Und ich Schweinehund habe ihm das verwehrt." Er bedeckte sein Gesicht mit beiden Händen. „Mein Gott, was war ich für ein Schuft!"

Es gab eine lange Zeit des Schweigens.

„Es gibt für jeden Vergebung", sagte die Frau schließlich.

Wolfgang sah sie zweifelnd an. Jemand trat zu ihnen und sah das Ehepaar an. „Frieder, Thekla, kommt ihr?"

Der Mann, der Frieder hieß, machte eine abwehrende Bewegung. „Ein paar Minuten noch, ja?"

Wolfgang holte tief Luft. „Ich halte Sie auf. Entschuldigen Sie. Eine letzte Frage. Nach allem, was Sie von Bernhards Schuld wissen und von seinem Bemühen sich zu rehabilitieren – halten Sie es für möglich, dass seine Ermordung damit zu tun hat?"

Das Ehepaar sah sich an. „Wir können nur hoffen, dass die Polizei bald den Mörder Ihres Bruders findet“, meinte der Pfarrer langsam. „Wir können nicht wissen, wer das getan hat. Aber, um Ihre Frage zu beantworten, ja, wir halten das durchaus für denkbar. Doch wie gesagt: Das ist nur eine Möglichkeit.“

Wolfgang schwieg und versuchte vergeblich, seine Gedanken zu ordnen.

„Entschuldigen Sie uns jetzt bitte“, sagte der Pfarrer. „Ich schreibe Ihnen meine Telefonnummer auf. Rufen Sie uns an, wenn wir etwas für Sie tun können. Und rufen Sie uns an, wenn der Mord aufgeklärt ist. Wir werden für Sie beten.“

Wolfgang nickte mechanisch. „Ich danke Ihnen. Ich respektiere natürlich Ihre Verschwiegenheit und Diskretion. Das ist aller Ehren wert. Aber verstehen Sie, dass sich für mich nun alles nur noch verwirrender darstellt?“

„Sicher verstehen wir das“, antwortete der Mann. „Aber quälen Sie sich nicht. Sie müssen nicht die Arbeit der Polizei tun. Die wird sicher bald den Mörder finden. Sie müssen auch nicht Ihren Bruder in allen Dingen verstehen. Nur Gott versteht alle Regungen und Geheimnisse unseres Herzens. Wenn es Ihnen ein Trost ist, sage ich Ihnen dies: Ich bin mir sicher, dass Ihr Bruder Ihnen gegenüber keinen Groll empfunden hat – trotz Ihrer Ablehnung. Ich habe ihn in den letzten Monaten immer nur gut von Ihnen reden hören. Bitte entschuldigen Sie uns jetzt.“

Langsam ging Wolfgang zum Ausgang.

Big Boss

Als er am Abend in Stuttgart angekommen war, fühlte er sich fix und fertig. Der Gedanke, am nächsten Morgen in die Firma zu müssen, widerstrebte ihm. Am liebsten hätte er einen oder zwei freie Tage gehabt, um die Zeit in Leipzig zu verarbeiten. Er rief Sylvia nur kurz an und versprach, ihr am nächsten Abend einen ausführlicheren Bericht zu erstatten. Sie war etwas enttäuscht, sah aber ein, dass sie jetzt nicht mehr von ihm erwarten konnte.

Das Aufstehen am nächsten Morgen fiel ihm schwer, doch er hatte keine Wahl. In seiner Abteilung nahm ihn die Arbeit aber schon nach kurzer Zeit gefangen.

Er war zufrieden. Sein Team hatte fleißig gearbeitet, alles war vorbereitet. „Big Boss" konnte kommen. Er vergaß nicht, seine Mitarbeiter ausgiebig zu loben.

Am Abend rief er Sylvia an und berichtete ihr ausführlich von seinen Leipziger Erfahrungen.

„Weißt du", schloss er seinen Bericht, „ich kann es dir noch nicht genau begründen, doch irgendwie ist das Leben dort anders. Oder soll ich sagen, die Leute ticken anders? Ich denke da nicht nur an ‚Onkel' Erich, obwohl es natürlich bei ihm ganz offensichtlich ist. Vieles ist genau wie bei uns, und du denkst: ‚Klar, ich bin schließlich in Deutschland', und dann merkst du plötzlich an einer Stelle, dass nach all den Jahren DDR das Lebensgefühl sich doch spürbar von unserem unterscheidet, und das, obwohl die Wende nun auch schon eine ganze Weile hinter uns liegt." Nach einer Pause fügte er hinzu: „Jedenfalls in Leipzig-Ost, was nie die Reiche-Leute-Gegend war."

„Wann fährst du wieder nach Leipzig?", wollte sie wissen.

„Den Donnerstag werde ich tagsüber wohl noch in der Firma sein müssen, entweder zum Feiern oder zum Wundenlecken. Allerdings sind die Trauerfeier und die Urnenbeisetzung am Freitag um elf Uhr. Das heißt ich werde am Abend in die Nacht hineinfahren, in Leipzig ein paar Stunden schlafen, um dann pünktlich an Ort und Stelle zu sein."

„Wäre es dir eine Hilfe, wenn ich mitkäme?", wollte sie wissen.

Wolfgang war überrascht. Ein warmes Gefühl der Dankbarkeit überkam ihn. „Ja, natürlich. Das wäre sehr schön. Aber geht das denn? Hier haben die großen Ferien ja noch nicht angefangen."

„Aber, Wolfgang! Todesfall in der Familie. Wenn ich dafür nicht Dienstbefreiung bekomme, wofür dann?"

„Also, abgemacht. Ich hole dich am Donnerstagabend ab und rufe dich kurz vorher an, damit du auch wirklich fertig bist, wenn ich komme."

„Vielen Dank, Herr Blischke!", sagte sie etwas säuerlich. Die Spitze in seinen Worten war nicht zu überhören gewesen.

„Entschuldigung! Ich wollte dir nicht zu nahetreten." Er ärgerte sich über sich selbst, weil ihm diese Bemerkung entschlüpft war. Es war kein Wunder, dass sie getrennt lebten. Beide hatten im Laufe der Jahre gelernt, den anderen mit einer gezielten Bemerkung zu verletzen.

Den nächsten Tag verbrachte er mit der Bearbeitung der angefallenen Post, und dann kam schließlich der mit Spannung erwartete Mittwoch und mit ihm Big Boss James Bridgeman.

Er begann seinen Besuch in der deutschen Niederlassung mit einem ausführlichen Gespräch mit Hartmut Schlingensief und den Leitern der anderen drei Abteilungen. Dann folgte eine Werksbesichtigung. Den Besuch bei Wolfgang und die Vorführung der neuen Aktivantenne hatte er sich für den Schluss aufgehoben.

Er war bester Laune, als er Wolfgang und sein Team begrüßte. Wolfgang stellte aber rasch fest, dass ihn das nicht daran hinderte, sehr präzise Fragen zu stellen. Bridgeman war nicht nur ein gewiefter Geschäftsmann, sondern auch ein hervorragender Techniker, und er hatte sich auf seinen Besuch gut vorbereitet. Er ließ sich die Antenne und ihren rauscharmen Verstärker aufs Genaueste erklären. Wolfgang und sein Team waren gefordert.

Schließlich meinte James Bridgeman, er habe nun genug gesehen, und musterte das Team eingehend. Dann sagte er: „Sie haben ausgezeichnet gearbeitet. Als Belohnung lade ich Sie alle nach Seattle in unsere Zentrale ein. Dann können Sie unseren Leuten etwas von ‚Made in Germany' erzählen."

Wolfgangs junge Ingenieure strahlten.

„Wolfgang, kann ich Sie noch unter vier Augen sprechen?", bat er zum Schluss.

Sie gingen in Wolfgangs Büro.

„Wolfgang, sind Sie sicher, dass Sie nicht nach Seattle umsiedeln wollen?"

„Entschuldigen Sie, Mr Bridgeman, aber ich glaube, ich bin ein zu alter Baum, um noch in die USA umgepflanzt zu werden."

Doch das ließ James Bridgeman nicht gelten. „Kommen Sie mir nicht mit Alter. Ich sehe doch, was Sie hier leisten. Dort könnte ich Ihnen noch bessere Arbeitsbedingungen bieten."

„Gut, aber wer übernimmt meine Arbeit hier?"

Bridgeman lachte laut. „Eins zu null für Sie, Wolfgang! Aber machen Sie sich keine Sorgen. Hartmut hat mir schon klar genug gesagt, dass er Sie hier braucht. Dann bleiben Sie meinetwegen in Old Germany."

„Außerdem haben Sie ja mindestens einen Deutschen bei sich in Seattle."

„Sie meinen Dr. Wiesner?" James Bridgeman lächelte grimmig.

Richtig, Wiesner heißt er und nicht Wiesinger, wie ich Berger erzählt habe, dachte Wolfgang. Laut sagte er: „Ja, den meine ich. Ich war ja noch nicht lange hier, als Sie ihn nach Seattle holten."

„Ja, auf seine Empfehlung hin haben wir Sie ja von Grundig zu uns nach Stuttgart geholt."

„Dafür bin ich Dr. Wiesner heute noch dankbar", sagte Wolfgang.

„Ich auch!", meinte Bridgeman, um dann fortzufahren: „Haben Sie noch Kontakt zu ihm?"

Wolfgang schüttelte den Kopf. „Nein, schon viele Jahre nicht mehr. Für eine persönliche Freundschaft sind wir einfach zu verschieden. Außerdem hat er ja dann in Seattle auch sein Fachgebiet gewechselt. Während ich den Rundfunkwellen treu geblieben bin, hat er sich ganz auf den Gigahertz-Bereich konzentriert. Damit entfiel auch weitgehend der berufliche Austausch."

„Wenn Sie ihn sehen", knurrte der Konzernchef, „dann treten Sie ihm in den Hintern, oder noch besser: Bringen Sie ihn gleich um!"

„Wie bitte?", rief Wolfgang. „Würden Sie mir das bitte erklären?"

„Ganz einfach!", schnaubte Bridgeman. „Ich habe gute Leute immer gut bezahlt. Wiesner konnte sich nicht beklagen. Aber dieser blutige Bastard bekam den Hals nicht voll. Wir entwickelten da eine Sache. Kurz bevor wir sie zum

Patent anmelden konnten, kamen die Chinesen mit so einem Ding auf den Weltmarkt. Na gut, sagten wir uns, die Chinesen sind ja nicht dumm. Haben wir eben Pech gehabt. Aber es dauerte nicht lange, da passierte so eine Schweinerei zum zweiten Mal. Das roch dann doch nach Geheimnisverrat. Spionage durch eine ausländische Macht, dazu die militärische Bedeutung unserer Projekte, der Kampf der USA gegen den Terrorismus – Sie können sich denken, dass das keine Sache für den örtlichen Sheriff war. Ich hatte das zweifelhafte Vergnügen, einige Leute von CIA und FBI kennenzulernen. Und siehe da, da hatte erstens einer von uns tatsächlich geplaudert, und zweitens führte die Spur zu Wiesner, der sich für diese Sauereien gut hatte bezahlen lassen."

Wolfgang war fassungslos und schüttelte den Kopf. „Dann werde ich ihm kaum in den Hintern treten können, zumal ich nicht die Absicht habe, ihn im Gefängnis zu besuchen."

„Da sitzt er aber nicht!", bellte Bridgeman. „Die Schlinge hatte sich schon um seinen Hals gezogen, da ist er entwischt. Spurlos im letzten Augenblick vom Erdboden verschwunden. CIA und FBI werfen sich jetzt gegenseitig vor, dass da einer was ausgeplaudert hat. Blamable Sache für unsere Jungs!"

Sie hatten die Unterhaltung auf Englisch geführt. „Bloody bastard", „blutiger Bastard" – diese Bezeichnung war bei Wolfgang hängen geblieben, als er am Abend zu Hause über den Tag nachdachte. Blut – das Wort erinnerte ihn an Bernhard.

Ich werde Berger davon erzählen müssen, nachdem er mich im Verhör nach Wiesner und nach Werksspionage gefragt hat, dachte er, obwohl ich nicht weiß, was Wiesner mit Bernhard zu tun haben könnte.

Wolfgang hatte geplant, sein Team am nächsten Tag zum Essen einzuladen, aber Schlingensief kam ihm zuvor. Er lud

Wolfgang und die ganze Abteilung in ein sündhaft teures Restaurant ein. Wolfgang fühlte sich entspannt wie schon lange nicht mehr.

Am Nachmittag packte er seine Koffer. Er wusste noch nicht, wie lange er in Leipzig bleiben würde. Gegen Abend holte er Sylvia ab. Er wollte jetzt in der Wohnung schlafen und nicht ins Hotel gehen. Sie war einverstanden.

„Willkommen in Leipzig-Stünz", sagte er, als er die Wohnungstür aufschloss. Sie nahm die Wohnung in Augenschein und klatschte in die Hände, als sie das breite französische Bett im Schlafzimmer entdeckte.

„Wunderbar! Da werde ich viel Platz zum Schlafen haben", meinte sie.

„Der Platz wird sich in Grenzen halten. Wir sind zu zweit", erklärte er.

Sie sah ihn unwillig an. „Darf ich dich daran erinnern, dass wir seit einiger Zeit getrennt leben?"

„Vielen Dank, dass du meinem Gedächtnis nachhilfst!", schrie er und knallte die Tür zu. Wütend klappte er die Wohnzimmercouch auf und machte sich bettfertig.

Die Beisetzung

Als sie am nächsten Morgen aus dem Schlafzimmer kam, sah sie erholt aus. „Wie hast du geschlafen?“, wollte sie wissen.

Seine Stimme klang mürrisch. „Wie man eben auf einer Couch so schläft.“

„Ich gehe in die Küche und mache Kaffee“, sagte sie mit etwas schlechtem Gewissen, um ihn zu besänftigen.

„Eine gute Idee! Ich brauche jetzt wirklich einen Kaffee.“

Beim Frühstück war er sehr still. Er gestand sich ein, dass er vor diesem Tag Angst hatte. Beerdigungen waren noch nie sein Fall gewesen. Und jetzt ging es um seinen Bruder und damit um ein Stück seines eigenen Lebens. Bernhard – tot, umgebracht.

„Wie geht es dir?“, fragte sie ihn.

„Beschissen“, antwortete er knapp.

Ihr wurde bewusst, dass sie ihm zu Hause jetzt wohl eine Zurechtweisung in der Art von „Du bist ja wieder mal sehr gesprächig“ erteilt hätte. Es war gut, dass sie den Gedanken für sich behalten konnte. Mein Gott, dachte sie, warum kann es bei uns nicht wieder wie früher sein?

In der Bestattungshalle hatten sich etwa zwei Dutzend Leute versammelt. Wolfgang erkannte Frau Wolke, „Onkel“ Erich und dessen Stammtischbrüder. Die anderen Leute waren ihm unbekannt. Auf einem dekorierten Tischchen umgeben von Kerzen und Blumen stand die Urne. Das ist nun mein Bruder, oder was von ihm noch übrig ist, dachte Wolfgang.

Er war überrascht, wie schnell die Zeremonie vorüber war. Der Bestatter hielt eine kurze Rede, dann stand die

Gesellschaft auf, um die Urne zum Grab zu bringen. Als ein Friedhofsangestellter sie in das Urnengrab versenkte, konnte Wolfgang seine Tränen nicht länger zurückhalten. Er versuchte, sich rasch wieder in die Gewalt zu bekommen.

Dann traten die Leute nacheinander ans Grab.

„Schau mal, was der macht! Spinnt der?“, flüsterte Sylvia aufgebracht zu Wolfgang.

Da stand Erich am Grab, mit erhobener rechter Hand und geballter Faust, und grüßte seinen Freund mit dem Kampfgruß der Arbeiterklasse.

„Lass ihn!“, flüsterte Wolfgang. „Das ist seine Art des Respekts vor meinem Bruder.“

Plötzlich stand da auch die Polizeibeamtin Kühn-Landenberger. Sie gab Wolfgang und Sylvia die Hand. „Meine Anteilnahme zum Tod Ihres Bruders.“

„Haben Sie vielen Dank! Ich habe Sie vorhin gar nicht gesehen.“

„Ich war im Hintergrund. Ein guter Platz für eine Polizistin im Dienst“, antwortete sie.

Ungefähr fünfzehn Personen folgten Wolfgangs Einladung in die Gartengaststätte. Der Wirt hatte Kartoffelsalat und Bouletten vorbereitet. Er musste viel laufen, bis jeder das gewünschte Getränk hatte.

„Auf meinen Bruder Bernhard Blischke!“, rief Wolfgang und erhob sein Glas.

„Und darauf, dass man das Schwein, das ihn umgebracht hat, bald fasst!“, rief Bruno.

Am Anfang war die Stimmung eher gedämpft. Dass man einen der ihren in der schönen Gartenanlage umgebracht hatte, erschütterte die Gemeinde der Gartenfreunde. Doch wie immer bei solchen Anlässen veränderte sich allmählich die Stimmung. Die Unterhaltungen wurden lebhafter.

Erich, der neugierig auf Wolfgangs Frau gewesen war, bot Sylvia gegenüber seinen ganzen Charme auf. Ihre Reserviertheit wich allmählich, und beide unterhielten sich angeregt.

Wolfgang ging von Tisch zu Tisch und bemühte sich, ein guter Gastgeber zu sein. Doch es fiel ihm zunehmend schwerer. Sylvia fiel auf, dass er immer stiller wurde.

Es war schon spät am Nachmittag, als endlich der letzte Besucher gegangen war.

„Was machen wir jetzt?“, fragte Sylvia.

„Bitte, lass uns in die Wohnung gehen. Ich bin nur noch müde und will meine Ruhe.“

In der Wohnung legte er sich auf das breite Bett und versuchte zu schlafen. Sylvia saß im Wohnzimmer und hing ihren Gedanken nach.

Gegen sieben Uhr kam er aus dem Schlafzimmer.

„Hast du ein bisschen geschlafen, Wolfgang?“

„Ja, es hat gutgetan. Einfach nur mal abschalten und alles vergessen.“ Und nach einer Pause: „Schlaf – des Todes Bruder.“

Sie lächelte. „Na, ich weiß nicht so recht. Was machen wir jetzt?“

„Lass uns in die Stadt fahren und eine Kleinigkeit essen und so den Tag abschließen. Wir nehmen die Straßenbahn, wenn du nichts dagegen hast. Dann kann ich wenigstens ein oder zwei Glas Wein trinken. Hast du schon mal Wein von der Elbe getrunken?“

Sie schüttelte den Kopf.

„Dann komm, lass uns gehen.“

Als sie in einem ruhigen Restaurant einander gegenübersaßen, merkte sie, wie seine anfängliche Ruhe wieder einer inneren Anspannung wich. Schließlich sah er sie mit einem fast verzweifelten Gesichtsausdruck an. Seine rechte Faust war geballt. „Ich bin ein völliger Versager! Alles mache ich meinem Bruder gegenüber falsch."

Sie sah ihn fragend an, etwas schockiert von dem plötzlichen Ausbruch.

„Es wäre Bernhard gegenüber besser gewesen, ich hätte doch einen Pfarrer mit der Beerdigung beauftragt."

„Aber du bist doch gar nicht gläubig!"

„Ja, so wenig wie du!", erwiderte er scharf, um dann mit sanfterer Stimme fortzufahren: „Aber Bernhard ist gläubig geworden. Er hätte es bestimmt so gewollt, wenn er selbst hätte entscheiden können. Schon wieder war ich ihm gegenüber alles andere als fair."

Sie wollte ihn besänftigen. „Aber der Bestatter hat seine Sache doch gut gemacht. Ich finde, er hat unsere Betroffenheit angesichts des gewaltsamen Todes sehr treffend in Worte gefasst."

„Sicher, er hat sein Möglichstes getan. Das erkenne ich an. Aber seine Rede insgesamt ... Verstehst du, einige allgemeine Worte über Werden und Vergehen im Leben – das kann doch nicht alles sein."

Beide schwiegen.

„Stell dir vor", machte er weiter, „der Mörder wird nie gefasst. Was ist dann? Gibt es dann keine Gerechtigkeit?"

„Die Polizei wird diesen Menschen zu fassen bekommen."

„Ach ja, Sylvia? Was macht dich da so sicher? Und selbst wenn sie ihn schnappen, macht das meinen Bruder nicht mehr lebendig. Und das, was ich verbockt habe, kann ich nicht wiedergutmachen. Ich kann ihn nicht einmal mehr um Entschuldigung bitten. – Was ist das nur für eine Scheißwelt!"

Er presste die Lippen zusammen und schwieg. Auch sie hing ihren Gedanken nach. Nach einer Weile merkte sie zu ihrer Überraschung, wie er auf einmal leicht lächelte.

„An was denkst du, Wolfgang?“

„Ach, mir ist da was eingefallen zum Thema ‚gläubig oder nicht‘. Du erinnerst dich, ich war doch vor etwa drei Jahren zum ersten Mal in Israel im Auftrag unserer Firma. Mein Gesprächspartner dort hat mir an einem Abend jede Menge jüdischer Witze erzählt. Da war einer dabei von einem Juden, der immer von sich behauptete, dass er nicht an Gott glaube und Atheist sei. Aber am jüdischen Bußtag geht er doch in die Synagoge. Sein Nachbar macht ihn auf die Inkonsequenz seines Tuns aufmerksam. ‚Du sagst, du glaubst nicht an Gott. Warum gehst du dann in den Gottesdienst?‘ Da antwortet der Mann: ‚Es stimmt, ich glaube nicht an Gott. Aber wer garantiert mir, dass ich recht habe?‘“

Sylvia lachte laut heraus und legte sich dann erschrocken die Hand auf den Mund, weil sie im Restaurant nicht auffallen wollte.

„Ein guter Witz und eine gute Frage!“, sagte sie. „Wer garantiert mir, dass ich recht habe? Nicht schlecht!“

„Erich hat mir was von Bernhard erzählt“, sagte Wolfgang und trank einen Schluck von seinem Meißener Weißwein. „Erich hat ihn gefragt, warum er als guter Sozialist auf einmal zur Kirche gehe. Und da hat Bernhard geantwortet, der Sozialismus sei eine tolle Idee, aber er gebe keine Antwort auf die Frage, was man mit seiner Schuld macht. Weißt du, ich fange an, Bernhard zu verstehen. Zumindest an dieser Stelle.“

Sie wollte ihn nicht provozieren, aber sie hatte doch einen Einwand. „Im christlichen Glauben ist ständig von Schuld die Rede. Ich glaube, viel zu viel. Ich weiß, du machst dir Vorwürfe, weil du Bernhards Anrufe abgewimmelt hast. Aber nach dem, was in der Vergangenheit war, ist deine Reaktion doch verständlich und nachvollziehbar."

Er schüttelte den Kopf. „Ich habe mir seitdem tausendmal gesagt, dass meine Reaktion verständlich war. Aber das ändert nichts daran, dass ich Bernhard keine Möglichkeit gelassen habe, mit mir zu reden. Das ist mein Anteil an der Sache, den ich ganz allein zu verantworten habe, egal, ob ich Gründe für mein Verhalten hatte oder nicht. Und wer weiß, vielleicht könnte er noch leben, wenn ich ihm bei seinem letzten Anruf zugehört hätte. Er war so eindringlich ..."

„Vielleicht, vielleicht. Wolfgang, du quälst dich mit wilden Vermutungen."

„Kann sein, du hast recht", sagte er müde. „Was ist? Gehen wir allmählich?"

„Einen Moment noch. Ich möchte diesen guten Wein nicht einfach nur runterschütten", meinte sie. „Außerdem müssen wir noch überlegen, wann ich zurückfahre."

„Was denkst du?"

„Ich mache dir einen Vorschlag. Wir stehen morgen nicht so spät auf, und du zeigst mir noch ein wenig deine Heimatstadt. Ich habe bisher nicht viel von Leipzig gesehen. Am Nachmittag setze ich mich dann in einen Zug."

„Einverstanden", antwortete er. „Ich habe auch schon eine Idee, wo wir morgen anfangen."

Andere Welt

Am nächsten Morgen war Sylvia zuerst wach und wollte ihn wecken. Sie zögerte, als sie ihn so friedlich auf der Couch schlafen sah. Er hat's schwer gehabt in letzter Zeit, dachte sie.

Leise trat sie ans Fenster und sah hinunter auf die Straße mit dem Kopfsteinpflaster, auf die Büsche am Rand der schmalen Straße und auf die Bahnlinie, die dahinter lag. Ein Güterzug rumpelte vorbei.

Das war also seine Welt, dachte sie. Damals war das hier noch DDR. Ein System, das die Menschen anders als die in der Bundesrepublik geformt hat.

„Onkel" Erich fiel ihr ein. Sein Sozialistengruß am Grab hatte sie zuerst irritiert. Später in der Gartenwirtschaft hatte er sich dann allerdings ihr gegenüber als Charmeur entpuppt. Sie lächelte amüsiert, als sie daran dachte, wie dieser alte Mann ihr geradezu den Hof gemacht hatte. Und die anderen? Sie waren gestern nett zu ihr gewesen – die alten Laubenpieper; dennoch wurde Sylvia das Gefühl nicht los, dass sie ihr fremd geblieben waren. Es war nicht diese Fremdheit, die man empfindet, solange man einen Menschen nicht näher kennt, und die darum leicht zu überwinden ist, wenn man sich nur ein wenig länger mit jemandem abgibt. Das ging tiefer. Sie spürte mehr, als dass sie es hätte genau in Worte fassen können, dass sie anders dachten und bei aller Neugier doch denen „aus dem Westen" ein tiefsitzendes Misstrauen entgegenbrachten. Ob alle Leipziger so waren?

Und Wolfgang? Sie sah wieder auf den Schlafenden. Irgendwie steht er zwischen den Welten, dachte sie. Gestern hatten sie ihn einerseits wie einen alten Bekannten behandelt, aber beim Abschied hatte ein Mann Wolfgang die Hand gegeben und gesagt: „Wenn du das alles abgewickelt hast, wirst du ja wohl wieder gehen. Ist vermutlich auch besser für dich." Was sollte das?

Ihre Gedanken machten einen Sprung. Wenn er nicht ginge, sondern aus irgendeinem Grund in Leipzig bliebe? Würde mir das was ausmachen? Wir haben uns getrennt, und es sieht nicht so aus, als ob sich das noch einmal ändern würde. Aber wenn ich ihn so sehe ... Es war früher schön zusammen.

Sylvia, sag bloß nicht, dass du ihn noch liebst! Deine Unabhängigkeit bekommt dir sehr gut, dachte sie. Eine Scheidung ist kein Weltuntergang, fand sie, jedenfalls nicht, wenn man keine Kinder hat. Du kannst jetzt viel spontaner leben.

Ich lebe aber auch einsamer. Ich werde mich entscheiden müssen, wie das alles mit uns beiden weitergehen soll, sagte sie zu sich selbst und holte mit einem Seufzer tief Luft. Aber jetzt koch ich erst mal Kaffee!

Als die Kaffeemaschine blubberte, trat sie an den Plattenschrank. Mit welcher Musik könnte sie Wolfgang wecken? Plötzlich sah sie eine Platte und grinste übers ganze Gesicht.

„Wacht auf, Verdammte dieser Erde,
die stets man noch zum Hungern zwingt!",

schallte es aus den Lautsprechern.

Wolfgang grunzte und wälzte sich auf die andere Seite. Sie drehte ein wenig lauter.

„Völker, hört die Signale!
Auf zum letzten Gefecht!
Die Internationale
erkämpft das Menschenrecht!"

Jetzt war er wach und sah Sylvia erstaunt an.

„Rotfront, Genossin!" Seine Stimme war heiser. Nach

einigen Augenblicken, als er richtig wach war, fragte er: „Was ist in dich Tochter des höheren Bürgertums gefahren, dass du plötzlich solche Lieder hörst?"

„Ist doch egal!", antwortete sie. „Hauptsache, du bist wach und stehst endlich auf. Du wolltest mir heute deine Heimatstadt erklären."

„Moment mal!", rief er. „Ich sollte dir Leipzig zeigen, aber nicht erklären. Ob ich das könnte, weiß ich nicht."

„Habe ich wirklich ‚erklären' gesagt? Komisch! Das muss mit meinen Gedanken von vorhin zusammenhängen."

„Was hast du denn gedacht?"

„Frag nicht so viel. Marsch unter die Dusche, Herr Blischke!"

Er gehorchte.

Eine knappe Stunde später fuhren sie in die Innenstadt zum Augustusplatz. Er zeigte ihr die Oper und das neue Gewandhaus. „So", sagte er dann und zeigte auf ein hohes Gebäude, „jetzt gehen wir mal zur Vogelperspektive über. Das hier ist das ehemalige Universitätshochhaus", erklärte er. „Um den ganzen Gebäudekomplex zu erstellen, musste eine Kirche verschwinden, die hier mal stand. Das haben selbst *die* Leipziger der SED übel genommen, denen Kirche und Glaube nicht so wichtig waren."

Sie nahmen den Fahrstuhl, zahlten oben einen kleinen Obolus und betraten die Plattform. Sylvia war von dem Ausblick begeistert.

„Ist das schön!", rief sie. „Und schau mal, wie groß die Stadt ist. Weißt du, wie viele Einwohner Leipzig hat?"

„Eine gute halbe Million", sagte er, „und damit ist Leipzig nur wenig kleiner als Stuttgart."

Sie genossen den Ausblick. Das Wetter war dafür wie geschaffen. Ihm fiel auf, wie viele grüne Stellen er sehen konnte. Irgendwie komisch!, dachte er. In meiner Erinnerung ist die Stadt viel grauer.

Er zupfte Sylvia am Ärmel. „Schau mal dort drüben." Er zeigte auf eine große grüne Fläche. „Das ist der Clara-Zetkin-Park. Da habe ich als Kind gespielt. Ich musste damals von unserer Wohnung aus nur immer die Straße runtergehen, um den Park zu erreichen." Und dann mit leiserer Stimme: „War das schön damals."

Sie zeigte mit dem Finger etwas weiter nach links. „Das ist das Völkerschlachtdenkmal, nicht wahr? Können wir da hin?"

„Klar!", erwiderte er. „Wenn du Lust hast."

„Jetzt gleich?", wollte sie wissen.

Er schüttelte den Kopf. „Lass uns noch ein wenig in der Innenstadt bleiben. Du solltest zumindest das Alte Rathaus, die Nikolai- und die Thomaskirche noch sehen."

„Kirchen?", fragte sie und rümpfte etwas die Nase. „Die plötzliche Frömmigkeit deines Bruders scheint auf dich überzuschwappen."

Im selben Augenblick hätte sie sich am liebsten auf die Zunge gebissen, denn sie spürte, wie deplatziert diese Bemerkung war.

Er ärgerte sich sichtlich. „Ja, Kirchen!", rief er mit gereizter Stimme. „Beide sind schön und interessant. In der Nikolaikirche finden die Friedensgebete statt, und von dieser Kirche gingen in der Wendezeit die Montagsdemonstrationen aus. Und dass sich die Thomaskirche mit dem Namen Johann Sebastian Bach verbindet, muss ich einer Oberstudienrätin wohl nicht extra sagen, auch wenn Deutsch und Englisch deine Fachgebiete sind."

Beide sahen sich einen Augenblick lang wütend an. Dann lenkte sie ein. Sie spürte, dass ihr Beisammensein in Leipzig auf der Kippe stand. „Du hast recht. Entschuldige bitte meine dumme Bemerkung. Aber jetzt zeig mir von hier oben aus, wo der Zoo liegt."

Ein paar Minuten später betraten sie wieder den Fahrstuhl nach unten. Nach dem Besuch der beiden Kirchen (sie fand die Nikolaikirche zwar interessant, doch die Thomaskirche gefiel ihr besser) aßen sie eine Bratwurst im Stehen und fuhren danach mit der Straßenbahn in Richtung Alte Messe zum Völkerschlachtdenkmal. Sylvia war von der Größe dieses Denkmals sichtlich beeindruckt. Nachdem sie vorhin auf dem Dach des ehemaligen Universitätshochhauses gewesen waren, verzichteten sie darauf, nach oben zu steigen, sondern besuchten nur die Krypta und die große Halle. Dann setzten sie sich draußen in die Sonne.

„Sag mal", begann sie nach einer Weile, „ich höre schon den ganzen Tag heimlich den Leuten beim Reden zu und bekomme allmählich den Eindruck, dass Sächsisch und Sächsisch nicht dasselbe ist."

Wolfgang lachte hell auf. „Wie lange kennen wir uns schon? Seit Jahren versuchst du mir den Unterschied in sämtlichen Spielarten des Schwäbischen zu verklickern und jetzt wunderst du dich, dass das beim Sächsischen genauso ist."

„Vorhin habe ich ein paar Leute gehört, die ich kaum verstanden habe. Sag mal, was für ein Sächsisch reden denn die Leipziger?"

„Hardcore-Sächsisch, meine Liebe", erwiderte er und grinste übers ganze Gesicht.

Sie stand auf. „So", sagte sie entschlossen, „jetzt habe ich Lust auf den Leipziger Zoo, in dem angeblich sogar die Löwen Sächsisch brüllen."

Er sah auf seine Armbanduhr und schüttelte den Kopf. „Das wird nicht mehr reichen, wenn du heute Nachmittag noch nach Stuttgart zurückfahren willst. Wir müssen uns sogar beeilen, damit wir deine Sachen noch aus der Wohnung holen können."

„Du willst mich wohl loshaben?", fragte sie.

Er holte tief Luft und versuchte seinen aufkommenden Ärger im Zaum zu halten. Warum konnte diese Frau nicht sachlich bleiben? „Nein, ich will dich nicht loshaben", versuchte er sie zu beschwichtigen. „Und wenn du willst, fahren wir jetzt in den Zoo."

Aber sie hatte die nur mühsam unterdrückte Gereiztheit in seiner Stimme gehört. „Bitte, dann fahren wir jetzt wieder nach Sellerhausen und holen meine Sachen. Dann hast du endlich deine Ruhe."

„Sylvia, hör auf rumzuzicken!", rief er.

Er sah, wie ihr die Tränen kamen. Das machte ihn hilflos. Wie sollte er reagieren? Er drehte sich auf die andere Seite, um ihre Tränen nicht länger sehen zu müssen und um sich selbst wieder in die Gewalt zu bekommen.

„Sylvia", sagte er schließlich, „ich freue mich, dass du da bist. Ich war so froh, dass ich bei Bernhards Beerdigung nicht allein sein musste. Bitte, lass uns jetzt nicht streiten. Du hattest selbst gesagt, dass du am Nachmittag wieder fahren wolltest. Davon bin ich bis eben ausgegangen. Verstehst du? Aber wenn du länger bleiben willst, ist das natürlich in Ordnung."

Sie schwieg und putzte sich die Nase. Was ist bloß los mit mir?, dachte sie. Ich mache ihm und mir nur das Leben schwer. Aber immer ist er so rational, so überlegt, so planend, so wenig spontan.

In den letzten Monaten hatte sie ihre Spontaneität ausleben können. Sie hatte gespürt, wie gut das ihrer Seele tat. Sylvia, krieg dich wieder ein!, ermahnte sie sich selbst. Sie sah ihn an.

„Wenn es dir nichts ausmacht, würde ich wirklich gern in den Zoo fahren. Ich weiß, dass wir dort nicht so viel Zeit haben. Bist du einverstanden, wenn ich erst morgen abreise?"

„Klar!", sagte er. „Klar, ganz wie du willst. Mir soll es recht sein." Er unterbrach sich. „Nein, ich freue mich, wenn du bleibst."

Meint er das ehrlich?, fragte sie sich.

Er schien ihre Gedanken zu erraten. „Seit vielen Jahren habe ich mir immer gewünscht, dir Leipzig zu zeigen. Jetzt sind wir hier, wenn auch der Anlass traurig ist. Also komm, lass uns fahren und die sächsischen Löwen anschauen."

Sie gaben sich beide Mühe, weiteren Streit zu vermeiden und den Zoobesuch zu genießen. Abends saßen sie in der Wohnung und tranken schweigend ein Bier.

„Erinnerst du dich, was du mir vor einiger Zeit gesagt hast?", unterbrach sie plötzlich das Schweigen.

„Was denn?", fragte er überrascht.

„Dass du mich vermisst."

„Ja."

„Was ja?", wollte sie wissen.

„Ja, ich erinnere mich", erklärte er.

„Und?", hakte sie nach. „Vermisst du mich immer noch?"

Die Frage war ihm unangenehm. Nach diesem Tag fiel es ihm schwer, ihr einfach wie damals zu sagen, dass er sie vermisste. Er spürte, dass er jetzt reden müsste, aber die richtigen Worte fielen ihm nicht ein.

„Ja, es gilt noch", sagte er nach einer Pause.

Sie spürte das Zögern in seiner Stimme. „Du hast aber Zweifel", sagte sie.

Er seufzte. „Wir haben es schwer miteinander. Früher war es einfacher."

„Ja, früher“, antwortete sie. „Früher war alles anders. Aber jetzt ist jetzt.“

Beide schwiegen wieder.

Am nächsten Vormittag brachte er sie in aller Herrgottsfrühe zur Bahn. Es gab einen Frühzug nach Stuttgart. Sie küsste ihn leicht auf die Wange.

„Danke, Wolfgang! Ich bin froh, dass ich gekommen bin. Und vielen Dank für gestern. Leipzig ist schön und vor allen Dingen sehr interessant.“

Er nickte.

„Was hast du jetzt vor?“, erkundigte sie sich.

Er seufzte tief auf. „Jetzt muss ich wohl endgültig die Wohnung räumen, auch wenn es mir vor dieser Arbeit graust. Aber vorher werde ich meine Tante Hedwig besuchen müssen. Davor habe ich beinahe Angst. Ich kenne sie kaum noch und womöglich bin ich jetzt für sie verantwortlich.“

„Das heißt, du weiß noch nicht, wann du wieder nach Stuttgart kommst?“

„Ich habe keine Ahnung. Schlingensief hat mir erst mal viel Zeit eingeräumt. Ich wünschte, ich hätte alles hinter mir. Die nächsten Tage stehen wie ein Berg vor mir.“

„Du schaffst das schon!“, versuchte sie ihn zu trösten. „Bald wirst du wieder zurück sein. Einer wie du weiß doch, wie man Probleme löst.“

Er schüttelte den Kopf. „Hier ist alles anders, und irgendwie bin ich hier auch anders. Ich habe das Gefühl, da kommt noch eine Menge auf mich zu.“

Beide ahnten nicht, wie recht er damit hatte. Wolfgang fuhr in die Wohnung zurück und legte sich wieder auf die Couch.

Auch Sylvia versuchte zu schlafen, aber im Zug gelang ihr das nicht. Außerdem ging ihr der gestrige Tag im Kopf herum. Sie ärgerte sich über sich selbst, und sie ärgerte sich über Wolfgang. Was hatte er gesagt? „Wir haben es schwer miteinander." Dem war nichts hinzuzufügen. Und trotzdem ärgerte sie sich über ihn. Warum machte er es sich und ihr nicht ein bisschen einfacher? Unwillkürlich seufzte sie so laut auf, dass sich eine Frau im Großraumwagen zwei Reihen vor ihr nach ihr umdrehte. Sylvia wurde rot.

Plötzlich piepte ihr Handy in der Handtasche. Sylvia sah überrascht auf die Uhr. Wer rief sie denn am Sonntagmorgen schon um halb neun Uhr an? Es war Petra, eine entfernte Freundin.

„Hallo, Sylvia! Ich habe gestern schon den ganzen Tag versucht, dich zu erreichen. Jetzt dachte ich, ich muss es doch mal auf dem Handy probieren. Wie geht's dir?"

„Danke!", sagte Sylvia knapp.

„Ach, entschuldige. Habe ich dich geweckt?"

„Nein, nein." Sylvia unterdrückte ein Gähnen.

„Sylvia, du wirst es nicht glauben. Ich bin so was von aufgeregt, aber ich habe es getan. Ich habe es tatsächlich getan!"

Sylvia lächelte. „Was hast du getan? Hast du Martin endlich gefragt, ob er dich nicht doch heiraten will?"

„Martin!" Petra schnaubte verächtlich. „Hör zu, ich habe einen Dackel, der morgens schon rumkläfft, und ich habe eine Katze, die nachts nicht nach Hause kommt. Was soll ich da noch mit einem Mann?"

Sylvia grinste. „Also, was hast du gemacht?"

„Stell dir vor, ich habe mir das Kleid gekauft. Erinnerst du dich? Als wir das letzte Mal shoppen waren?"

„Was? Das teure Ding?"

„Ja, und weißt du was? Es steht mir hinreißend gut. Du, bist du heute Nachmittag zu Hause? Dann zieh doch auch dein bestes Stück an, und wir gehen in die Stadt."

„Ach, ich weiß nicht so recht."

„Wann hat dir eigentlich Wolfgang das letzte Mal ein richtig schickes Kleid gekauft?"

„Du, ich habe mir meine Sachen immer selber gekauft. Kleider aussuchen ist nicht Wolfgangs Ding."

„Ich habe es dir immer gesagt. Wolfgang ist ein langweiliger Kerl. Sei froh, dass du ihn los bist."

Sylvia ärgerte sich. „Wolfgang ist kein langweiliger Kerl. Ihn interessieren eben andere Dinge. Außerdem ist mir heute nicht nach Stadt zumute. Ich sitze im Zug von Leipzig und bin hundemüde. Ich war auf einer Beerdigung."

„Auf einer Beerdigung in Leipzig? Hast du da Familie?"

„Ich nicht, aber Wolfgang."

„Du warst mit Wolfgang zusammen? Erzähl mal genauer."

„Petra, bitte jetzt nicht! Ich ruf dich heute Abend an. Ciao!"

So eine Tussi!, dachte Sylvia. Wer gibt ihr das Recht, Wolfgang langweilig zu nennen? Und dann mit einem Schuss grimmigem Humor: Wenn einer auf Wolfgang schimpfen darf, bin ich das und niemand sonst!

Lenin

Die Glocken der nahen Kirche weckten Wolfgang. Merkwürdig!, dachte er. Da habe ich früher viele Jahre in der Nähe dieser Kirche gelebt und war nie drin. Vertraut und fremd war der Klang dieser Glocken. Vertraut und fremd wie diese Wohnung, in der er saß. Vertraut und fremd wie seine Frau, die vor etwa dreieinhalb Stunden wieder abgereist war. Die Wohnung war ruhig ohne sie. Zu ruhig!, dachte er. Andererseits war das Zusammensein mit ihr ziemlich anstrengend gewesen. Ihre Abreise bedeutete Schmerz und Erleichterung zugleich.

Er ließ sich mit allem Zeit. Heute war Sonntag, und er wollte an diesem Tag nur Ruhe haben. Gegen Mittag ging er in den Garten. In einer Tasche hatte er zwei Flaschen Wasser und ein paar belegte Brote. Ihm fiel auf, wie viele Leute ihn jetzt nach Bernhards Beerdigung und dem anschließenden Beisammensein grüßten. Es hatte etwas Familiäres und war beinahe wie früher, wenn sein Vater, Bernhard und er in den Garten gegangen waren. Die Anlage war gut besucht. Fast in jedem Garten waren Leute, die den sonnigen Sonntag genossen, dies umso mehr, da für die nächsten Tage regnerisches und kühles Wetter angesagt war.

Als er am Garten von Herrn Dewitz vorbeikam, winkte dieser ihn herein.

„Na, Herr Blischke, Lust auf einen Kaffee? Ich habe mir eine riesige Thermoskanne voll mitgenommen."

Wolfgang ließ sich nicht lange bitten und betrat den Garten. Herr Dewitz schien ein Rosenliebhaber zu sein. Wolfgang bewunderte die Rosen, was Herrn Dewitz sichtlich freute. Herr Dewitz holte zwei Tassen und sie setzten sich.

„Ich hoffe, Sie sind mir nicht böse, dass ich bei der Beerdigung Ihres Bruders nicht dabei war. Ich konnte aus Termingründen nicht kommen. Etwas später in die Laubenwirtschaft zu kommen, hätte ich zwar schaffen können, aber dann hätten mich alle nur wieder angestarrt und gedacht: ‚Was will der denn hier?‘ Verstehen Sie?“

„Machen Sie sich deswegen keine Gedanken. Ich nehme Ihnen das nicht übel. Es waren auch ohne Sie mehr Leute da, als ich vermutet hatte.“

„Ja, so eine Laubenkolonie ist beinahe so etwas wie eine große Familie. Jedenfalls unter den Alteingesessenen. Ich bin da natürlich ein Störfaktor. Ich werde es Ihrem Bruder nicht vergessen, dass er – vor allem in den letzten Monaten, aber, wenn ich es mir recht überlege, eigentlich immer – freundlicher zu mir war als die anderen, die mich meistens schneiden.“

Sie tranken ihren Kaffee, dann fing Herr Dewitz wieder an. „Hat die Polizei Ihnen schon etwas gesagt? Wie weit sind die eigentlich mit ihren Ermittlungen? Dauernd frage ich mich, wer das wohl getan haben könnte.“

Wolfgang zuckte die Achseln und verspürte wenig Lust, sich auf dieses Thema einzulassen. „Ich weiß es nicht. Allerdings hatte ich in den letzten Tagen auch keine Zeit, dort anzurufen, und heute am Sonntag werde ich es bestimmt nicht tun.“

„Hoffen wir, dass die Polizei bald mehr weiß“, sagte Herr Dewitz.

„Hoffen wir's!“, wiederholte Wolfgang und erhob sich. „Erlauben Sie, dass ich jetzt gehe. Ich glaube, ich muss ein paar Blumen gießen.“

Wolfgang ging zwei Schritte. Dann fiel ihm noch etwas ein und er drehte sich um. „Eine Frage noch, Herr Dewitz. Sie hatten mir gesagt, dass in der bewussten Nacht noch ein Ehepaar in der Anlage war. Wer ist denn das?“

Herr Dewitz zeigte mit der Hand in eine Richtung. „Sehen Sie da drüben das Gartenhaus mit dem roten Giebel? Da ist es. Ich weiß nicht genau, wie diese Leute heißen. Klimenko oder so ähnlich. Übrigens habe ich sie seit der Ermordung Ihres Bruders hier nicht mehr gesehen. Komisch, nicht?“

Sie verabschiedeten sich endgültig. Wolfgang ging in den Garten – war es nun sein Garten oder Bernhards Garten? Irgendwie fühlte er sich verwirrt. Vertraut und fremd wie alles hier!, dachte er.

Er blieb einige Zeit im Garten. Dann bekam er Lust auf eine Ortsveränderung. Er verließ die Kolonie und ging in die nahe gelegene Parkanlage. Dort setzte er sich auf eine Bank und packte eines seiner Brote aus. Plötzlich raschelte es neben ihm, und aus einem Gesträuch kam ein rotbrauner Hundekopf.

„Hallo, wer bist du denn?“

Der Hund verließ das Gebüsch und stellte sich auf den Weg vor Wolfgang. Vorsichtig wedelte er mit dem Schwanz.

Wolfgang lächelte und verneigte sich leicht. „Angenehm, Blischke mein werter Name. Und du?“

Der Hund rührte sich nicht vom Fleck, wedelte weiter mit dem Schwanz und starrte Wolfgangs Brot an. Es war eigentlich ein schönes Tier, aber sehr ungepflegt. Die Rasse konnte Wolfgang nicht feststellen. Wahrscheinlich ein Mischling. Der Größe und Fellfarbe nach konnte ein Irischer Setter unter seinen Vorfahren sein. Der Hund starrte weiter das Brot an und fing an zu sabbern.

„Ich versteh schon“, sagte Wolfgang. „Du hast Hunger.“

Er machte etwas von dem Brot ab und warf es dem Hund

hin. Im Nu war das Brot verschwunden, und der Hund kam einige Zentimeter näher, jetzt heftiger wedelnd.

„Da capo!“, rief Wolfgang und warf wieder etwas Brot mit Wurst. Der Hund verschlang den Happen und kam jetzt noch näher, setzte sich auf seine Hinterbacken und tapste mit der Pfote nach Wolfgangs Knie.

„Keine Vertraulichkeiten, mein Lieber. Wir kennen uns doch noch gar nicht.“

Der Hund schnupperte und sah abwechselnd auf Wolfgang und die Tüte.

„Du bist doch ein Lump und alter Bettelsack!“, rief Wolfgang. „Du weißt genau, dass ich da noch was drinhabe.“

Der Hund trug ein altes, verdrecktes Halsband, hatte aber keine Marke. Am rechten Hinterlauf sah Wolfgang eine verschorfte Wunde. Das rotbraune, halblange Fell hätte schon längst wieder einmal gestriegelt werden müssen. Anscheinend streunte der Hund schon längere Zeit durch die Stadt. Wolfgang strich ihm vorsichtig über den Kopf. Der Hund leckte ihm die Hand. Dann tippte er mit der Schnauze auf die Tüte.

„Schon gut!“, lachte Wolfgang. „Ich werde mein Mittagessen brüderlich-sozialistisch mit dir teilen. Und weil du so rot bist, nenne ich dich Lenin.“

Der Hund war mit beidem einverstanden, und sie verbrachten einen angenehmen Nachmittag miteinander. Als sich Wolfgang auf den Weg in seine Wohnung machte, folgte ihm Lenin. „Ach du liebe Güte!“, entfuhr es Wolfgang. Im Hof vor der Haustür sah er den Hund an.

„Hör zu, Lenin! Ich habe keine Ahnung, ob ich dich in dieses Haus mitnehmen darf. Außerdem hängst du dich besser nicht an mich. Ich bin kein Leipziger. Bald fahre ich wieder nach Stuttgart. Da kann ich dich nicht mitnehmen. Mein

Vermieter ist viel zu bürgerlich, als dass ich da mit einem roten Hund namens Lenin ankommen könnte. Außerdem habe ich keine Zeit für Hunde."

Der Hund tapste ihn wieder mit der Pfote an.

„Nun mach es mir doch nicht so schwer. Ach, schon gut! Warte hier. Ich habe noch was für dich."

Der Hund schien zu verstehen und setzte sich. Nach einiger Zeit kam Wolfgang mit einigen Utensilien wieder. Lenin, der brav gewartet hatte, freute sich. Mit einer alten Bürste versuchte Wolfgang, Lenins Fell wieder in Ordnung zu bringen. Der Hund ließ die Prozedur geduldig über sich ergehen. Dann wusch ihm Wolfgang die Wunde aus. Lenin fiepte, hielt aber still. Wolfgang strich noch etwas Heilsalbe auf die Wunde.

„Was mir hilft, wird dir schon nicht schaden, alter Junge. He, du sollst das nicht ablecken, sondern dranlassen."

Zum Schluss öffnete Wolfgang noch eine Dose Corned Beef, die er in Bernhards Vorräten gefunden hatte. Lenin war begeistert. Er verschlang die Mahlzeit in Rekordtempo.

„Du hast lausige Tischmanieren, mein Lieber", brummte Wolfgang. „Ein Glück, dass Sylvia dich nicht sieht. Die würde dir beibringen, mit Messer und Gabel zu essen. Weißt du, man sollte sich gar nicht so eng mit den Frauen einlassen. Das bringt nur Ärger."

Lenin kommentierte das nicht und sah Wolfgang erwartungsvoll an. Wolfgang stand auf. „So, ich gehe jetzt nach oben, und du machst einen Abgang. War nett, dich kennengelernt zu haben."

Der Hund wollte Wolfgang zur Haustür folgen, aber Wolfgang sagte ein deutliches „Nein". Lenin wuffte und trollte sich.

„Na, also", sagte Wolfgang und ging nach oben.

Der Messerstich

Am nächsten Morgen klingelte schon früh das Telefon. Etwas überrascht nahm Wolfgang den Hörer ab. „Blischke."

„Guten Morgen, Herr Blischke. Hier ist Kühn-Landenberger. Ich hoffe, es geht Ihnen gut."

Bevor Wolfgang richtig antworten konnte, sprach sie schon weiter. „Hören Sie! Sind Sie heute tagsüber in der Wohnung?"

„Nicht den ganzen Tag. Ich will heute nach Herzberg, um meine Tante Hedwig zu besuchen. Die Adresse und Telefonnummer des Heims hatten Sie mir ja netterweise aufgeschrieben."

„Hm." Sie schien zu überlegen. „Ach", sagte sie nach einer kurzen Pause, „ich ändere meine Pläne und komme gleich zu Ihnen. Dann muss eben mein Chef ein wenig warten. Mir wäre es lieb, wenn Sie nach unten kommen und mir helfen. Ich will Ihnen nämlich den PC Ihres Bruders wieder bringen."

„Wann können Sie hier sein?"

„Sagen wir, in einer halben Stunde."

Es dauerte etwas länger, aber schließlich sah Wolfgang ein Auto vorfahren. Die Oberkommissarin stieg aus. Wolfgang lief die Treppe hinunter, öffnete die Haustür und ging ihr entgegen. Im selben Augenblick kam Lenin um die Hausecke und rannte schwanzwedelnd auf Wolfgang zu.

„Oh, nein! Lenin!", stöhnte Wolfgang auf. „Was willst du denn hier?"

Der Hund sah ihn an, als ob er sagen wollte: „Ich habe auf dich gewartet, du Blödmann."

Wolfgang bückte sich und streichelte das Tier.

„Ist das Ihr Hund? Ist der süß!"

„Nein. Das ist irgend so ein Rumtreiber. Gestern hat er mich adoptiert. Das ist mir gar nicht recht. Was soll ich hier mit einem Hund?“

Lenin winselte. „Schon gut, Junge!“, beruhigte ihn Wolfgang. „Setz dich hin und warte. Ich bringe dir was.“

Dann half er Frau Kühn-Landenberger, einen Karton aus dem Auto zu heben, und brachte ihn nach oben.

„Er stand da drüben!“, sagte sie und zeigte in eine Ecke des Wohnzimmers, wo sich ein Monitor und ein kleiner Drucker befanden. „Ihr Bruder hatte einen Internetanschluss, allerdings einen langsamen mit Modem. Hier ist das Kabel. Die Anschlussbuchse ist dort drüben an der Wand.“

„Sie kennen sich hier gut aus“, bemerkte Wolfgang.

„Ermittlungsarbeit!“, erwiderte sie.

„Wo Sie gerade hier sind und von Ermittlungsarbeit reden – ich hätte Sie gern ein paar Dinge gefragt.“

Die Polizeibeamtin sah aus dem Fenster. „Vielleicht sollten Sie zuerst Ihrem Freund etwas bringen. Der wartet noch. Wie nannten Sie ihn? Lenin? Das passt zu ihm.“ Sie kicherte.

Als Wolfgang wieder oben war, sah sie ihn an. „Also? Erwarten Sie aber nicht, dass ich zu gesprächig bin. Das darf ich nämlich nicht sein.“

„Hat die Untersuchung des PCs etwas gebracht?“, wollte er wissen.

Sie zog ein Gesicht. „Nein. Wie es scheint, hat Ihr Bruder die Festplatte vor nicht allzu langer Zeit gründlich gelöscht und neu formatiert. Wir fanden nur Sachen, die uns nicht geholfen haben.“

„Und wie stehen die Ermittlungen?“

„Es ist alles ziemlich schwierig“, lautete ihre ausweichende Antwort. „Wir verfolgen verschiedene Spuren, und das kostet eben Zeit.“

„Stehe ich noch unter Verdacht?“, fragte er sie sehr direkt.

Sie lachte kurz auf. „Ich habe Ihnen doch gesagt, dass ich nichts sagen darf.“

„Es geht immerhin um meinen Bruder!“, sagte er mit einer gewissen Schärfe. „Sie werden ja wohl verstehen, dass ich ein großes Interesse an der Aufklärung habe.“

„Natürlich verstehe ich das. Um auf Ihre Frage einzugehen: Nein, Sie stehen nicht mehr unter Verdacht. Jedenfalls haben wir am Tatort keine DNA-Spuren von Ihnen gefunden.“

Er stutzte. DNA-Spuren? Dann fiel ihm ein, dass er ja im Kommissariat etwas getrunken hatte. Berger und sein Team nahmen es tatsächlich sehr genau.

„Hören Sie“, sagte sie, „wir wollen die Sache aufklären, genauso wie Sie. Sobald es möglich ist, werden wir Ihnen jede Frage beantworten. Aber das ist jetzt noch nicht möglich.“ Sie erhob sich.

„Eine Frage hätte ich doch noch. Bitte setzen Sie sich wieder. Wie kann man einen Menschen erstechen, ohne dass es jemand hört? Es waren ja wohl mehrere Personen in jener Nacht in der Gartenanlage.“

Sie lächelte leicht. „Aha! Herr Dewitz hat Sie angesprochen. Stimmt’s? Aber der gute Herr Dewitz hat da in der Tat eine sehr wichtige Beobachtung gemacht.“

„Und?“ Er sah sie aufmerksam an. Sie überlegte kurz.

„Gut. Dann plaudere ich jetzt doch mal aus dem Nähkästchen. Ich hoffe, mein Chef zerreißt mich deswegen nicht in der Luft. Ich muss Sie aber bitten, diese Information absolut vertraulich zu behandeln.“

Er nickte. „Natürlich. Also?“

Sie legte ihre Stirn in Falten. „Ihr Bruder hatte viele Stiche in der Brust. Das haben wir auch der Presse so gesagt. Aber er ist an keinem dieser Stiche gestorben. Gleich der erste Stich war tödlich. Aber den bekam Ihr Bruder in den Rücken. Die Stiche in die Brust wurden ihm erst zugefügt, als er schon tot war. Es sollte auf den ersten Blick nach einer spontanen Tat aussehen."

Er sah sie mit einer Mischung aus Erstaunen und Entsetzen an. „Das verstehe ich nicht."

„Herr Blischke, wenn man einem Menschen an einer ganz bestimmten Stelle in den Rücken sticht, trifft man das Herz, und der Mensch ist sofort tot, bevor er schreien kann. Einen solchen Stich kann aber nur jemand anbringen, der das Töten mit dem Messer gelernt hat."

Fassungslos sah er sie an. „Einer, der das Töten mit dem Messer gelernt hat, sagen Sie? Was soll das denn heißen? Wer könnte das sein? Ein Stich in den Rücken?" Er überlegte. „Aber wenn man nachts in seiner Laube von einem Eindringling überrascht wird, wird man doch alles tun, um ihn im Auge zu behalten. Man dreht ihm doch nicht den Rücken zu!" Wolfgang schrie beinahe. „Das könnte ja bedeuten ..." Er beendete den Satz nicht.

Die Oberkommissarin nickte ihm zu. „Ich sehe, Sie können analytisch denken. Aber Sie haben recht. Nur jemandem, den man kennt oder vielleicht sogar erwartet hat, dreht man freiwillig den Rücken zu."

Wolfgang war erschüttert. „Und jetzt?"

„Jetzt bitte ich Sie, lieber Herr Blischke, dass Sie uns unsere Arbeit tun lassen. Ich verstehe, dass Sie das gewaltig mitnimmt. Stellen Sie bitte keine weiteren Fragen. Ich habe Ihnen vermutlich schon mehr erzählt, als ich gedurft hätte. Und wie ich schon sagte: Behalten Sie das absolut für sich, was ich Ihnen gesagt habe!" Sie wollte aufstehen und gehen.

„Einen Augenblick noch!“, sagte er. „Ich habe auch Neuigkeiten für Sie, die ich in der vergangenen Woche von meinem amerikanischen Chef gehört habe. Ihr Vorgesetzter hatte mich doch nach dem Namen des Ingenieurs gefragt, dem ich meine Stelle bei Bridgeman Electronics verdanke.“

Sie nickte. „Ja, ich erinnere mich. Und?“

„Also, er heißt nicht Wiesinger, wie ich fälschlich gesagt habe, sondern Wiesner, Dr. Wiesner.“

„Gut, ich werde das Herrn Berger sagen. Aber jetzt muss ich ...“

„Nun warten Sie doch. Der Clou kommt erst noch. Mr Bridgeman erzählte mir, dass Dr. Wiesner des Geheimnisverrats überführt worden ist. Er hat Firmengeheimnisse an die Volksrepublik China verraten. Kurz bevor er verhaftet werden sollte, ist er spurlos untergetaucht.“

Nun war sie doch überrascht. „Da schau her!“, rief sie. „Das ist ja ein netter Herr. Wie war das? Sie hatten seit Jahren keinen Kontakt mehr mit Ihrem Kollegen, und er hat auch in letzter Zeit nicht versucht, mit Ihnen Kontakt aufzunehmen?“

„Nein. Ich habe ihn völlig aus den Augen verloren.“

Sie stand auf. „Gut. Ich werde meinem Chef das erzählen, und Sie vergessen bitte nicht, dass Sie für sich behalten, was ich Ihnen berichtet habe.“

Er nickte und brachte sie zur Tür. Sie hatte ihm viel Stoff zum Nachdenken gegeben.

Tante Hedwig

ALS ER SCHLIESSLICH AUF DER B 87 in nordöstlicher Richtung nach Herzberg fuhr, regnete es heftig. Während der Fahrt grübelte er ständig über Frau Kühn-Landenbergers Worte nach. Die ganze Sache wurde immer mysteriöser. Wer war der geheimnisvolle Fremde (oder eben doch Bekannte?), der Bernhard auf dem Gewissen hatte? Wer war dieser Mensch, der das Töten mit dem Messer gelernt hatte?

Doch jetzt würde seine Tante Hedwig, die er seit vielen Jahren nicht mehr gesehen hatte, seine ganze Aufmerksamkeit erfordern. Er parkte seinen Wagen vor einem schönen neuen Gebäude, ging hinein und meldete sich beim Empfang. Ein paar Minuten später kam eine junge Frau zu ihm.

„Nennen Sie mich Schwester Renate. Ich bringe Sie zu Ihrer Tante. Übrigens – das mit Ihrem Bruder tut mir sehr leid. Ihr Bruder war ein netter Mann. Er hat sich sehr um Frau Bolzendahl gekümmert."

„Wie lange ist meine Tante eigentlich schon in dem Heim, Schwester Renate?"

„Weiß ich nicht. Da müsste ich nachschauen. Als ich hier angefangen habe zu arbeiten, war sie schon hier. Das heißt ... Also, sie ist schon lange hier."

„Und wie geht es ihr so? Wissen Sie, ich habe im Umgang mit alten Menschen überhaupt keine Erfahrung und bin ein wenig aufgeregt."

Die Schwester lächelte. „Machen Sie sich da keine Sorgen. Für ihr hohes Alter geht es ihr ganz gut. Nur ihr Gedächtnis ist eben so wie bei vielen alten Leuten. Sie kann Ihnen ungemein lebhaft und detailgenau irgendwelche Geschichten aus dem Jahr 1955 erzählen, aber was Sie ihr vor fünf Minuten gesagt haben, hat sie schon wieder vergessen."

Sie kamen vor eine Tür.

„Warten Sie einen Augenblick. Ich sage ihr, dass Sie hier sind."

Dann hörte Wolfgang ihre freundliche Stimme. „Hallo, Frau Bolzendahl, Ihr Neffe Wolfgang Blischke ist jetzt da. Erinnern Sie sich? Ich habe Ihnen heute Morgen erzählt, dass er heute kommt."

„Blischke?", hörte Wolfgang die brüchige Stimme seiner Tante. „Seit wann schickt Bernhard Sie denn vor? Der weiß doch, wo ich bin."

„Nein, das ist nicht Bernhard. Bernhard ist doch tot."

„Bernhard ist tot? Das haben Sie mir gar nicht gesagt, Fräulein!"

„Doch, Frau Bolzendahl. Das habe ich Ihnen erzählt und dann haben Sie doch so bitterlich geweint."

„Ich habe geweint? – Ach ja, ich erinnere mich. Das ist aber auch ein Unglück! Und wer ist jetzt da?"

„Bernhards älterer Bruder Wolfgang."

„Wolfgang? Kenne ich nicht! – Warten Sie! Wolfgang, der nach dem Westen rübergemacht hat? Na, der soll mir mal kommen. Dem werd ich was erzählen!"

Schwester Renate winkte Wolfgang, er könne jetzt hereinkommen. Mit Herzklopfen betrat er den Raum. „Guten Tag, Tante Hedwig! Ich bin es, Wolfgang."

Sie sah ihn durch ihre Brille an. „Junge, du bist aber alt geworden!"

Unwillkürlich musste er lachen. „Na ja, Tante Hedwig, es ist auch schon sehr lange her, dass wir uns das letzte Mal begegnet sind."

„Setz dich her und erzähl mir von dir!", forderte sie ihn auf.

„Ich gehe jetzt", sagte die Schwester leise. „Wenn Sie mich brauchen – ich bin irgendwo auf der Etage. Rufen Sie mich einfach." Sie verließ den Raum.

Wolfgangs Sorge, er könnte mit der alten Dame nicht richtig reden, erwies sich als unbegründet. Je länger das Gespräch dauerte, desto mehr blühte sie auf. Es war so, wie Schwester Renate ihm gesagt hatte. Was die Vergangenheit betraf, wusste sie ungeheuer viel; nur mit der Gegenwart hatte sie Schwierigkeiten. Sie sprachen vor allem über Wolfgangs Mutter, Hedwigs jüngere Schwester. Sie erinnerte Wolfgang an zahllose Ereignisse aus seiner Kindheit.

Irgendwann wurde sie müde. Sie legte den Kopf nach hinten, öffnete den Mund und fing an zu schnarchen. Er ging hinaus und suchte die Schwester.

„Sie ist eingeschlafen", sagte er.

Sie nickte. „Das macht sie immer. Wenn Sie Zeit haben, bleiben Sie ruhig noch hier. Sie freut sich, wenn Sie nachher noch da sind. Soll ich Ihnen einen Kaffee bringen?"

Er lächelte sie erfreut an. „Eine fabelhafte Idee! Ich glaube, meine Tante ist hier in guten Händen."

Sie schmunzelte und verschwand, um ihm einen Kaffee zu besorgen. Er ging wieder ins Zimmer. Einige Möbelstücke gehörten wohl zum Hausinventar, aber an einer Wand stand ein altes Büfett. Wolfgang kannte es. Sein Großvater Bolzendahl, der Tischler gewesen war, hatte es einst gemacht und seiner jungen Frau und sich selbst zur Hochzeit geschenkt. Es war ein wunderschönes Möbelstück aus dunkel gebeizter Eiche. Die Türen des Untersatzes hatten aus hellerem Holz kunstvolle Intarsien. Das Oberteil des Büfetts hatte nach der Mode jener Zeit Glastüren. Der Aufsatz war vorn leicht geschwungen und gab dem Ganzen trotz des schweren Holzes ein Stück Leichtigkeit. Wolfgang stand bewundernd davor.

Dann fiel sein Blick auf ein schmales Regal daneben. Einige Bücher standen da, auch ein Fotoalbum. Neugierig nahm Wolfgang es heraus und stieß einen Ruf der Überraschung aus. Er hatte Bilder von Tante Hedwig erwartet, aber das Album enthielt ausschließlich Bilder von Bernhard in Uniform.

Er setzte sich in einen Sessel und schaute sich die Bilder genauer an. Alle Bilder stammten aus Bernhards Zeit als Berufssoldat. Auf einem Bild waren die Schulterstücke auf Bernhards Uniform genau zu erkennen, und die zwei Streifen zeigten, dass Bernhard ein Stabsgefreiter gewesen war. Aber bei welcher Waffengattung? Die grüne Umrandung der Schulterstücke gab darüber Auskunft, doch Wolfgang hatte die Bedeutung der Farben längst vergessen wie vieles andere aus seiner eigenen Militärzeit.

Tante Hedwig erwachte. Mit einem erstaunten Blick sah sie ihn an. „Wer sind denn Sie, junger Mann?“

Er lächelte ihr zu. „Ich bin es, Wolfgang!“

„Ach ja, Wolfgang.“

„Du, Tante Hedwig, sag mal, als Bernhard Berufssoldat geworden ist, wo war er da stationiert? Weißt du das?“

Sie sah ihn missbilligend an. „Red doch keinen Unsinn, Junge! Bernhard war doch kein Berufssoldat. Er war Hausmeister an einer Leipziger Schule.“

„Ja! Aber bevor er Hausmeister geworden ist, war er doch bei der NVA als Berufssoldat.“

„Da irrst du dich. Ich weiß das doch besser als du. Du warst ja im Westen.“

„Aber hier ist doch ein Fotoalbum aus dieser Zeit.“

Sie sah es kurz an und meinte dann: „Na ja, alle waren sie doch mal Soldaten, gleich nach der Schule oder der Lehre. Du doch auch.“

Er sah ein, dass es keinen Sinn hatte, mit ihr darüber zu diskutieren, und wollte das Album wieder an seinen Platz stellen. Da fiel aus einer der hinteren Seiten, wo keine Fotos mehr klebten, ein Zettel heraus. Er sah ihn an, und der Mund blieb ihm offen stehen. Auf dem Zettel waren zwei Namen und Adressen zu finden. Der Name des Mannes sagte ihm nichts, der Name der Frau umso mehr: Evelyn Gutsch – seine alte Klassenkameradin, die FDJlerin aus Überzeugung. Im selben Augenblick stand sein Entschluss fest. Er würde Evelyn besuchen. Vielleicht konnte sie ihm einige Dinge über Bernhard sagen. Rasch steckte er den Zettel in die Tasche seines Jacketts.

Er sah auf seine Uhr. Es war Zeit zu gehen. Außerdem musste er dringend über einige Dinge nachdenken. Er verabschiedete sich von seiner Tante und suchte noch einmal die Schwester.

„Sagen Sie mal, Schwester Renate, das ist hier doch ein gutes Heim und bestimmt nicht ganz billig. Wer bezahlt denn diesen Platz?“

Sie gab ihm bereitwillig Auskunft. „Da ist zunächst mal die Rente von Frau Bolzendahl. Die reicht natürlich nicht. Aber da ist ja noch das Konto, das Ihr Bruder für Frau Bolzendahl eingerichtet hat.“

Er sah sie verständnislos an. „Ein Konto, sagen Sie?“

„Ja. Das muss Ihr Bruder für Ihre Tante Hedwig schon sehr lange eingerichtet haben. Wissen Sie das denn nicht?“

Er schüttelte den Kopf. „Unsere Familienverhältnisse sind – wie soll ich sagen – etwas kompliziert. Ich weiß wenig über meinen Bruder.“

„Na, hoffentlich habe ich jetzt nichts Falsches gesagt. Aber ich weiß, dass Ihr Bruder schon vor langer Zeit ein beachtliches Konto für Ihre Tante eingerichtet hat, und unser Heim hat darauf Zugriff.“

Wolfgang dachte an die einfache Wohnung in Leipzig und schüttelte den Kopf.

„Allmählich verstehe ich gar nichts mehr“, murmelte er und verließ das Heim.

Als er in Leipzig wieder seinen Wagen vor dem großen Mietshaus parkte, kam Lenin aus dem Gebüsch, das die Straße vom Bahndamm trennte.

„Dich werde ich wohl nicht mehr los!“, seufzte Wolfgang. „Aber weißt du, eigentlich kommst du gerade richtig. Ich brauche jetzt dringend eine Aufmunterung. Na los, komm.“

Er ging zur Haustür. Lenin blieb sitzen und sah ihn fragend an.

„Komm schon, Lenin. Ich habe die Schnauze so gestrichen voll, dass mir alles egal ist.“

Der Hund ließ sich das nicht zweimal sagen und rannte schwanzwedelnd die Treppe hinauf. Oben begegneten sie Frau Wolke. Wolfgang zuckte leicht zusammen.

„Ach, Frau Wolke, gut, dass ich Sie sehe. Ist Tierhaltung in diesem Haus eigentlich erlaubt?“

Sie sah den Hund und dann ihren neuen Nachbarn mit einem skeptischen Blick an. „Verboten ist es nicht. Aber Sie werden doch nicht dieses olle Tier …?“ Sie beendete den Satz nicht.

„Doch, Frau Wolke, dieses Tier. Keine Sorge, ich werde ihn waschen und striegeln. Komm, Lenin, sag Frau Wolke schön ‚Guten Abend‘.“

„Lenin heißt der? Ihnen ist aber auch gar nichts heilig, Herr Blischke. Wenn das mein Mann gehört hätte!“

Kopfschüttelnd ging sie die Treppe hinunter. Wolfgang grinste und öffnete die Etagentür. Lenin machte schnüffelnd eine kleine Erkundungstour, die in der Küche endete.

„Recht hast du, Junge!“, lobte ihn Wolfgang. „Man muss immer wissen, wo der wichtigste Platz im Haus ist.“

Er holte sich ein Bier aus dem Kühlschrank und machte sich und seinem neuen Hausgenossen ein Abendessen.

Trotz seiner Müdigkeit kamen seine Gedanken nicht zur Ruhe. Warum hatte Bernhard dieses Album in Herzberg bei Tante Hedwig deponiert, während hier in der Wohnung, wo doch alle wichtigen Dokumente zu finden waren, nichts auf Bernhards Militärzeit hindeutete? Woher kam das Geld für dieses Konto? Und welche Beziehung bestand zwischen Bernhard und Evelyn? Klar, sie waren einmal als Schüler in derselben Schule gewesen, aber das war schon lange her. Nun, er würde Evelyn fragen. Vielleicht lichtete sich dann der Nebel etwas.

Er stand auf und ging ins Wohnzimmer. Ihm war eingefallen, dass er mithilfe des Internets vielleicht herausfinden konnte, bei welcher Waffengattung Bernhard gewesen war. Lenin sprang auf einen Sessel und rollte sich zusammen. Wolfgang schaltete den PC ein. Der machte einige leise Geräusche, der Bildschirm belebte sich und verlangte schließlich das Passwort.

„Verflixt und zugenäht!“, schrie Wolfgang und haute mit der Faust auf den Tisch. Lenin erschrak und fing an zu winseln.

„Schon gut, Lenin!“, beruhigte ihn Wolfgang. „Die Polizei hat bestimmt das Passwort geknackt, aber die Oberkommissarin hat vergessen, es mir mitzuteilen. Was mache ich jetzt? Hast du eine Idee?“

In der Firma hätte er Leute und Material gehabt, das Passwort zu finden, aber hier? Frustriert gab er ein paar Namen ein: Leipzig, Blischke, Bernhard, Honecker, DDR. Er probierte es auch mit „Wolfgang“. Alles vergeblich. Er stützte seinen Kopf auf die Hand und atmete tief durch. In einer plötzlichen Eingebung tippte er z-a-c-h-ä-u-s ein. Nichts! Es wäre auch zu schön gewesen. Er versuchte es noch einmal mit diesem Namen, schrieb aber den ersten Buchstaben groß. Diesmal klappte es. Wolfgang atmete auf.

„Na, siehste! Es geht doch. Und jetzt ins Internet." Der PC ließ sich Zeit. Wolfgang schimpfte leise vor sich hin, während er verschiedene Seiten durchsuchte.

Aber schließlich wurde er fündig. Der grüne Rand um die Schulterklappen der Uniform bedeutete, dass Bernhard bei den Grenztruppen gewesen war. Es war Wolfgang, als ob er einen Schlag in die Magengrube bekommen hätte.

Nachdenklich stand er auf und suchte eine zweite Flasche Bier. Bernhard ein Grenzer. Das waren doch die ganz Zuverlässigen gewesen. Kopfschüttelnd trank er sein Bier.

Er verspürte plötzlich den dringenden Wunsch, mit jemandem über diesen Tag zu reden, und wählte Sylvias Nummer.

Sie hörte seinem langen Bericht aufmerksam zu. „Das ist ja ein Ding", sagte sie, und Wolfgang konnte sie vor seinem inneren Auge sehen, wie sie die Stirne krauszog und durch geblähte Backen ausatmete.

Lenin bekam den Eindruck, dass sein neues Herrchen jetzt lange genug mit jemand anderem als mit ihm geredet hatte, und bellte.

„Was ist denn das?", fragte Sylvia erstaunt.

„Ach, stimmt, von Lenin habe ich dir ja noch gar nichts erzählt", rief er ins Telefon und berichtete ihr kurz von seiner neuen Bekanntschaft.

„Also damit das klar ist!", sagte sie ziemlich streng. „Ich bin gegen einen Hund in der Wohnung."

Das kam so patzig bei ihm an, dass er zurückblaffte: „Darf

ich dich daran erinnern, dass wir seit einiger Zeit getrennt leben!“

„Stimmt!“, schrie sie und legte auf.

Wolfgang erinnerte sich erst am nächsten Morgen daran, dass er genau Sylvias Worte aus der Nacht gebraucht hatte, in der sie gemeinsam in Leipzig angekommen waren.

Sylvia dagegen erinnerte sich sofort daran. „Das hat gesessen, Wolfgang Blischke!“, zischte sie und versuchte dann vergeblich, ihre Tränen zurückzuhalten.

Evelyn

Am nächsten Morgen setzte er Lenin an die frische Luft. Das passte dem Hund nicht, denn es war kalt und regnerisch. Aber wer sollte auf den Hund aufpassen? Er wollte Evelyn besuchen und wusste nicht, wann er zurückkommen würde. Wenn die Adresse auf dem Zettel stimmte, wohnte Evelyn jetzt in Osterwieck, einer kleinen Stadt östlich des Harzes.

Er kannte den Ort nicht. Auf dem Zettel stand keine Telefonnummer. Er hatte mit dem Gedanken gespielt, im Internet nach der Nummer zu suchen, doch merkwürdigerweise traute er sich das nicht. Auf der Fahrt nach Sachsen-Anhalt versuchte er, sich selbst auf die Schliche zu kommen. Vielleicht hätte sie ja seinen Besuch abgelehnt, wenn er sich angemeldet hätte. Oder gab es andere Gründe für seine Hemmungen? Er spürte eine innere Unruhe, die er sich nicht recht erklären konnte.

Wolfgang, du bist ganz schön durcheinandergekommen. Bisher hattest du dein Leben im Griff und alles war einigermaßen vorhersehbar. Jetzt ist alles anders. Du tauchst in die Vergangenheit deines Bruders ein und wirst mit dir selbst konfrontiert. Aber warum hast du vor der Begegnung mit Evelyn Angst? Vielleicht wird es doch ganz nett, und sie freut sich, dich nach so langer Zeit wiederzusehen.

Unsinn! Rede dir nichts ein, Wolfgang. Dein Bruder ist ermordet worden aus Gründen, die du nicht kennst, und hat etwas getan, was du nicht weißt. Zwischen ihm und Evelyn bestand eine Beziehung. Sonst hätte nicht ihre Adresse auf dem Zettel gestanden. Irgendetwas stimmte da nicht.

Das mit dem Zettel konnte Zufall sein. Welche Beziehung sollte zwischen beiden bestanden haben, außer dass sie vor vielen Jahren mal in derselben Schule waren? Bernhard lebte in Leipzig und sie lebte in – wie hieß der Ort noch mal? – ach ja, Osterwieck.

Wolfgang versuchte an etwas anderes zu denken. Sylvia fiel ihm ein. Warum hatte sie so spontan gesagt, sie wolle keinen Hund in der Wohnung? Das konnte ihr doch jetzt egal sein. Warum mischt man sich in das Leben von jemandem ein, von dem man sich getrennt hat? Vielleicht aus alter Gewohnheit nach mehr als zwanzig Jahren Ehe. Oder spiegelte ihre spontane Reaktion doch den heimlichen Wunsch wider, sie könnten wieder zueinanderfinden? Will ich das überhaupt noch?, fragte er sich. Ich weiß es nicht. Wir sind uns fremd geworden. Andererseits – es war einmal so schön gewesen, das gemeinsame Leben, der Austausch, die Urlaubsreisen, die gemeinsamen Nächte.

Der Regen wurde heftiger und das Fahren unangenehmer. Es hatte einen Temperatursturz gegeben, der Sommer schien irgendwo Urlaub zu machen. Von der Landschaft war nicht viel zu sehen.

Am frühen Nachmittag erreichte Wolfgang den Ort, allerdings suchte er nicht sofort Evelyns Wohnung auf. Er hatte sich überlegt, dass sie vielleicht arbeiten könnte, und dann wäre es wohl besser, wenn er erst am späten Nachmittag oder frühen Abend bei ihr eintreffen würde.

Der Regen hatte inzwischen aufgehört. Er parkte seinen Wagen unter einem Baum und beschloss, ein wenig durch Osterwieck zu gehen. Die kleine Stadt erwies sich als Überraschung. Die ganze Innenstadt schien fast nur aus alten, liebevoll restaurierten Fachwerkhäusern zu bestehen. Die schmalen Straßen aus Kopfsteinpflaster verstärkten den altertümlichen Eindruck. Wären da nicht die Auslagen der Schaufenster gewesen mit Fernsehgeräten und Handys, hätte man sich ins Mittelalter zurückversetzt fühlen können.

Er war immer ein Großstädter gewesen und konnte sich nicht vorstellen, in einem Dorf oder in einer Kleinstadt zu leben. Doch dieser Ort hatte eine ganz besondere Atmosphäre. Schließlich stand er vor einer alten Kirche mit zwei Türmen. Sie war verschlossen. Das ärgerte ihn. Dann fing er an, über sich selbst zu lachen. Wolfgang, seit wann ärgerst du dich über verschlossene Kirchen? Du wirst wirklich ein komischer Kauz. Frau Weckerle hätte ihre helle Freude an dir.

Er sah auf seine Armbanduhr. Ein bisschen Zeit hatte er noch. Er erkundigte sich, wo er in diesem Ort übernachten könnte, falls es spät werden sollte. Man nannte ihm ein Hotel (ein großes Fachwerkhaus – natürlich). Außerdem gab es ein Hotel etwas außerhalb des Ortes oberhalb des Friedhofs. So war auch dieses Problem gelöst.

Wolfgangs Herz klopfte bis zum Hals, als er vor Evelyns Haustür stand. Es war ein kleines Haus am Rand der Innenstadt. Er klingelte. Dann hörte er ein Geräusch, und die Haustür ging auf.

„Guten Tag, Evelyn!“, sagte Wolfgang und fühlte sich überrascht und hilflos zugleich.

Sie starrte ihn an. Und dann: „Noch ein Blischke! Und was hast *du* ausgefressen?“

Wolfgang fing an zu stottern. „Ich ..., nichts, ich wollte dich nur besuchen.“ Und nach einer kurzen Pause: „Nur, falls du nichts dagegen hast.“

„Was kann mich noch erschüttern? Komm rein!“

Wolfgang war perplex von diesem Empfang. Was sollte das? Außerdem verwirrte ihn ihr Aussehen. Er hatte sich zwar keine konkreten Vorstellungen von ihr gemacht, aber wie sie jetzt aussah – nein, das hatte er nicht erwartet. Aber was war so anders an ihr?

Sie setzten sich an einen niedrigen Tisch.

Sie musterte ihn aufmerksam. „Wolfgang, der Republikflüchtling. Das nenne ich eine Überraschung!"

Unter ihrem Blick fühlte er sich wie ein Schüler, der beim Abschreiben ertappt worden war. Wolfgang, der Republikflüchtling. War sie bald zwanzig Jahre nach der Wende immer noch die „rote" Evelyn? Es fiel ihm schwer, ihren Blick auszuhalten. Plötzlich wurde ihm bewusst, was ihn an ihr so irritierte. Sie war alt geworden. Sie war Jahrgang 1953 wie Wolfgang, doch sie sah zehn Jahre älter aus.

„Wie geht es dir?", versuchte er das Gespräch zu beginnen.

Sie zuckte mit den Schultern. „Was fragst du? Das wisst ihr doch."

„Nein, ich weiß es nicht. Ich kann es nicht wissen."

Nun wurde sie böse. „Wie soll es mir schon gehen nach allem, was ich durchgemacht habe? Was willst du hier, Wolfgang Blischke? Glaubst du, ich weiß nicht, dass dein Bruder dich schickt? Und falls du mich noch mal fragen sollst: Sag ihm, meine Antwort ist ‚Nein'."

„Evelyn, ich … Wovon redest du? Ich habe keine Ahnung."

„Hör auf, mir was vorzuspielen, Wolfgang!", schrie sie ihn an.

Nun wurde auch er lauter. „Evelyn, hör zu! Ich weiß nichts. Absolut nichts. Ich weiß nichts über dich und ich weiß nicht einmal etwas über meinen Bruder. Ich habe mit ihm seit meiner Flucht nicht mehr gesprochen, und jetzt ist er tot."

Sie wurde blass. „Was sagst du da?", fragte sie leise. „Das wusste ich nicht. Was ist passiert?"

„Wie ich eben sagte, hatte ich keinen richtigen Kontakt mit meinem Bruder mehr, seitdem ich die DDR verlassen hatte. Ich lebe seit Langem in Stuttgart. Kürzlich kam die Kripo zu mir und sagte mir, ich müsse nach Leipzig, weil Bernhard dort in seiner Gartenlaube ermordet worden ist."

„Ermordet, sagst du? Das tut mir leid." Er spürte, dass sie das nicht förmlich, sondern aus echter Betroffenheit sagte.

„Ich habe gestern in seinen Sachen einen Zettel mit zwei Adressen gefunden. Eine davon war deine. Da habe ich spontan beschlossen, dich zu besuchen, und das aus zwei Gründen: Erstens will ich dich einfach nach all den Jahren einmal wiedersehen, und dann hoffe ich, dass du mir vielleicht etwas über meinen Bruder sagen kannst. Ich bin da auf ein paar Dinge gestoßen, die mich völlig verwirren."

„O ja!", nickte sie. „Ich kann dir ein paar Dinge über ihn sagen."

Die Art, wie sie das sagte, ließ Wolfgang erschrecken. Er spürte, wie sich etwas in ihm zusammenzog und seine Handflächen feucht wurden.

„Es fällt mir schwer, darüber zu reden, aber ich bin dir wohl eine Auskunft schuldig", fuhr sie fort.

„Eine Frage habe ich vorher noch. Der zweite Name auf dem Zettel war Martin Philipek. Sagt dir das etwas?"

„Nein, nichts. Wer soll das sein?"

Sie schwiegen. Es war ihr anzusehen, dass es heftig in ihr arbeitete. Sie schluckte und sah ihn an.

„Bitte, Evelyn, was kannst du mir über meinen Bruder sagen?"

„Ich will dir meine Geschichte erzählen. Nimm es mir nicht übel, falls ich weinen muss. Damals nach der Schule wollte ich Lehrerin werden. Junge Menschen für den Sozialismus erziehen – das war mein Traum. Ich bin es auch geworden, eine linientreue Erzieherin der Deutschen Demokratischen Republik. Als meine Ausbildung abgeschlossen war, unterrichtete ich an einer polytechnischen Oberschule in Leipzig. Eines Tages bekamen wir einen neuen Hausmeister. Es war Bernhard. Ich habe mich gefreut, einen alten Schulkameraden wiederzusehen.

Dann kamen mir erste Zweifel am System. Das hing mit einem Urlaub zusammen. Ich war ins Erzgebirge gefahren, in die Nähe der tschechischen Grenze. Die vielen toten Bäume dort – es erschütterte mich. Natürlich wusste ich, dass Umwelt ein großes Thema in der BRD war, anders als hier bei uns. Da wurde nur wenig darüber gesprochen. Es galt ja, die Industrie aufzubauen, unseren Staat voranzubringen und der Welt die Überlegenheit unseres Systems zu beweisen.

Plötzlich bemerkte ich viele Dinge, die ich vorher nie richtig beachtet hatte, weil es ja immer so gewesen war. Total verdreckte Bäche und Flüsse, den Smog in Leipzig und vieles andere. Ich fing an, mich damit auseinanderzusetzen. Das war gar nicht so einfach. Ich stellte fest, dass ich am ehesten noch in der Kirche Gesprächspartner finden konnte. Bis dahin war die Kirche für mich immer nur Relikt eines überholten reaktionären Denkens gewesen. Über Umwege besorgte ich mir ein paar Bücher zum Thema aus der BRD. Wie konnte man ein fortschrittliches Leben aufbauen, wenn man auf der anderen Seite die Lebensgrundlagen so zerstörte? Das habe ich mich immer stärker gefragt, und ich war leichtsinnig genug, diese Frage auch meinen Schülern zu stellen."

Sie stand auf und stellte sich und Wolfgang zwei Gläser und eine Flasche Cola hin. „Kapitalistenbrause!", sagte sie mit einem bitteren Lachen. Dann starrte sie vor sich auf den Tisch und ballte die Faust, sodass Wolfgang das Weiß ihrer Knöchel sehen konnte.

„Eines Tages wurde ich zum Genossen Direktor gerufen. Er war nicht allein in seinem Büro. Da waren noch ein Mann und eine Frau. Schon als ich den Raum betrat, spürte ich, dass sich hier ein Unglück nahte. ‚Genossin Meißner', sagte der Direktor, ‚es liegen schwere Anschuldigungen gegen Sie vor.'"

„Meißner?" Wolfgang sah sie fragend an.

„Ja, ich hatte geheiratet. Mein Mann war ein Ingenieur wie du. – Man warf mir staatsfeindliche Umtriebe vor. Vor allen Dingen aber warf man mir vor, dass ich die Jugend gegen die Gesellschaft der DDR aufhetzte. Ich habe das natürlich abgestritten. Doch dann schalteten sie ein Tonbandgerät ein. Ich hörte meine Stimme in der Klasse."

Sie sah Wolfgang an. „Verstehst du? Die hatten heimlich meinen Unterricht aufgenommen!", rief sie.

Wolfgang sah sie gespannt an. „Und weiter?", fragte er mit heiserer Stimme.

„Um es kurz zu machen: Man stellte mich vor Gericht, ich wurde verurteilt und man steckte mich in ein Gefängnis."

Sie sah ihn mit einem unbeschreiblich leidenden Gesichtsausdruck an. „Weißt du, was es hieß, in der DDR im Gefängnis zu sein?"

„Ich ahne es", erwiderte er beklommen.

„Nein, du hast keine Ahnung. Wäre ich eine normale Kriminelle gewesen, hätte ich es ein bisschen leichter gehabt. Die wollte man wieder auf den rechten Weg bringen. Aber wir politischen Gefangenen hatten uns ja wissentlich und willentlich gegen das System gestellt. Und das ließ uns nun seine ganze Härte spüren." Ihre innere Bewegung war so stark, dass sie nicht gleich weitersprechen konnte.

„Hör zu, wie es weiterging. Nach knapp zwei Jahren wurde ich auf Bewährung entlassen. Man teilte mir irgendeine

Arbeit in einem Betrieb zu. Dann kam die Wende. Ich wurde rehabilitiert und durfte wieder als Lehrerin arbeiten. Aber ich habe es nicht mehr richtig gepackt. Immer öfter bekam ich schwere Depressionen. Ich ließ mich in den Ruhestand versetzen. Nun lebe ich von meiner Pension. Außerdem bekomme ich eine Opferrente. Ich bin hierhergezogen, weil es hier ruhig ist und mich niemand kennt. Ich versuche, mit meiner Bitterkeit zu überleben. Meine einzige Freude sind die drei Kinder, denen ich Gitarrenunterricht gebe."

„Und dein Mann?"

Wieder lachte sie böse auf. „Der kam zu dem Entschluss, dass er nicht mit einer Kriminellen verheiratet sein will. Er hat die Scheidung eingereicht."

Wolfgang war erschüttert. Er hätte gern etwas Tröstliches gesagt, aber die Worte fehlten ihm.

Was ist mit Bernhard? dachte er. Von ihm hat sie noch nichts gesagt.

„Ich bin noch nicht fertig", sagte sie. „Ich hatte mich hier also so gut, wie ich es konnte, eingerichtet. Allmählich fand ich ein gewisses inneres Gleichgewicht. Da tauchte irgendwann im Frühjahr dieses Jahres plötzlich dein Bruder auf. Ich freute mich, ihn wiederzusehen, wenn er mich auch allein durch sein Kommen an die ganze Geschichte erinnert hat. Er erzählte mir, dass er noch immer Hausmeister an der Schule sei." Sie schwieg.

„Und dann?" Wolfgang sah sie fragend an.

„Willst du es wirklich wissen?"

Er nickte.

„Dann erzählte er mir, dass er Stasi-Agent gewesen sei. Er habe alle Lehrer überwacht. Er war es, der die Abhöranlage in meiner Klasse installiert hatte."

Wolfgang schwindelte es. Aber bevor ihm richtig bewusst

wurde, was er da eben gehörte hatte, fing Evelyn an zu schreien.

„Da taucht dieser Kerl auf und erzählt mir, dass er mich verpfiffen hat. Seinetwegen musste ich ins Gefängnis. Verstehst du, Wolfgang Blischke? Dein sauberer Bruder war ein Spitzel! Aber damit nicht genug. Da sitzt er mir gegenüber, da, wo du jetzt sitzt, und hat den Nerv, mir zu sagen, er wolle sein Leben ändern. Es tue ihm alles schrecklich leid und er bitte mich um Verzeihung!"

Sie fing an zu schluchzen. Schwer atmend sagte sie: „Da habe ich ihm meinen ganzen Hass, meine ganze Wut und Verzweiflung um die Ohren geklatscht und ihn unter tausend Verwünschungen rausgeschmissen. Und jetzt sagst du mir, dass er tot ist." Sie bekam einen Weinkrampf und konnte sich nicht mehr beruhigen.

Kaminfeuer

Er konnte hinterher nicht mehr sagen, wie lange sie so dagesessen hatten. Irgendwann hatte er das Gefühl, etwas tun zu müssen. „Evelyn, kann ich dir helfen?"

Sie schüttelte nur den Kopf und weinte weiter. Er saß wie erschlagen in seinem Stuhl und versuchte, mit dem fertig zu werden, was sie ihm berichtet hatte. Nun verstand er ihren merkwürdigen Empfang an der Wohnungstür. Vor allem aber verstand er, warum Bernhard in der letzten Zeit seines Lebens von Schuld gesprochen hatte. Er verspürte Mitleid mit Evelyn, die ein so schweres Schicksal hatte. Aber auch Bernhard tat ihm leid, der in ehrlicher Absicht zu ihr gekommen war und dem sie die Entschuldigung verweigert hatte. Aber er konnte ihr deswegen keinen Vorwurf machen. Wie hätte er an ihrer Stelle reagiert? Da fiel ihm wieder ein, dass er beide Versuche Bernhards, mit ihm Kontakt aufzunehmen, unterbunden hatte. Er stöhnte auf und schlug sich die Knöchel der rechten Faust an die Stirn. Mein Gott, warum?, dachte er. Was ist das für eine gnadenlose Welt, die uns gnadenlos macht?

Es wurde dunkel. Draußen peitschte wieder der Regen an die Fenster. Der Raum war kühl. Evelyn stand auf und putzte sich die Nase.

„Ich mach uns was zu essen", sagte sie und schien sich etwas beruhigt zu haben. „Allerdings bin ich nicht auf Besuch vorbereitet."

Er stand auf. „Mach dir keine Umstände. Ich kann gehen. Oder ich kann dich auch zum Essen einladen."

„Nein!", wehrte sie ab. „Mit meiner verheulten Visage kann ich nirgendwo hingehen. Ich hätte dazu auch nicht die

Kraft. Bitte setz dich wieder und bleib hier. Ich schneide uns ein Brot und mache Rührei. Einverstanden?"

Er nickte. Sie ging in die Küche, und er sah sich im Zimmer um. Sie hatte viele Naturbücher. Auf einem Stapel lagen einige Musik-CDs, hauptsächlich Gitarrenmusik. Etwas Musik würde jetzt vielleicht guttun.

„Darf ich eine CD hören?", rief er in die Küche.

„Ja, natürlich! Wenn du brasilianische Gitarre magst, dann nimm mal die CD, wo der Zuckerhut auf dem Cover ist. Die ist wunderschön."

Er kramte in dem Stapel und fand die CD. Bossa-Nova-Klänge füllten den Raum. Sie kam mit einer dampfenden Pfanne aus der Küche.

„Komm, setz dich. Wir können jetzt essen."

Erst beim Essen merkte er, wie hungrig er war. Es schien ihr ähnlich zu gehen. „Wenn man schon seine Seele quält, sollte man wenigstens dem Magen etwas Gutes gönnen", meinte sie. Er widersprach ihr nicht.

Evelyn schien sich mittlerweile beruhigt zu haben. Beide sprachen ein Weilchen über belanglose Dinge. Dann räumte sie die Teller ab. Als er überlegte, ob es jetzt an der Zeit wäre zu gehen, sagte sie: „Ich hole uns eine Flasche Wein. Viel darf ich nicht trinken, weil ich immer noch ein Mittel gegen meine Depressionen nehmen muss. Aber nachdem wir uns so lange nicht mehr gesehen haben, muss das jetzt sein."

Als sie wieder den Raum betrat, fröstelte sie. „Mein Gott, ist das kalt geworden. Der Wind pfeift durch alle Ritzen. Frierst du auch so? Schau mal, was ich da habe."

Sie zeigte in eine Ecke, wo ein verglaster Kaminofen stand. Davor lagen einige Stücke Buchenholz. „Diesen Luxus gönne ich mir manchmal, wenn mir die Welt so kalt vorkommt.

Dann höre ich Musik und schaue dem Feuer zu, und schon ist alles nicht mehr ganz so schlimm."

Sie fing an, ein Feuer zu machen. Als die Flammen aus den Scheiten schlugen, trat sie einen Schritt zurück und sah zu, wie die Flammen anfingen, das Holz zu verzehren. „Schön, nicht wahr?"

Wolfgang stand auf, ging ebenfalls zu dem Ofen und starrte eine Weile ins Feuer. In einer plötzlichen Aufwallung schlang er von hinten beide Arme um sie. Was mache ich da?, dachte er und erwartete im selben Augenblick, dass sie sich ihm heftig entziehen würde. Das Gegenteil war der Fall. Sie schmiegte sich an ihn und legte ihren Kopf an seinen Hals. „Wehe, du gehst jetzt weg, Wolfgang!", flüsterte sie.

Wie lange standen sie so? Egal! Zeit spielte jetzt keine Rolle. Das war der Augenblick, wo sie sich nahe waren. Er spürte, wie sie in seinen Armen atmete. Endlich wieder einmal die Nähe einer Frau spüren, ihre Zärtlichkeit, ihre Hingabe. Nein, nicht die Nähe einer Frau, sondern die Nähe dieser Frau, deren Schicksal so überraschend eng mit seinem verbunden war. Beide hielten ihre verwundeten Seelen aneinander und wärmten sich mit ihren Körpern.

„Weißt du, dass ich mal in dich verliebt war?", fragte sie leise und drehte sich zu ihm um, beide Arme um seinen Hals schlingend.

„Du warst in mich verliebt? Jetzt überraschst du mich. Du wirktest immer etwas kühl auf mich."

„Doch!", sagte sie. „Damals in der Abschlussklasse. Du warst immer so klug und du sahst wahnsinnig gut aus. Du sieht auch heute noch gut aus."

„Sprich weiter!", lachte er. „So etwas habe ich schon lange nicht mehr gehört. Und warum hast du mir nichts gesagt?"

„Weil ich dumme Gans mir den Wolfgang ganz schnell verboten habe“, schalt sie sich selbst. „Er war ja so fürchterlich unpolitisch und hatte immer nur seine Naturwissenschaft und Mathematik im Kopf. Dabei träumte ich von romantischen Spaziergängen mit dir, bei denen wir uns über die Weltrevolution unterhielten.“

Sie mussten beide lachen, ließen aber einander nicht los. Er spürte, wie er sie begehrte. Er streichelte ihren Nacken. Sie hatte wunderbar weiche Haare.

„Du, Wolfgang Blischke“, sagte sie und steckte zärtlich ihre Nase in seinen Kragen, weil sie ihn riechen wollte. Er riecht aufregend, dachte sie. „Sag mal, warst du eigentlich tatsächlich so unpolitisch?“

„Ich weiß nicht so recht“, brummte er. „Es ist nicht so, dass mich Politik überhaupt nicht interessiert hätte. Man konnte ihr in der DDR sowieso nicht entgehen. Aber mein Vater hatte uns dazu erzogen, zu den Obrigkeiten einen gesunden Abstand zu halten, wie er es immer nannte.“

„Diese Erziehung hat bei Bernhard nicht vorgehalten“, sagte sie und hätte sich im selben Augenblick ohrfeigen können. Sie spürte, dass sie mit diesem Satz den Zauber des Augenblicks zerstört hatte.

„Verzeih mir!“, schluckte sie und ließ ihn los.

Er versuchte seine Enttäuschung zu überwinden.

„Setz dich!“, forderte sie ihn auf. „Ich leg noch ein Stück Holz nach und dann mache ich den Wein auf.“

Es war ein süßer ungarischer Wein. Jetzt saß sie in einem Sessel und er auf der Couch. Sie prosteten sich zu.

„Du hast mir noch fast gar nichts von dir erzählt, Wolfgang. Erzähl mir. Wie ist es dir ergangen?“

Er fing an zu berichten. Sie hörte ihm aufmerksam zu. Als ihr Glas leer war, füllte sie sich nach. „Eigentlich dürfte ich das nicht wegen meiner Medikamente. Aber ich pfeife jetzt auf Risiken und Nebenwirkungen."

Er erzählte ihr von Sylvia und von ihrer Trennung und davon, wie froh er gewesen war, dass sie mit zu Bernhards Beerdigung gekommen war. Er verschwieg aber auch ihre Auseinandersetzungen danach nicht.

Dann fragte sie noch einmal nach Bernhard und was er über ihn herausbekommen hatte. Dabei erwähnte er seinen Besuch in Chemnitz und das Gespräch mit dem Ruhestandspfarrer und dessen Frau.

Da kamen ihr wieder die Tränen. „Er hat es ernst gemeint", schluchzte sie und schüttelte sich vor Weinen.

„Bitte geh nicht weg!", bat sie ihn zwischen zwei Schluchzern. „Ich komme gleich wieder." Dann lief sie ins Schlafzimmer, weil sie wohl nicht schon wieder vor Wolfgang derart heftig weinen wollte. Wolfgang wartete auf sie, aber sie kam nicht.

Wolfgang wurde wach, weil ein Sonnenstrahl, der sich durch die Wolken gekämpft hatte, durch das Fenster auf sein Gesicht schien. Er brauchte einen Augenblick, um zu begreifen, wo er war. Dann erst wurde ihm bewusst, dass er eingehüllt in eine Decke auf der Couch lag und keine Schuhe mehr anhatte. Nanu?, dachte er.

Im selben Augenblick kam Evelyn zur Tür herein. „Guten Morgen, Schlafmütze!", rief sie fröhlich. „Ich habe uns frische Brötchen gekauft. Im Badezimmer habe ich dir ein großes Handtuch hingelegt."

„Hast du mich zugedeckt?", fragte er.

Sie lachte. „Nein, das war das Sandmännchen. – Dummkopf, natürlich war ich das. Als ich nach der Heulattacke endlich wieder ins Wohnzimmer kam, saßest du auf der Couch und hast geschnarcht. Da habe ich dir die Schuhe ausgezogen, deine Beine hochgelegt und dir eine Decke gebracht."

„Danke!", sagte er und sah sie an. Ihr Gesicht war anders als gestern. Es hatte etwas Weiches und Gelöstes.

„Los, steh auf!", rief sie. „Ich koche uns einen Kaffee. Was sind wir Sachsen ohne ein Schälchen Heeßen?"

Als sie beim Frühstück in der Küche saßen, sah er sie wieder an. Ohne Zweifel, sie war anders. „Was ist los mit dir?", fragte er. „Du wirkst ganz anders als gestern. Schöner, wenn ich das mal sagen darf."

„Ja", sagte sie leise, „in mir hat sich etwas geändert. Dein Besuch war das Beste, was mir je passiert ist. Gestern in der Nacht habe ich mir allen Dreck von der Seele geheult. Es war noch einmal sehr schwer. Alles, was passiert war, stand vor mir. Es gab Momente, in denen ich dachte, ich würde wahnsinnig."

„Und ich saß im Wohnzimmer und habe gepennt, statt bei dir zu sein!", rief er aufgebracht über sich selbst.

Sie schüttelte den Kopf. „Nein, es war gut so. Ich musste in dieser Zeit allein sein. Gleichzeitig wusste ich, du bist im Nebenzimmer, und ich bin irgendwie doch nicht allein. Wie soll ich sagen? Du warst genau am richtigen Ort. So habe ich die Kraft gefunden, meinen inneren Kampf zu bestehen."

Sie schwieg und sah aus dem Fenster. Leise fuhr sie fort: „Ich glaube, wenn Bernhard jetzt käme und mich um Verzeihung bitten würde, dass ich ihm dann verzeihen könnte. Jedenfalls will ich versuchen, ihm zu verzeihen."

Und dann nach einer Pause: „Es tut mir leid, dass er das jetzt nicht mehr hören kann. – Aber wer weiß. Vielleicht hört er mich doch."

Sie wandte sich ihrem Besuch zu. „Aber ich weiß auf alle Fälle, dass ich seit dieser Nacht wieder anfangen kann zu leben. Leben, Wolfgang, nicht nur existieren. Ich danke dir von ganzem Herzen."

Er zuckte mit den Achseln. „Was habe ich schon getan?"

„Du bist gekommen", sagte sie schlicht.

Als sie sich verabschiedeten, hielt sie ihn fest umschlungen. „Versprich mir, dass du wiederkommst, mit oder ohne Sylvia. Hörst du, du bist mir jederzeit willkommen. Die Gegend hier ist wunderschön. Osterwieck ist so interessant. Ich kann dir vieles zeigen."

„Ich komme wieder. Ehrenwort!", sagte er und startete seinen Lancia. Sie sah ihm lange nach.

Der Hauptkommissar

EINE WEILE GENOSS ER beim Fahren noch die angenehme Atmosphäre ihres gemeinsamen Frühstücks und des Abschieds. Er freute sich, dass Evelyn innerlich so viel weiter gekommen war. Einen Augenblick fühlte er sich wohl, wie schon seit Langem nicht mehr. Es war schön gewesen, sie im Arm zu halten. Es hatte nicht viel gefehlt, und er wäre Sylvia zum ersten Mal untreu gewesen. Aber sie lebten ja getrennt. Wer weiß, welche Beziehungen Sylvia mittlerweile aufgebaut hatte.

Dann fiel ihm Bernhard ein, und seine innere Anspannung kam wieder. Bernhard – ein Stasi-Agent! Wolfgang spürte, dass er lange brauchen würde, um diese Neuigkeit zu verdauen. Er würde Hauptkommisaar Berger informieren müssen. Aber dann würde dieser Evelyn befragen und überprüfen, ob sie ein Alibi hatte. Ein Motiv hatte sie ja ...

„Zum Kuckuck!", schimpfte er. „Hoffentlich wirft sie das innerlich nicht wieder zurück."

Er suchte eine Gelegenheit zu parken und wählte auf dem Mobiltelefon Evelyns Nummer. Als sie ihm zugehört hatte, zitterte ihre Stimme ein wenig. „Ich weiß, dass es sein muss. Hoffentlich halte ich das durch."

Er tröstete sie, so gut er konnte, und wählte dann das Kommissariat an. Berger selbst war am Apparat.

„Herr Hauptkommissar, ich möchte Ihnen mitteilen, dass mein Bruder bei der Stasi war."

Die Antwort war knapp und eindeutig. „Ich weiß, Herr Blischke."

Wolfgang war einen Augenblick sprachlos. „Warum haben Sie mir das nicht gesagt?", fragte er dann ärgerlich.

„Ich bin verpflichtet, den Mörder Ihres Bruders zu finden. Zu mehr nicht."

„Können Sie sich nicht vorstellen, dass mich alles interessiert, was meinen Bruder angeht?"

„Natürlich kann ich das. Aber meine Ermittlungsergebnisse müssen vertraulich sein. Außerdem habe ich als Polizist die Opfer zu schützen, selbst wenn sie tot sind. – Sagen Sie mal, Sie ermitteln doch nicht etwa auf eigene Faust?"

„Das würde ich nie wagen, Herr Hauptkommissar", sagte Wolfgang mit übertriebener Höflichkeit. „Ich habe eine alte Bekannte besucht und es von ihr erfahren. Ich bin eben auf der Rückfahrt."

„Tun Sie mir einen Gefallen, Herr Blischke. Kommen Sie zu mir, sobald Sie in Leipzig sind. Wir sehen uns. Auf Wiederhören."

Wolfgang stieg aus dem Wagen, ging einige Schritte auf und ab und boxte in die Luft, um das Adrenalin in seinem Blut abzubauen. Berger, der coole Bulle. „Ich weiß, Herr Blischke." Kalt wie eine Hundeschnauze. Immerhin – wenn er das gewusst hatte, dann war er mit seinen Ermittlungen schon ein Stück weiter. Reg dich ab, Wolfgang!, versuchte er sich zu beruhigen.

Auf dem Kommissariat erzählte er von seinem Besuch bei Evelyn.

„Hatten Sie schon in Stuttgart die Adresse Ihrer Klassenkameradin?"

Wolfgang erzählte, wie er den Zettel gefunden hatte und wie überrascht er über den Fund des Albums war. Über den zweiten Namen auf dem Zettel mochte er Berger aber nichts sagen.

Berger war sehr interessiert. „Haben Sie sonst noch Dokumente Ihres Bruders bei Ihrer Tante gefunden?"

„Nein. Aber ich habe natürlich nicht das Zimmer meiner Tante durchsucht."

Berger klopfte nachdenklich mit einem Kugelschreiber auf seine Schreibtischkante. „Hm. Aber das Album war in dem Altenheim. Vielleicht sollte man da doch mal genauer hinschauen. Das hielten wir bisher nicht für nötig. Doch wer weiß ..."

„Das würde meine Tante schrecklich aufregen."

„Das will ich nicht. Deshalb bitte ich Sie, bei Ihrer Tante noch einmal einen Besuch zu machen und bei der Gelegenheit einfach mal die Augen aufzumachen. Vielleicht finden Sie ja was Interessantes in einem Regal oder in einer Schublade."

„Jetzt soll ich also doch ermitteln?"

Berger lächelte leicht. „Eins zu null für Sie. Aber Sie sollen nicht ermitteln. Sie sollen mir nur einen Gefallen tun, die Augen offenhalten und mir im Zweifelsfall sagen, was Ihnen aufgefallen ist."

„Das heißt also, dass der Fund des Albums auch Sie überrascht."

Berger wiegte seinen Kopf hin und her. „Es mag Zufall sein, dass Ihr Bruder das Album im Heim deponiert hat. Tatsache ist, dass wir weder in der Wohnung Ihres Bruders noch in seiner Datsche etwas gefunden haben, was uns wesentlich weitergebracht hätte. Wir hatten uns von der Untersuchung des Computers Ihres Bruders einiges erhofft. Wir haben nur festgestellt, dass die Festplatte vor noch nicht allzu langer Zeit sehr gründlich gelöscht worden ist. Auch das mag Zufall sein. Oder eben auch nicht."

„Sieh mal einer an", grinste Wolfgang. „Sie können ja richtig informativ sein."

Berger sah ihn an und sein Gesicht wurde ernst, ja –

beinahe traurig. „Ich will Ihnen mal was über meinen Job erzählen. Sie halten mich vermutlich für einen ekelhaften Kerl. Vielleicht bin ich das ja auch. Fragen Sie meine Kollegin. Die muss mich fast jeden Tag ertragen. Aber glauben Sie vielleicht, dass der Anblick einer Leiche belebend auf mich wirkt? Nehmen wir an, da wird irgendeiner gefunden – tot durch Fremdeinwirkung. Dann darf ich erst mal zu den Angehörigen und ihnen die Nachricht bringen. Die Leute sind erschüttert, manche weinen. Und wissen Sie, was das Schlimme ist? Aus berufsmäßigem Misstrauen frage ich mich, nein, muss ich mich fragen: ‚Geht es denen wirklich so schlecht oder ziehen die nur eine Show ab?'

Was glauben Sie, aus welch blöden Gründen Menschen zu Mördern werden können? Manchmal könnte ich schreien vor Wut! Und was für beschissene Lügen ich oft vorgesetzt bekomme. Es ist zum Kotzen. Hier" – er nahm eine Klarsichthülle von einem Stapel und knallte sie vor sich auf den Schreibtisch – „ich habe hier einige Statistiken, zum Beispiel im Jahr 2006 gab es im Bereich der Polizeidirektion Leipzig insgesamt siebzehn Fälle von versuchtem bzw. vollendetem Mord oder Totschlag. Vielleicht denken Sie, siebzehn sei in einer so großen Stadt nicht viel. Jeder ist einer zu viel!" Er holte tief Luft, stand auf und holte sich einen Kaffee.

„Wollen Sie auch einen?"

Wolfgang verneinte.

„Warum erzähle ich Ihnen das eigentlich alles?", seufzte Berger. „Nur damit Sie ein bisschen besser von mir denken? Na, egal. Bauen Sie Ihre Kurzwellenempfänger und lassen Sie mich meinen Job tun, ohne mich ständig zu fragen, wie weit ich bin. Wahrscheinlich kann man in Ihrem Beruf ein wenig netter und zartfühlender sein. – So, und jetzt schmeiße ich Sie aus meinem Büro."

„Moment noch, Herr Berger. Eine Sache habe ich noch."

„Was denn noch?"

„Auf dem Zettel, den ich bei meiner Tante gefunden habe, war noch ein zweiter Name. Martin Philipek. Der Name sagt mir absolut nichts. Aber ich habe vor, diesen Mann aufzusuchen."

„Haben Sie den Zettel hier oder die Adresse im Kopf?"

Wolfgang kramte in seiner Tasche und übergab den Zettel.

„Cainsdorf", brummte der Polizeibeamte. „Das gehört zu Zwickau." Er schrieb Namen und Adresse ab.

„Sie sollen nicht ermitteln, Herr Blischke. Nachdem Sie schon wissen, dass Ihr Bruder bei der Stasi war, können Sie sich doch denken, wie kompliziert alles ist. Immerhin hatte Ihr Bruder ein Messer im Rücken. Meine Mitarbeiter und ich kämpfen uns durch Berge von Akten wegen Ihres Bruders. Wir haben unzählige Fäden in der Hand, aber nichts läuft zusammen. Dass kurz vor der Wende noch viele Stasi-Akten im Reißwolf verschwunden sind, erleichtert uns das Geschäft auch nicht gerade. Ich kann Sie da nicht hinlassen."

„Bitte, Herr Berger. Ich will nicht ermitteln, aber …"

Berger schwieg. Er schwieg sehr lange. Dann sah er Wolfgang an. „Also meinetwegen, fahren Sie da hin. Aber sobald auch nur etwas anfängt, schwierig zu werden, lassen Sie sofort die Finger davon. Die Polizei bin ich. Vergessen Sie das nicht! Und seien Sie vorsichtig. Hinterher erstatten Sie mir genau Bericht."

„Geht in Ordnung!", nickte Wolfgang.

„Wann fahren Sie?"

Wolfgang überlegte. „Ich denke, morgen am frühen Nachmittag."

„Gut. Auf Wiedersehen." Er gab Wolfgang die Hand.

Wolfgang sah ihn an. „Ich danke Ihnen. Ich danke Ihnen und Ihren Mitarbeitern für alle Mühe."

„Machen Sie, dass Sie rauskommen, bevor ich zu heulen anfange!", knurrte der Hauptkommissar.

Als Wolfgang gegangen war, ging er mit dem Namen in ein Nebenzimmer. „Hier, Rüdiger, jag diesen Namen durch das POLAS. Dann muss einer von euch überprüfen, ob eine gewisse Evelyn Gutsch in Osterwieck ein Alibi für die Tatzeit hat. Aber zuerst hör zu."

Er berichtete seinem Mitarbeiter von dem Gespräch mit Wolfgang.

„Sie lassen ihn da hingehen?", fragte der junge Beamte und man hörte seiner Stimme die Skepsis an. „Halten Sie das für eine gute Idee?"

„Ja, ich lasse ihn da hingehen. Mein Kopf sagt auch eher nein, komischerweise ist aber mein Bauch dafür. Pass auf, du wirst ihm morgen unauffällig folgen. Er kennt dich nicht. Ich glaube nicht, dass die Sache morgen für ihn problematisch wird. Aber ich möchte, dass du trotzdem in seiner Nähe bist. Der Mann fängt an, mir sympathisch zu werden. Wer hätte das gedacht?"

Schinkenbrote

Als Wolfgang seinen Wagen wieder in der Nähe des Hauses parkte, sah er sich nach Lenin um, aber von dem Hund war nichts zu sehen. Eine freundliche Hundebegrüßung hätte Wolfgang gutgetan, doch es war wohl besser, wenn er den Hund nicht an sich band.

In der Wohnung durchsuchte er Bernhards Kleiderschrank und nahm die Sachen heraus, die für den Müll zu schade waren und in eine Kleiderkammer sollten. Er musste sich zu dieser Arbeit zwingen, aber er konnte die Räumung der Wohnung nicht ständig vor sich herschieben. Bei dieser Arbeit fiel ihm der obdachlose Peter in Stuttgart ein. Wie es dem wohl gerade ging?

Dann kehrten seine Überlegungen zu Bernhard zurück. Was mochte Bernhard bei der Stasi alles gemacht haben? Das Geld des Kontos für Tante Hedwig kam wohl aus dieser Quelle, es sei denn, Bernhard hätte in einer Lotterie gewonnen. Ach ja, um Bernhards Finanzen, die Auflösung seiner Konten und all diese Dinge musste er sich ja auch noch kümmern. Ärgerlich warf er einige alte Hemden in einen großen Müllsack.

Wolfgang, du brauchst jetzt frische Luft und etwas Bewegung!, verordnete er sich selbst eine Pause und ging nach unten. Als er um die Straßenecke bog, sah er wieder die Kirche. Vielleicht war sie offen. Er wollte es ausprobieren.

Die erste Tür war verschlossen. Er ging um das Gebäude herum und versuchte es an einer anderen Tür. Auch zu. Missmutig wollte er weitergehen, als er eine Stimme hinter sich hörte.

„Wollen Sie in die Kirche rein?"

Er drehte sich um und sah eine Frau, die etwa zwanzig Meter entfernt in seine Richtung ging.

„Nein!", rief er ärgerlich zurück und kam sich im selben Augenblick blöd vor.

„Warum haben Sie dann alle Türen ausprobiert?"

„Weil ich reinwollte."

„Männer!", stöhnte die Frau. „Nie wissen sie, was sie wollen." Ihrer Aussprache nach stammte sie aus der Berliner Gegend.

Mittlerweile stand sie vor ihm, eine Frau, die etwa Anfang sechzig sein mochte. Sie war ziemlich stämmig, hatte breite Hüften und trug hellblaue Jeans. Ihre Frisur (konnte man das Frisur nennen?) bestand aus grauen Locken, die ziemlich wild in alle Richtungen abstanden.

„Ich kann Ihnen die Kirche aufschließen, wenn Sie wollen. Mein Name ist Dombrowski. Ich bin hier Pfarrerin. Darf ich fragen, wer Sie sind?"

„Ich heiße Blischke."

Ihr Gesicht wurde ernst. „Sind Sie ein Verwandter von dem Mann, der drüben in der Gartenanlage umgebracht worden ist?"

Wolfgang nickte. „Ich bin der Bruder."

Sie zog einen Schlüsselbund aus ihrer Tasche und öffnete die Kirche.

„Gehen Sie rein, solange Sie wollen. Wenn Sie fertig sind, klingeln Sie an meiner Tür. Schauen Sie, dort drüben ist mein Haus."

„Danke."

Wolfgang betrat die Kirche, ging ein wenig umher und setzte sich schließlich in eine Bank. Der große kühle Raum ließ ihn frösteln. Er versuchte zur Ruhe zu kommen, aber es gelang ihm nicht. Hatte er insgeheim gehofft, dass die

Atmosphäre einer Kirche ihm guttun würde, so sah er sich enttäuscht. Der Raum schwieg ihn an. Vielleicht, dachte er, würde man etwas Interessantes entdecken, wenn man sich mit Kirchen und mit dem christlichen Glauben besser auskennen würde. Er stand auf und ging.

Draußen sah er, dass er nicht an der Haustür der Pfarrerin klingeln musste. Sie hatte auf ihn gewartet.

„Hat Ihnen die Kirche gefallen?"

Er zuckte mit den Achseln. „Ein großer leerer Raum."

„Was haben Sie in der Kirche gesucht?", fragte sie ernst.

Wieder zuckte er mit den Achseln. „Ich weiß es selber nicht genau. Antworten vielleicht. Vielen Dank, dass Sie mir aufgeschlossen haben." Er wandte sich zum Gehen.

„Moment noch, Herr Blischke", sagte sie, „kommen Sie doch mit mir in meine Wohnung. Reden wir ein bisschen miteinander."

Er zögerte.

„Nun kommen Sie schon!", ermunterte sie ihn mit einem leichten Lächeln. „Ich bin netter, als ich aussehe."

Als Wolfgang sich später an diese Begegnung erinnerte, wurde ihm bewusst, dass es diese saloppe Art der Einladung gewesen war, die ihn in diesem Moment dazu brachte, ihr zu folgen.

„Setzen wir uns!", forderte sie ihn auf, als sie das Wohnzimmer betraten. Er sah sich um. Viele Bücher und einige große Zimmerpflanzen gaben dem Raum seine Atmosphäre.

„Sie sind also Pfarrerin hier?", fragte er, während sie eine Flasche Wasser und zwei Gläser auf den Tisch stellte.

„Ja, aber zum Glück nicht mehr lange. Im Oktober gehe ich in den Ruhestand."

„Sind Sie nicht gerne Pfarrerin?", fragte Wolfgang etwas erstaunt.

„Das schon“, erwiderte sie, „aber mittlerweile gibt es hier eine Menge Leute, die nur auf meinen Abgang warten. Ich habe mich zu oft in die Nesseln gesetzt.“

„Nanu? Wie soll ich das verstehen?“

„Die Leute wollen eine nette Pfarrerin. Wissen Sie, so eine ganz Liebe zum Händchenhalten, eine, die ihnen nicht zu dicht auf die Pelle rückt und keine peinlichen Fragen stellt“, sagte sie grimmig. „Ich habe eine zu große Klappe und bin in meiner Ausdrucksweise meistens zu direkt. Das mögen viele nicht. Manche nennen mich ‚Viola, den Besen‘. Das habe ich sicher nicht nur meinen Haaren zu verdanken.“

Sie füllte die Gläser und musterte ihn. „Erzählen Sie mir lieber von sich. Ich bin nicht so interessant.“

„Ich bin ein Mann, der nicht weiß, was er will“, sagte Wolfgang.

Sie zog ein Gesicht. „Hören Sie auf! Ich entschuldige mich ja für diese Bemerkung. Ich wollte Sie nicht kränken.“

„Sie brauchen sich nicht zu entschuldigen. Ich nehme Ihnen das nicht übel. Sie haben den Nagel auf den Kopf getroffen. Ich wusste mal, wer ich war. Ein erfolgreicher Ingenieur in Stuttgart, Geburtsort Leipzig, mit einer ebenso erfolgreichen schwäbischen Lehrerin verheiratet. Jetzt bin ich zwar noch verheiratet, lebe aber allein, weil es meine Frau mit mir nicht mehr ausgehalten hat. Mit meinem Bruder hatte ich keinen Kontakt, weil meine Flucht in den Westen meine Familie hier kaputt gemacht hat. Jetzt ist er tot. Was ich bisher über ihn herausgefunden habe, macht mir Angst, und mich beschleicht die dumpfe Ahnung, dass ich in meinem Leben mehr Chaos und Tragödien verursacht habe, als ich bisher meinte.“

Gegen seinen Willen bekam er rote Augen. „Verstehen Sie, Frau Dombrowski? Mein Motto war mal: ‚Probleme sind zum Lösen da.‘ Aber auf einmal stürmen Probleme auf mich ein, denen ich mich nicht mehr gewachsen fühle. Vermutlich habe ich zu wenig Energie in meine Beziehungen gesteckt und habe mich mehr um Sachen als um Menschen gekümmert. Jetzt schlägt alles auf mich zurück, und wo ich hinschaue, habe ich den Eindruck, dass ich an allem schuld bin.“

„Das hört sich ja ziemlich kompliziert an“, meinte sie vorsichtig. „Aber Sie werden verstehen, dass ich das noch nicht alles nachvollziehen kann. Erzählen Sie mir bitte genauer, was passiert ist. Vielleicht fangen Sie mit der Ermordung Ihres Bruders an. Da weiß ich nur, was die Leute so reden, und danach sollte man nicht unbedingt gehen.“

Wolfgang fing an zu erzählen, am Anfang noch stockend, schließlich immer flüssiger. Er merkte, dass es ihm guttat. Zwar hatte er auch Sylvia an seinen Erlebnissen teilhaben lassen, aber zwischen ihnen beiden war immer unausgesprochen eine Spannung vorhanden. Eine falsche oder falsch verstandene Bemerkung – und sie hatten Krach miteinander. Frau Dombrowski war neutral. Sie hörte aufmerksam zu und stellte nur ab und zu eine Frage.

„Ich kann verstehen, wie sehr Sie das alles mitnimmt“, sagte sie teilnahmsvoll, als er geendet hatte. „Übrigens – man merkt Ihrer Redeweise den Ingenieur an. Präzise, die Dinge auf den Punkt bringend, nicht ausschweifend. Kompliment!“

Im selben Augenblick knurrte Wolfgangs Magen vernehmlich. Sie erschrak. Ihm war es schrecklich peinlich.

„Was bin ich für eine lausige Gastgeberin!“, rief sie. „Einverstanden, wenn ich uns was zu essen mache?“

Sie stand auf, um in die Küche zu gehen. „Mögen Sie ein Bier?“, rief sie aus der Küche.

„Gern sogar!“, antwortete Wolfgang. Plötzlich hörte er

ein Klirren von Glas in der Küche und einen Ausdruck, den er bei einer Pfarrerin nicht unbedingt erwartet hätte. Dann kam der Berliner Stoßseufzer: „Unjeschick, verlass mir nich, sonst bin ick janz alleene."

„Ist was passiert?", rief er in die Küche.

„Ich habe ein Glas Gurken fallen lassen. Hoffentlich habe ich noch welche."

Sie hatte noch ein Glas. Wolfgang staunte, als sie auftischte. Kräftiges Brot und Berge von Kochschinken. Beide aßen mit Appetit.

„Und Sie haben meinen Bruder nicht gekannt?", fragte er, als sie mit Essen fertig waren. „Es hätte ja sein können, dass er bei seinem Fragen nach dem christlichen Glauben auch zu Ihnen kam."

Sie schüttelte den Kopf. „Wenn man was Ernsthaftes zu beichten hat, tut man das nicht unbedingt beim Pfarrer in der Nachbarschaft. Ich kann das schon verstehen."

„Schuld beichten. Schuld. Immer ist von Schuld die Rede", sagte er nachdenklich. „Ich hatte stets den Eindruck, die Kirche redet davon viel zu viel. Plötzlich holt mich dieses Thema ein."

Er sah sie mit einem verzweifelten Gesichtsausdruck an. Dann brach es aus ihm heraus: „Alles hat damit angefangen, dass ich in einem plötzlichen Entschluss abgehauen bin. Mein Vater ist darüber gestorben, und mein Bruder ist deshalb auf einen Weg gekommen, der Leid über andere Menschen gebracht hat. Womöglich hängt auch sein Tod damit zusammen!"

Er barg sein Gesicht in den Händen.

„Nun mal schön langsam, Herr Blischke. Sie sind nicht an allem schuld."

„Bin ich denn nicht schuldig? Das können Sie mir doch nicht weismachen!", rief er.

„Doch!", sagte sie langsam. „Sie haben Ihrem Vater und Ihrem Bruder durch Ihre Flucht einen riesigen Schmerz bereitet. Wenn ich Sie vorhin richtig verstanden habe, waren Sie doch ein ganz glücklicher Männerhaushalt. Ihr Vater und Ihr Bruder waren stolz auf Sie, den jungen Nachwuchswissenschaftler. Plötzlich, von heute auf morgen, sind Sie weg. Das muss schlimm für beide gewesen sein. Jahre später, als Ihr Bruder wieder mit Ihnen reden wollte, haben Sie das abgelehnt. Auch das war nicht gut."

„Sehen Sie!", rief er. „Das meine ich."

„Ja, ich verstehe Sie. Das ist ganz allein Ihre Verantwortung. Ob Ihr Vater jedoch deshalb herzkrank geworden ist, wissen Sie nicht. Das kann auch andere Gründe haben. Es war die Entscheidung Ihres Bruders, wieder zur NVA zu gehen und sich von der Stasi anwerben zu lassen. Das hat er zu verantworten, nicht Sie. Sie waren der Auslöser, nicht mehr und nicht weniger."

Wolfgang dachte nach. „Aber ohne meine Flucht wäre meiner Bekannten in Osterwieck dieses Schicksal erspart geblieben. Das schmerzt mich ungeheuer."

„Vielleicht wäre es ihr erspart geblieben. Vielleicht aber auch nicht. Sie hat ohne Ihr oder Ihres Bruders Zutun Zweifel am System bekommen. Wenn Ihr Bruder sie nicht abgehört hätte, hätte es wahrscheinlich ein anderer getan. Sehen Sie, es gibt doch viele solcher Schicksale. Da verbinden sich persönliche Entscheidungen mit der Welt, in der wir leben. Niemand in Ihrer Familie ist daran schuld, dass wir in einem Staat gelebt haben, der Kritik am System und Republikflucht zu einem Kapitalverbrechen erklärt und deshalb das ganze Land bespitzelt hat."

„Sagen Sie mal, haben Sie eigentlich manchmal an Flucht gedacht?"

Sie lachte kurz auf. „Mehr als einmal. Das dürfen Sie mir glauben. Pfarrer in der DDR zu sein, war immer eine Gratwanderung zwischen Anpassung, Widerstand und Verrat. Dass ich mich nicht anpassen wollte, hat mir viel Ärger eingebracht. Ich bin in einer christlichen Familie aufgewachsen. Klar, dass ich nicht zur Jugendweihe gegangen bin, sondern mich konfirmieren ließ. Deshalb wollte man mich nicht zum Abitur zulassen. Ich konnte dann doch das Abitur machen, vermutlich, weil mein Vater mal einem Funktionär einen großen Gefallen tun konnte. Aber Theologie studieren – nein, das durfte ich nicht. Man hat mir jedes Studium verboten. Also habe ich etliche Jahre lang was anderes gearbeitet. Irgendwann durfte ich dann auf eine Kirchliche Hochschule. So kam ich doch noch ins Pfarramt." Sie schenkte sich noch einmal Wasser ein und hing einen Augenblick lang ihren Gedanken nach.

„Ich habe oft an Flucht gedacht, Herr Blischke, jedes Mal, wenn ich die Schnauze vollhatte, und das war oft. Als in den Achtzigerjahren viele einen Ausreiseantrag gestellt haben, habe ich mir das auch überlegt. Die Herrschaften von der SED hätten den Verlust einer widerborstigen Pfarrerin gewiss verschmerzt. Aber ich dachte an die Handvoll alter Leute, die sonntags im Gottesdienst saßen, und an die paar Kinder, die meine Christenlehre besuchten. Hätte ich sie im Stich lassen sollen? Dass ich nicht gegangen bin, war meine Art von Widerstand."

Wolfgang seufzte. „Helfen Sie mir bitte noch einmal, etwas zu verstehen. Sehen Sie, mir hat das System keine Steine in den Weg gelegt, sondern mir eine exzellente Ausbildung verschafft. Ich hätte hier vermutlich Karriere gemacht. Die Menschen hier haben meine Ausbildung bezahlt, aber ich bin abgehauen. Wie sieht es da mit meiner Schuld aus?"

Sie überlegte. „Wissen Sie, wir leben alle in einer großen Gemeinschaft, und jeder einzelne Mensch muss seinen Teil beisteuern, dass das Leben für alle gelingen kann. Auch Sie. Aber nehmen wir mal an, Sie wären in Stuttgart geboren und aufgewachsen und hätten sich überlegt auszuwandern. Vielleicht wären Ihre Lehrer oder Arbeitgeber damit nicht einverstanden gewesen, aber Sie hätten trotzdem das Recht dazu gehabt, in jeden Teil der Welt zu gehen. Sagen Sie mir: Wie viel Loyalität kann ein Staat erwarten, der seine Bürger einsperrt und grundlegende Menschenrechte einschränkt oder gar abschafft?"

Beide schwiegen. Was ist das für eine Frau?, dachte Wolfgang. Sie hilft mir, meine Gedanken zu ordnen, und bei ihr fällt es mir nicht schwer, über mich selbst zu reden. Sie schont mich nicht, und gleichzeitig verurteilt sie mich nicht.

Wolfgang sah auf seine Uhr und erschrak. Er hatte nicht gemerkt, wie viel Zeit mittlerweile vergangen war. Dennoch hatte er noch eine Frage.

„Frau Dombrowski, Ihr Kollege in Chemnitz und seine Frau sagten mir, Bernhard habe Frieden mit Gott gefunden. Für mich ist das vorläufig nur eine Floskel, mit der ich nicht viel anfangen kann. Dass Bernhard wie dieser Zachäus aus der Bibel angefangen hat, sich für seine Untaten zu entschuldigen, mag ja aller Ehren wert sein. Aber was hat es geändert? Evelyn Gutsch ist das Gefängnis nicht erspart geblieben. Was nützt es Bernhard heute, wenn ich sage, dass es mir leidtut, ihm nicht zugehört zu haben, als er mich anrufen wollte? Er ist tot."

„Wir wissen nicht, was Ihren Bruder dazu gebracht hat, sich plötzlich mit seiner Schuld zu beschäftigen. Aber er hat es getan. Sie haben mir doch von Ihrer Freundin Evelyn erzählt. Als Ihr Bruder zu ihr kam, konnte sie seine Entschuldigung noch nicht annehmen. Durch Ihren Besuch ist diese Bitte um Vergebung bei ihr endlich angekommen. Jetzt könne sie wieder anfangen zu leben, hat sie gesagt. So ist es Ihrem Bruder in Chemnitz ergangen. Er hat durch dieses Ehepaar gemerkt, dass wenigstens Gott ihn nicht auf seine Schuld festlegt. Gott hat ihn spüren lassen, dass er mehr ist als nur ein Stasi-Mann, so wie Jesus den Zachäus als Freund und nicht nur als geldgierigen Zöllner behandelt hat. So konnte er wieder anfangen zu leben, anders als früher.

Herr Blischke, in dieser verrückten Welt wird immer nur dann etwas heil, wenn ein Mensch seine Schuld eingesteht und um Vergebung bittet."

Nachdenklich stand Wolfgang auf. „Sie zu treffen, war ein Glücksfall für mich. Danke! Es tut mir gut, mit Ihnen zu reden. Darf ich Sie wieder besuchen?"

„Jederzeit, Herr Blischke! Gute Nacht."

Über die Toten nur Gutes

ALS WOLFGANG AM NÄCHSTEN TAG in seinen Wagen stieg, um in Zwickau-Cainsdorf Martin Philipek zu besuchen, war es immer noch recht frisch, aber die Sonne hatte die Wolken der letzten Tage endgültig verdrängt. Er merkte nicht, dass ihm Bergers Mitarbeiter heimlich folgte.

Die Straßen waren gut, anders als zu Wolfgangs Zeiten. Im Land hatte sich durch die politische Wende viel geändert. Wolfgang beschloss, einmal einen ausgiebigen Entdeckungsurlaub durch die östlichen Bundesländer zu machen. Mit oder ohne Sylvia? „Wir werden sehen", murmelte er und konzentrierte sich dann auf seinen Weg, denn sein Navigationsgerät lotste ihn nun in den Zwickauer Ortsteil. Er fuhr durch die angegebene Straße, beschloss aber, etwas weiter entfernt zu parken. Zu Fuß konnte man einfach genauer die Lage sondieren.

Vor dem entsprechenden Haus fand er einen alten Mann, der mit einem Holzschutzmittel die Latten eines Zaunes bestrich. Wolfgang ging auf ihn zu. „Guten Tag! Sind Sie Herr Philipek?"

Der alte Mann sah von seiner Arbeit hoch und musterte Wolfgang misstrauisch. Dann brummte er etwas, was Wolfgang nicht verstehen konnte.

„Herr Martin Philipek?", fragte Wolfgang noch einmal nach.

„Philipek heiße ich, aber meinen Sohn Martin müssen Sie auf dem Friedhof suchen."

„Oh!", sagte Wolfgang erschrocken. „Das tut mir leid zu hören."

„Wer sind Sie und was wollen Sie?", fragte der Mann. Es klang sehr unfreundlich. „Ich habe zu tun."

„Ich will Sie bestimmt nicht lange stören, aber ich hätte Sie gern kurz gesprochen. Blischke ist mein Name. Wolfgang Blischke."

Kaum hatte er seinen Namen genannt, verdüsterte sich das Gesicht des Mannes und er reagierte mit einer Heftigkeit, die Wolfgang völlig überraschte. „Verschwinden Sie, aber ganz schnell, bevor ich Ihnen Beine mache! Los!"

„Bitte regen Sie sich nicht auf. Ich will doch nur kurz ...!"

„Sie sollen abhauen, zum Donnerwetter! Ich will hier keine Blischkes. Sie sind nur gekommen, um meinen Sohn in den Schmutz zu ziehen. Los, weg mit Ihnen!"

„Herr Philipek, bitte!"

„Sie sollen verschwinden!"

Der Mann brüllte so laut, dass auf der gegenüberliegenden Straßenseite ein Fenster aufging und eine Frau neugierig die Szene an der Straße verfolgte. Dann kam auch noch ein Mann aus dem Nachbargarten.

„Georg, was ist los? Hast du Schwierigkeiten mit dem da?"

Es war ein breitschultriger Kerl und er ging direkt auf Wolfgang los. „Haben Sie nicht gehört? Sie sollen verschwinden!"

„Was geht Sie das an, wenn ich mit Herrn Philipek sprechen will?", rief Wolfgang und versuchte, sich seine Unsicherheit nicht anmerken zu lassen. Er hatte sich auf alles Mögliche eingestellt, aber nicht auf so eine Situation.

„Aber ich will nicht mit Ihnen reden!", zischte Georg Philipek.

„Herr Philipek, bitte!"

„Sie sitzen wohl auf Ihren Ohren?", schrie der hilfsbereite Nachbar und baute drohend seine Körperfülle vor Wolfgang auf.

Es hatte keinen Sinn. Hier kam er nicht weiter. Wolfgang murmelte „Entschuldigung!“ und trat den geordneten Rückzug an. Innerlich zitterte er, nach außen versuchte er, seine Fassung zu bewahren.

Wieder im Auto sitzend überlegte er. Was sollte er jetzt tun? Gleich wieder zurück nach Leipzig? Der ganze weite Weg umsonst? Nein, er würde in die Innenstadt fahren und sich ein wenig die Beine vertreten. Wütend trat er aufs Gas. Er würde Berger nur von einem unerfreulichen Auftritt berichten können.

Im Zentrum von Zwickau kam er an einem Tabakwarenladen vorbei. Er ging in einem spontanen Entschluss hinein und kaufte ein Päckchen Zigaretten mit Streichhölzern.

Als er draußen die Schachtel aufriss, um sich eine Zigarette zu nehmen, merkte er, dass seine Finger zitterten. Den Rauch der ersten Züge ließ er tief in seine Lungen einziehen. Plötzlich wurde er wütend. Was mache ich Idiot da?, dachte er und warf die Zigarette in einen Abfallkorb. Dann schickte er das ganze Päckchen hinterher.

Entschlossen ging er zu seinem Auto zurück. Er würde noch einmal nach Cainsdorf fahren, jetzt aber auf den Friedhof. Vielleicht konnte er so wenigstens herausfinden, wann Martin Philipek gestorben war.

Es war nicht einfach, das Grab zu finden. Der Friedhof war groß. Er ging die Reihen ab und war kurz davor zu resignieren, als er endlich das Grab fand.

„Martin Philipek, 1950–1984. Ruhe sanft“, las er. Er nahm sein Handy aus der Tasche und machte eine Aufnahme. Da sah er eine Bank unweit des Grabes. Nachdenklich nahm er Platz und hing seinen Gedanken nach. Martin Philipek war also schon lange tot. Was war da geschehen? Warum hatte der Vater so heftig reagiert, als er den Namen Blischke hörte? Ohne Zweifel, Bernhard war hier gewesen. „Sie sind nur gekommen, um den Namen meines Sohnes in den Schmutz zu ziehen!" Was um alles in der Welt hatte das zu bedeuten? Nachdenklich schüttelte er den Kopf.

Plötzlich kam eine ältere Frau den Weg entlang. Sie hatte einen Strauß Blumen in der Hand. Vor dem Grab blieb sie stehen. Nach einer Weile legte sie die Blumen auf das Grab, nahm eine Vase, die hinter dem Grabstein gelegen hatte, und ging damit zu einem Wasserhahn. Dann stellte sie die Blumen hinein und blieb wieder vor dem Grab stehen. Wolfgang stand auf und ging auf sie zu.

„Haben Sie einen Angehörigen verloren?", fragte er leise.

Sie sah ihn überrascht an. „Ja, meinen Sohn. Er ist schon lange tot."

„Aber es tut immer noch weh", ergänzte Wolfgang ihren Gedanken.

Sie nickte. „Ich habe noch eine Tochter. Trotzdem ... Es wird mein Leben lang wehtun."

„Das verstehe ich."

„Haben Sie auch einen lieben Menschen hier auf dem Friedhof?", fragte sie Wolfgang.

„Hier nicht, aber in Leipzig." Er sah sie an. „Frau Philipek, darf ich Sie etwas fragen?"

„Was denn?" Sie war überrascht.

„Ich heiße Wolfgang Blischke. Ich möchte ..."

Sie erschrak sichtlich und wich einen Schritt zurück. „Blischke? Ich will mit Ihnen nichts zu tun haben. Bitte gehen Sie!"

„Frau Philipek", sagte Wolfgang, „ich bitte Sie herzlich und dringend, mir eine Frage zu beantworten. Dann lasse ich Sie sofort in Ruhe. Ich will Sie nicht ärgern und auch nicht Ihre Gefühle verletzen. Aber es ist sehr, sehr wichtig für mich."

Verwirrt und immer noch ängstlich blickte sie Wolfgang an.

„Frau Philipek, mein Bruder Bernhard ist bei Ihnen gewesen, nicht wahr?"

„Warum wollen Sie das wissen?" Ihre Stimme zitterte.

„Sehen Sie, Sie haben Ihren Sohn verloren und ich meinen Bruder. Man hat ihn kürzlich umgebracht."

„Umgebracht?" Sie war sichtlich erschrocken. „Umgebracht? – Ich habe es doch immer geahnt, dass das eine ganz böse Sache ist."

„Das verstehe ich nicht. Bitte, erzählen Sie mir, was vorgefallen ist."

Sie stand da, und die Angst war ihr ins Gesicht geschrieben.

„Kommen Sie, Frau Philipek. Wir setzen uns da auf die Bank."

Beinahe willenlos ließ sie sich von ihm zur Bank führen.

„Bitte, erzählen Sie mir von Ihrem Sohn und von meinem Bruder."

Nervös holte sie ein Taschentuch aus ihrer Tasche und nahm es ständig von einer Hand in die andere. Mit stockender Stimme begann sie zu sprechen.

„Ihr Bruder und mein Martin waren in einer Einheit bei den Grenztruppen. Martin war Unteroffizier und der Vorgesetzte Ihres Bruders. Beide haben sich wohl gut verstanden. Eines Tages im Jahr 1984 kamen zwei höhere Offiziere zu uns und sagten, Sie hätten uns eine traurige Mitteilung zu machen. Beim nächtlichen Wachdienst im Wald an der Grenze – das war irgendwo westlich von Halberstadt – hätten Grenzverletzer meinen Sohn erschossen und Ihren Bruder verwundet. Wir waren wie vor den Kopf geschlagen."

Wolfgang atmete tief durch. Nun wusste er, warum Bernhard gehbehindert gewesen war. Von wegen Unfall!

„Das muss schrecklich für Sie gewesen sein, Frau Philipek."

„Ja, es war furchtbar." Sie sah ihn an. „Aber das wissen Sie ja sicherlich alles."

Er schüttelte den Kopf. „Nein, das weiß ich alles nicht. Darum ist es ja auch so wichtig, dass Sie mir das erzählen. Bitte fahren Sie fort."

„Mein Sohn bekam ein Ehrenbegräbnis. Gefallen im Dienst für die DDR. So etwas wurde immer propagandistisch ausgeschlachtet, wie Sie sich denken können."

Sie wischte sich die Augen. „Hat Ihnen Ihr Bruder denn das alles nicht erzählt?"

„Wir waren lange getrennt. Er konnte es mir nicht sagen."

„Na, so was!", wunderte sie sich. „Es war für unsere ganze Familie schlimm, aber mein Mann ist am wenigsten darüber hinweggekommen. Nur der Stolz auf seinen Sohn, der treu seine Pflicht erfüllt hatte, hielt ihn aufrecht."

Wieder wanderte ihr Taschentuch von einer Hand in die andere.

„Und dann?", fragte Wolfgang vorsichtig.

„Nun ja, die Jahre vergingen. Die Wende kam. An der Grenze gedient zu haben, war keine Heldentat mehr. Wir haben unser Leben gelebt und uns in alles dareingefunden."

„Und dann kam mein Bruder zu Ihnen?"

„Ja, das ist noch gar nicht lange her. Einen guten Monat vielleicht."

Wolfgang hielt den Atem an.

„Er kam und wollte mit uns sprechen. Einerseits erinnerte uns das an unseren Schmerz, andererseits war er Martins

Freund gewesen. Also baten wir ihn ins Haus. Dort erzählte er uns allerdings eine ganz andere Geschichte."

Wolfgangs Herz schlug bis zum Hals. „Was für eine Geschichte, Frau Philipek?"

Sie musste sich die Tränen aus den Augen wischen. „Ihr Bruder sagte, es täte ihm schrecklich leid, aber man habe uns all die Jahre belogen und es ginge ihm um die Wahrheit. Die wolle er uns sagen. Wir hätten ein Recht darauf. – Ach, wissen Sie, vor allem für meinen Mann wäre es besser gewesen, Ihr Bruder wäre nie gekommen. Die Wahrheit! Wer weiß schon, was die Wahrheit ist?"

„Bitte, Frau Philipek, was hat mein Bruder gesagt?"

Aus innerer Erregung heraus sprach sie nun etwas lauter. „Ihr Bruder sagte, er sei in jener Nacht mit unserem Martin wieder zum Wachdienst an der Grenze eingeteilt worden. Allerdings waren alle alarmiert. Irgendwelche Spitzel wollten zwei Tage vorher herausbekommen haben, dass in dieser Nacht jemand die Grenze durchbrechen wollte, vermutlich irgendwelche Leute aus einem der benachbarten Dörfer. An diesem Tag war ein höherer Offizier, der gar nicht zu Martins Einheit gehörte, angekommen. Er begleitete die beiden. Zu dritt gingen sie also auf ihren Posten. Dieser Offizier, so sagte Ihr Bruder, wollte sich vermutlich in jener Nacht einen Orden verdienen, aber er war schrecklich nervös.

Sie müssen wohl lange gewartet haben, als sie plötzlich Geräusche hörten. Der Offizier befahl Martin und Ihrem Bruder, sich an eine andere Stelle zu begeben. Ich weiß nicht, wie lange sie dann gewartet haben. Martin fand, dass sie an keiner günstigen Stelle standen. Darum wollten sie ihre Position verändern. Das entsprach zwar nicht dem Befehl dieses Offiziers, aber Martin kannte den Wald recht gut, sehr viel besser als dieser fremde Offizier, und schließlich war er

Unteroffizier. Er hatte ja auch was zu sagen. Plötzlich, ohne Anruf und Vorwarnung, begann dieser Offizier zu schießen. Er hatte ein Geräusch gehört und einfach in die Richtung geschossen. Dabei traf er meinen Martin tödlich und verletzte Ihren Bruder am Bein. Darauf schoss Ihr Bruder zurück. Er dachte wohl, die Grenzverletzer hätten sie angegriffen. Eine Kugel Ihres Bruders streifte den Offizier am Arm. Aber mein Martin lag tot neben Ihrem Bruder."

Wolfgang ballte erregt die Fäuste. „Ich verstehe", sagte er, „man hat danach das Versagen dieses Offiziers vertuscht und Ihren Sohn zum Opfer von Grenzverletzern erklärt. Das also ist die Wahrheit."

„Wahrheit?", sagte sie. Ihr liefen die Tränen übers Gesicht. „Ist das die Wahrheit? Der Polizist hat gesagt, Ihr Bruder habe gelogen."

„Welcher Polizist? Sind Sie nach dem Besuch meines Bruders zur Polizei gegangen?"

Sie schüttelte den Kopf. „Nein. Das hätten wir nervlich kaum durchgestanden, mein Mann jedenfalls nicht. Als Ihr Bruder mit seiner Geschichte fertig war, fing mein Mann an zu brüllen und warf Ihren Bruder hinaus. Er lasse sich das Andenken seines Sohnes, der in treuer Pflichterfüllung gefallen sei, nicht beschmutzen. Ihr Bruder hatte nichts Negatives über unseren Sohn gesagt, er hatte nur den Offizier beschuldigt, aber für meinen Mann ist alles Nestbeschmutzung, wenn man nur was Kritisches über die Grenzer oder die Armee sagt. Da ist er komisch. Tja, und drei oder vier Tage, nachdem Ihr Bruder bei uns gewesen war, kam ein Mann in Zivil zu uns und wollte wissen, ob ein Bernhard Blischke uns besucht habe."

„Ein Polizist? Hat er sich ausgewiesen?"

Sie zuckte mit den Schultern. „Irgendeinen Ausweis, wo

‚Polizei‘ daraufstand, hat er uns gezeigt. Ich kenne mich da nicht aus."

„Und er fragte nach Bernhard Blischke?"

„Ja. Er wollte nicht nur wissen, ob Ihr Bruder bei uns gewesen war, er wollte auch wissen, was er uns erzählt hatte. Er sagte, dass die Polizei diesen Mann im Visier habe. Er gehe zu Leuten, erzähle irgendwelche Geschichten und manche Leute würde er erpressen. Wir sollten von seiner Geschichte nichts glauben."

„Und wem glauben Sie?"

Frau Philipek seufzte so gequält auf, dass es Wolfgang beinahe körperlich wehtat.

„Wen interessiert, was ich glaube? Für meinen Mann war die Sache wieder klar. Unser Sohn war ein Held gewesen. Ich? Ach, wissen Sie, vielleicht hat eine Mutter einen Instinkt, den ein Vater so nicht hat. Mir kam schon 1984 alles so – wie soll ich sagen? – ach, ich weiß es nicht!" Sie fing an zu weinen.

Dann wischte sie sich die Augen und sah Wolfgang an. „Sie sagten, man habe Ihren Bruder umgebracht?"

Wolfgang nickte.

„Dann wird Ihr Bruder wohl die Wahrheit gesagt haben. Das alles macht mir Angst. – Ich muss jetzt gehen, sonst wird mein Mann unruhig."

Wolfgang nahm ihre rechte Hand in seine beiden Hände. „Frau Philipek, ich danke Ihnen von Herzen. Sie haben mir einen großen Dienst erwiesen. Ich wünsche Ihnen, dass Sie Frieden finden. Sie müssen keine Angst haben. Sicher wird alles ein gutes Ende nehmen."

Er hatte sich eben von ihr verabschiedet und zum Gehen gewandt, als ihm noch etwas einfiel: „Frau Philipek, eine Frage noch. Hat mein Bruder gesagt, was das für ein Offizier war und wie sein Name ist?"

„Ach, ich weiß nicht. Das hat uns alles so mitgenommen, und ich bin eine alte Frau. Ich glaube, Ihr Bruder sprach von einem Oberstleutnant. Sein Name war …" Sie überlegte. „Ich meine, er hieß Nehring oder so, aber genau weiß ich das nicht mehr."

Wolfgang war vor Aufregung beinahe übel. Im Auto rief er das Kommissariat an, ließ sich mit Berger verbinden und erstattete ihm Bericht.

Berger stieß einen Pfiff aus. „Donnerlittchen! Das sind Neuigkeiten! Wie sagten Sie? Oberstleutnant Nehring? Ich werde der Sache nachgehen. Ich danke Ihnen! Sie haben Ihre Sache gut gemacht. Wer weiß, ob die alte Dame uns das alles so erzählt hätte wie Ihnen."

„Nun, angeblich haben beide Philipeks ja erst kürzlich mit der Polizei gesprochen."

„Ich werde das sofort überprüfen. Aber ich fresse einen Besen, wenn dieser Polizist echt war."

Teil des Herzens

In Leipzig wartete Lenin bereits vor dem Haus. Er blieb allerdings auf Abstand, als Wolfgang ausstieg, und wedelte vorsichtig mit dem Schwanz. Was ist jetzt mit uns beiden?, schien er zu fragen.

„Was mache ich mit dir?“, seufzte Wolfgang. Der Hund sah ihn treuherzig an und Wolfgangs Herz schmolz.

„Komm her, du Lump! Aber ich habe nichts zu fressen oben. Wenn wir beide jetzt in ein Einkaufszentrum fahren, komm ich noch zu einem Schnitzel und du zu einer großen Portion Hundefutter. Vielleicht bekomme ich da auch ein anständiges Halsband und eine Leine für dich. Was ist? Traust du dich einzusteigen? Aber wehe dir, wenn du mein schönes Auto vollkotzt!“

Lenin schien das Autofahren jedoch gewöhnt zu sein. Er benahm sich mustergültig. Später am Abend saßen sie in der Küche, und Lenin legte seinen Kopf auf Wolfgangs Knie.

„Ich bin fix und alle nach diesem Tag“, erzählte Wolfgang dem Hund. „Jeder Tag bringt neue Erkenntnisse. Ich komme innerlich kaum noch mit.“

Auf dem Zettel, den er in Herzberg gefunden hatte, hatten nur zwei Namen gestanden. Es war aber möglich, dass Bernhard noch mehr Leute besucht hatte, um sich bei ihnen für erlittenes Unrecht zu entschuldigen oder ihnen die Hintergründe für die eine oder andere Sache zu erläutern, wie er es bei Philipeks getan hatte. „Ich bin Zachäus!“ Es war anzunehmen, dass das Bernhard das Leben gekostet hatte. Der Mord, das stand für Wolfgang so gut wie fest, war ein Racheakt gewesen. Dieses System der Bespitzelung hatte so viel Wut, Angst, Hass und Verzweiflung hervorgebracht. Das konnte sich in einem Mord entladen.

Oder es war ein ehemaliger „Kollege“ von Bernhard gewesen. Bernhards plötzliche Ehrlichkeit und Wahrheitsliebe drohte ja den einen oder anderen Agenten, der sich mittlerweile Jahre nach der Wende in der neuen Bundesrepublik eingerichtet hatte, auffliegen zu lassen. Das schien noch wahrscheinlicher zu sein. Was hatte die Oberkommissarin gesagt? Es musste jemand gewesen sein, der das Töten mit dem Messer gelernt hatte. Aber Stasi-Agenten waren ja nicht automatisch „Messerhelden“ gewesen. Rätsel über Rätsel. Wolfgang brauchte in dieser Nacht lange, um in den Schlaf zu finden.

Am nächsten Morgen – es war Donnerstag – rief ihn Berger an. Wann Wolfgang noch einmal nach Herzberg fahren würde, wollte er wissen. Wolfgang sagte ihm, dass er frühestens morgen könne. Für heute stand ein Treffen mit dem Hausbesitzer auf Wolfgangs Terminplan. Es ging um die Beendigung des Mietverhältnisses und um die Modalitäten der Wohnungsübergabe. Wolfgang sollte sich mit ihm um die Mittagszeit in einem Restaurant in der Innenstadt treffen. Außerdem wollte Wolfgang heute weiter in der Wohnung räumen.

Erst am späten Nachmittag kam Lenin richtig zu seinem Recht. Herrchen und sein neuer Hund gingen Gassi. Wolfgang drehte eine große Runde durch das ganze Viertel, die schließlich vor Pfarrerin Dombrowskis Haustür endete.

„Dürfen wir Sie besuchen?“

„Wer ist denn das?“

„Er ist mir zugelaufen. Ich habe ihn Lenin genannt.“

Die Pfarrerin lachte lauthals. „Kommen Sie rein! Aber Gnade dir Gott, Lenin, wenn du in meiner Wohnung eine Revolution anzettelst!“

Lenin dachte nicht daran. Er schien am bürgerlichen Leben Gefallen zu finden. Den ganzen Abend ließ er sich von Viola Dombrowski streicheln.

Wolfgang erzählte von seinem aufregenden Erlebnis in Zwickau.

„Ich werde meinen Bruder nie richtig verstehen", schloss er seinen Bericht. „Da dient er sich einerseits dem Staat an, ist womöglich bereit, auf Flüchtlinge zu schießen. Dann wird er Stasi-Mann und bespitzelt Leute. Auf der anderen Seite kümmert er sich rührend um unsere Tante und beteiligt sich an ihren Heimkosten."

„Was war Ihr Bruder für ein Mensch? Erzählen Sie mir von ihm", bat sie ihn.

Wolfgang dachte nach. „Wir waren sehr unterschiedlich. Er war immer viel kräftiger als ich und er war ein Sportass. Für Technik interessierten wir uns beide. Dabei war ich der Theoretiker, er dagegen der Praktiker. Als Teenager fing ich an, mir aus alten Radiobauteilen meine eigenen Empfänger zu basteln. Mein erster Empfänger hat zwar funktioniert. Ich wusste schon, wie ich die Bauteile zusammenlöten musste. Aber im Grunde war es ein wackeliges Gelumpe. ‚Wolfgang, so wird das nie was!', hat er einmal zu mir gesagt. Und dann hat er mir geholfen, das Ganze in ein stabiles Gehäuse einzubauen. Er konnte mit Metall und Holz umgehen, wie ich das nie fertiggebracht habe. Ab da habe ich meine Radios immer nur mit ihm zusammen gebaut. Wir waren mächtig stolz auf unsere Erfolge."

Sie hatte ihn aufmerksam beobachtet, während er redete. „Sie haben Bernhard sehr gemocht, nicht wahr?"

Er nickte. „Wir waren wie Topf und Deckel. Natürlich haben wir uns auch mal gestritten, aber das hat nie lange gedauert. Im Grunde bestand zwischen uns eine tiefe Freundschaft. Nennen Sie es meinetwegen Bruderliebe. Als meine Mutter starb, vertiefte sich das noch. Zusammen mit meinem Vater waren wir ein gutes Männerteam."

„Gab es damals schon so etwas wie Hinweise darauf, dass Bernhard später einmal zur Stasi oder zu den Grenztruppen gehen würde?"

Wolfgang dachte nach, dann schüttelte er den Kopf. „Nein. Deswegen bin ich auch so erschüttert. Das Einzige, was ich nennen könnte, wäre, dass er immer abenteuerlustiger war als ich."

„Und politisch?"

„Über Politik wurde zu Hause nicht viel gesprochen. Meine Eltern haben nie erwogen, die DDR zu verlassen. Das kam für sie nicht infrage. Andererseits waren meine Eltern durchaus regimekritisch. Ihnen konnte man nicht so schnell etwas vormachen. In dieser Atmosphäre sind wir aufgewachsen. Nach seinem Grundwehrdienst hatte Bernhard erst mal genug vom Militär. Deswegen überrascht es mich ja so sehr, dass er sich später als Berufssoldat anwerben ließ."

Sie sah ihn an. „Ich habe viel über Ihre Geschichte nachgedacht, seitdem wir uns vorgestern kennengelernt haben, Herr Blischke. Ich könnte mir vorstellen, dass man Ihren Bruder unter Druck gesetzt hat."

„Sie meinen, man hat ihn dazu gezwungen?" Wolfgang schüttelte ungläubig den Kopf.

„Nein, nicht gezwungen. Das ging viel subtiler vonstatten. Als Sie sich in die BRD abgesetzt hatten, kamen natürlich Polizei und Stasi ins Haus und durchleuchteten die ganze Familie und ihre Beziehungen. Es gab viele Fragen und Verhöre. Das war für Ihren Vater und Ihren Bruder ein schrecklicher Stress.

Stellen Sie sich einfach vor, da ist unter diesen Leuten einer, der ist etwas ruhiger und freundlicher im Ton. Er signalisiert beiden, dass er ihr Unglück verstehen kann. Bei Ihrem Vater ist der Schmerz über Ihr Verschwinden in eine tiefe Traurigkeit umgeschlagen, bei Bernhard hingegen in Wut. Aus Wut lässt sich eher etwas machen als aus Trauer. Dieser Stasi-Mann sagt Bernhard, wie bitter das doch alles für ihn sein müsse. Bernhard fühlt sich verstanden. Eines Tages spricht dieser Mann ihn an. Bernhard könne etwas tun, er könne etwas von dem Schaden, den sein Bruder angerichtet habe, wiedergutmachen. Ob er darüber nicht einmal nachdenken wolle.

Verstehen Sie, Herr Blischke, nicht gezwungen, aber heimlich, still und leise von hinten."

„Ja, das kann ich mir allerdings vorstellen. Das würde sein Verhalten erklären."

Sie stand auf. „Essen wir einen Happen. Lenin, für dich habe ich ein Würstchen."

„Gibt es wieder gekochten Schinken?", fragte Wolfgang mit leuchtenden Augen.

„Nein! Heute ist Käsetag", beschied sie ihn.

„Wie geht es Ihnen?", fragte sie, als sie beim Essen saßen. „Wie ist das für Sie, wieder in der alten Heimat zu sein?"

„Es kehrt mein Innerstes nach außen", antwortete er. „Diese ganze Geschichte konfrontiert mich mit meiner Vergangenheit und mit meinen Fehlern und Versäumnissen in einer Art, wie ich das nie vorher erlebt habe. Natürlich werde ich bald nach Stuttgart zurückfahren. Da wohne und arbeite ich. Aber ich werde nicht mehr derselbe sein, ohne dass ich Ihnen heute schon sagen könnte, wie ich sein werde. Vermutlich werden mich der Beruf und der Alltag wieder in Beschlag nehmen. Trotzdem" – er sprach jetzt leiser – „wird ein Teil meines Herzens hierbleiben. Da ist das Grab meines Bruders auf dem Ostfriedhof. Ich werde mich immer dafür schämen, dass ich ihm kein kirchliches Begräbnis gegeben habe, obwohl es ihm mit dem Glauben am Ende seines Lebens so ernst war. Da sind diese Stadt und ihre Menschen, denen ich mehr verbunden bin, als ich mir früher gedacht habe. Da ist der Garten, der mich so an früher erinnert. Aber ich werde ihn aufgeben müssen."

„Herr Blischke, wäre es Ihnen eine Hilfe, wenn wir beide in nächster Zeit einmal an das Grab Ihres Bruders gehen würden und ich dort einen Bibeltext läse und ein Gebet spräche?"

Wolfgang nickte, aber er konnte nicht sprechen. Der Kloß in seinem Hals verhinderte das. Seine Augen füllten sich mit Tränen.

„Können Sie den Garten nicht behalten?" Sie sah ihn fragend an. „Das wäre doch ein Grund, ab und zu hierherzukommen."

„Wie soll das gehen? Ich kann ja am Feierabend nicht mal eben von Stuttgart nach Leipzig fahren, ein bisschen gießen und Unkraut hacken und am nächsten Morgen wieder an meinem Arbeitsplatz stehen."

„Stimmt", sagte sie. „Ich habe dummes Zeug geredet."

„Und Sie?", wollte er wissen. „Was machen Sie ab Oktober, wenn Sie in den Ruhestand gehen?"

„Ich werde in Leipzig bleiben, auch wenn ich eine Berliner Göre bin. Ich habe lange genug gebraucht, mich an Leipzig und die Sachsen zu gewöhnen. Jetzt noch mal woandershin? Nee! Gar nicht weit von hier habe ich bereits eine nette kleine Wohnung gefunden. Sie ist nicht so teuer. Das erlaubt mir hin und wieder eine Reise. Und vielleicht, wer weiß, lege ich mir auch einen Garten zu."

„Moment mal!", rief er. „Wenn ich Bernhards Garten an den Gartenverein zurückgebe, muss ich ihn vorher plattmachen. Das wäre idiotisch, wo er doch so schön angelegt ist und diese nette Datsche hat."

„Wieso plattmachen? Warum das denn?", fragte sie fassungslos.

Er zuckte mit den Schultern. „Bundesdeutsches Kleingartengesetz. Ich weiß nicht, wer diese Vorschrift erfunden hat. Wenn ich ihn aber als Familienmitglied behalte, kann er bleiben, wie er ist. Wissen Sie was? Sie bewirtschaften ihn für mich. Natürlich umsonst, sonst wäre es so eine Art Unterverpachtung. Das würde es wieder komplizierter machen. Und ich komme so ein paar Mal im Jahr, nehme natürlich an der Jahreshauptversammlung des Vereins teil, das muss sein, und im Übrigen gehen Sie nach Herzenslust dort ein und aus und bedienen sich an allem. Wäre das ein Angebot?"

„Das wäre himmlisch. Aber das kann ich doch nicht annehmen."

„Und ob Sie das können! Sie würden mich glücklich machen. Eine Bedingung hätte ich allerdings."

„Und die wäre?"

„Im Herbst will ich ein Körbchen von den Birnen. Abgemacht?"

Zwei Hände besiegelten den Pakt.

Unerwünschter Besuch

Im Keller des Hauses hatte Bernhard einen kleinen Abstellraum besessen. Wolfgang hatte sich entschlossen, heute am Vormittag einmal diesen Raum durchzusehen und so weit wie möglich zu entrümpeln. Da stieß er plötzlich auf ein Stück seiner Jugendzeit. In einem Karton fand er ein kleines Rundfunkgerät Modell „Sternchen“. Auf der Rückseite waren seine Initialen eingeritzt. Wolfgang war entzückt. Dieser kleine Mittelwellenempfänger war sein erstes eigenes Rundfunkgerät gewesen. Erstaunlich, dass es all die Jahre überlebt hatte.

Als damals in den Sechzigerjahren die ersten kleinen Transistorradios in den Schaufenstern angeboten wurden, hatte er seinem Vater in den Ohren gelegen. Alle Teenager wollten ein Transistorgerät besitzen. Da gab es keine Unterschiede zwischen Ost und West. Aus heutiger Sicht war es ein technisch eher einfaches Gerät gewesen, aber es hatte einen ansprechenden Klang gehabt und steckte in einem stabilen Plastikgehäuse. Nein, Wolfgang, erinnere dich! „Plaste“ hieß das in der DDR, nicht Plastik. Wolfgang hatte nächtelang unter der Bettdecke die verschiedensten Sender gehört. Viel Taschengeld ging für Batterien drauf, und nicht immer waren sie in den Läden zu bekommen, wenn er unbedingt eine neue brauchte.

Liebevoll pustete Wolfgang allen Staub von dem Gerät. Dieses kleine Ding hatte dazu beigetragen, dass er Ingenieur für Rundfunktechnik geworden war. Die Faszination, Menschen aus aller Herren Länder hören zu können, hatte ihn bis heute nicht losgelassen. War es nicht merkwürdig, wie manchmal scheinbare Kleinigkeiten den Weg eines Menschen bestimmten? Sein „Sternchen"-Radio würde jedenfalls nicht im Mülleimer landen, sondern einen Ehrenplatz in seiner Funkbude bekommen.

„Internationaler Rundfunk hat dich fasziniert. Aber in deiner persönlichen Kommunikation warst du leider nicht so gut, Wolfgang!", sagte er halblaut zu sich selbst und wandte sich wieder seiner Arbeit zu.

Gegen Mittag ging er in die Wohnung hoch, um zu kochen. Nach dem Essen wollte er noch einmal zu Tante Hedwig fahren und dabei Bergers Wunsch erfüllen. Er war am Kartoffelschälen, als das Telefon klingelte.

Schwester Renate aus dem Heim war am Apparat, sie klang aufgeregt. „Herr Blischke, es tut mir leid, aber es ist etwas Schlimmes passiert. Ihre Tante ist im Krankenhaus wegen des Schocks. Im Augenblick durchsucht die Polizei ihr Zimmer. Also, ich ..., ich weiß gar nicht, wie ich anfangen soll. Wir sind alle entsetzt."

„Um Himmels willen! Was ist denn los? Bitte, erzählen Sie der Reihe nach."

„Ich mache mir Vorwürfe, weil ich nichts gemerkt habe. Also – heute Morgen drang ein Mann in das Zimmer Ihrer Tante ein, klebte ihren Mund mit einem Klebeband zu, fesselte sie an ihren Stuhl und durchwühlte ihr ganzes Zimmer. Dann verschwand er unerkannt. Als ich später nach Ihrer Tante schauen wollte, fand ich sie ohnmächtig in ihrem Zimmer, dazu das ganze Chaos."

„Wie konnte das passieren?"

„Herr Blischke, es tut mir so leid!", sagte sie mit tränenerstickter Stimme. „Wir haben ein offenes Haus. Hier gehen ständig Leute ein und aus und besuchen ihre Angehörigen. Der Empfang ist bei unserem Personalmangel nicht immer besetzt. Da gibt es eine Klingel, aber die wird nur von Leuten benutzt, die sich nicht auskennen. Ich hatte Ihre Tante wie immer geweckt, frisch gemacht und angezogen. Dann musste ich in die anderen Zimmer. Das muss der Einbrecher ausgenutzt haben. Das Ganze kann nicht sehr lange gedauert haben."

„Und niemand hat etwas bemerkt?"

„Nein, niemand."

„Wie geht es meiner Tante?"

„Sie war unverletzt, als ich sie fand, nur eben ohnmächtig. Wir haben sie dann sofort zur genaueren Untersuchung ins Krankenhaus bringen lassen. Ich gebe Ihnen die Nummer. Sie können dort anrufen."

„Und jetzt untersucht die Polizei das Zimmer nach Spuren?"

„Ja. – Herr Blischke, Sie müssen mich jetzt für eine furchtbar nachlässige Person halten, aber ..."

„Unsinn!", unterbrach er sie. „Machen Sie sich keine Vorwürfe. Sie tragen keine Schuld."

Sie gab Wolfgang die Nummer des Krankenhauses.

Zuvor wählte er aber die Nummer des Kommissariats in Leipzig. Hauptkommissar Berger wusste bereits Bescheid.

„Ich habe schon meine Assistentin zur Unterstützung der Kollegen vor Ort hingeschickt. Was da passiert ist, ist eine Riesenschweinerei."

„Herr Berger, mir tut es leid, dass ich nicht schon gestern nach Herzberg gefahren bin. Ich wollte aber zuerst ..."

„Hören Sie auf, sich Vorwürfe zu machen. Dafür können Sie gar nichts. Ich trage die Verantwortung. Ich hätte gleich nach dem Mord, als ich von der Existenz Ihrer Tante erfuhr, jemanden hinschicken sollen, damit er nachschaut, ob Ihr Bruder dort wichtige Dinge deponiert hatte. Aber wir waren natürlich erst mal hier mit vielen Sachen beschäftigt, und das bei unserer Personalknappheit. Es ist bei uns wie überall. Immer weniger Leute müssen immer mehr Arbeit machen. Von Ihrer Tante wussten wir zunächst nur, dass sie ohne fremde Hilfe keine paar Meter weit kommt. Um dort hinzufahren, sahen wir darum erst mal keinen Anlass. Aber als Sie mir am Dienstag von dem Album und dem Zettel erzählten, hätte ich Idiot gleich reagieren müssen."

„Sie stehen doch sicher mit den Kollegen vor Ort in Verbindung. Können Sie mir schon Näheres sagen? Wurde auch in andere Zimmer eingebrochen?"

„Nein, nur bei Ihrer Tante. Offensichtlich suchte der Täter ausschließlich nach Papieren. Alle Wertgegenstände, soweit überhaupt welche vorhanden waren, sind noch im Zimmer, selbst die paar Euro, die Ihre Tante an Bargeld im Zimmer hatte, hat der Kerl liegen lassen. So sieht es jedenfalls nach den ersten Eindrücken der Spurensicherung aus."

„Hat dieser Mensch nun was für ihn Wichtiges gefunden?"

Berger seufzte. „Das wissen wir noch nicht, und ich befürchte, das werden wir kaum herausbekommen. Ob sich Ihre Tante oder die Pflegerin an alles erinnern, was da im Zimmer war, bezweifle ich. Außerdem dürfen wir heute noch nicht mit der alten Dame sprechen. Ärztliche Anordnung."

„Halten Sie mich auf dem Laufenden, Herr Hauptkommissar?"

Berger brummte. „Erst mal sehen, ob wir überhaupt was Verwertbares finden. Bevor wir unser Gespräch beenden, Herr Blischke, sagen Sie: Ist Ihnen etwas aufgefallen, als Sie nach Zwickau gefahren sind? Fühlten Sie sich beobachtet?"

Wolfgang war irritiert. „Was ich erlebt habe, habe ich Ihnen in allen Einzelheiten geschildert. Mehr kann ich nicht sagen. Warum fragen Sie?"

Berger hatte sich vorgenommen, vorläufig Wolfgang nichts davon zu erzählen, dass er ihm einen Mitarbeiter auf die Fersen gesetzt hatte. Er wollte wissen, ob Wolfgang etwas bemerkt hatte, was seinem Mitarbeiter möglicherweise entgangen war.

Berger räusperte sich. „Nun, Herr Blischke, wir können vermutlich davon ausgehen, dass der Einbruch heute Morgen bei Ihrer Tante mit Ihrem Besuch in Zwickau zusammenhängt. Bitte schön, ich sagte ‚vermutlich'. Ich wünschte, ich könnte Genaueres sagen. Irgendjemand sucht etwas, und wir wissen nicht, was er sucht. Aber dieser Jemand scheint schrecklich nervös zu werden, und das ist eine gute Nachricht."

„Wie soll ich das verstehen?"

„Ganz einfach. Wer nervös ist, macht leichter einen Fehler. Und dann schnappen wir ihn uns."

„Ihr Wort in Gottes Ohr, Herr Berger!"

„Auf Wiederhören, Herr Blischke. Passen Sie auf sich auf."

Wolfgang war alarmiert. Das musste ja ein eiskalter und skrupelloser Mensch sein, der die arme Tante Hedwig so behandelt hatte. Ob es Bernhards Mörder war? Vielleicht dieser Oberstleutnant Nehring? Aber der dürfte doch mittlerweile ein alter Mann sein. Kaum zu denken, dass er solche Dinge tat. Jedenfalls waren Bergers Abschiedsworte „Passen Sie auf sich auf" wohl mehr als nur eine höfliche Floskel.

Das Krankenhaus hatte wenigstens gute Nachrichten. Hedwig Bolzendahl ging es den Umständen entsprechend recht gut. Der Schreck steckte ihr in den Knochen, doch mehr konnten die Ärzte nicht feststellen. So lag sie mit einem Beruhigungsmittel im Bett. Morgen Nachmittag würde Wolfgang sie besuchen dürfen.

Er hatte schon ein Weilchen nicht mehr mit Sylvia gesprochen, dabei war so viel passiert. Jetzt verspürte er ein dringendes Bedürfnis, mit einer vertrauten Person über seine Erlebnisse zu sprechen.

Vertraute Person, Wolfgang? Ist sie das denn noch für dich? Er bejahte diese Frage und rief sie an. Sie war eben aus der Schule gekommen. Er berichtete ihr, so kurz er konnte. Dennoch dauerte das eine ganze Weile bei der Fülle der Ereignisse. Das Reden tat ihm gut.

Sie hörte aufmerksam zu. Seine innere Erregung übertrug sich auf sie. „Mein Gott, Wolfgang! Ich komme kaum noch mit. Wie muss es dir da erst gehen! Ich wünschte, ich könnte jetzt bei dir sein."

Nach dem Telefonat dachten beide, dass sie sich einen Augenblick lang sehr nahe gewesen waren.

Das Büfett

Der Samstagmorgen war kühl und unbeständig. Wolfgang tätigte einige Einkäufe und versuchte danach wieder, mit dem Sortieren, Räumen und Ausmisten von Bernhards Habseligkeiten weiterzumachen. Nach kurzer Zeit warf er den Kram hin. Die letzten zwei Tage hatten ihn mitgenommen. Er war unruhig, seine Gedanken kreisten immer wieder um den Mord, den Einbruch, um Bernhards Leben und seine Verwandlung. Es ging ihm nichts von der Hand. So zog er seinen Regenmantel an und nahm die Hundeleine. Lenin vollführte einen Freudentanz um Wolfgang herum. Wolfgang streichelte das Tier.

„Bloß gut, dass ich wenigstens dich habe, alter Junge. Ich würde hier noch verrückt. Aber was mache ich mit dir später am Tag? Ich kann dich nicht ins Krankenhaus mitnehmen. Weißt du was? Wir gehen nachher bei unserer Pfarrerin vorbei. Vielleicht passt sie ein Weilchen auf dich auf."

Am Ende des Spaziergangs läuteten sie an Viola Dombrowskis Tür. Sie tat Wolfgang den Gefallen und nahm ihm den Hund ab, bat ihn aber, abends nicht so spät zu kommen, da sie noch eine Einladung habe.

Wolfgang war gespannt, in welchem Zustand er seine Tante vorfinden würde. Zu seiner Freude war sie überraschend klar im Kopf und erkannte ihn sofort.

„Ach, Wolfgang, schön, dass du deine alte Tante besuchst. Holst du mich ab? Ich will nach Hause."

„Nun mal langsam mit den jungen Pferden, Tante Hedwig! Die Stationsschwester hat mir eben gesagt, dass sie dich am Wochenende noch im Krankenhaus behalten. Weißt du, das ist sicherlich besser für dich."

„Ich will nach Hause!“, quengelte sie. „Eine alte Frau will ihr eigenes Bett haben. Die sind ja ganz nett hier – trotzdem.“

Er versuchte sie zu trösten. Nach einer Weile konnte er seine Fragen nicht länger zurückhalten: „Sag mal, kannst du den Kerl beschreiben, der bei dir eingebrochen hat?“

„Wie denn?“, jammerte sie. „Er trug was Schwarzes über dem Kopf. Ich habe nur seine bösen Augen gesehen. Die waren irgendwie komisch. Alles ging ja so schnell. Ich dachte, ich sterbe vor Angst. Das habe ich der Polizei auch schon erzählt.“

„Waren die heute Morgen da?“

„Ja. Ein Mann von der hiesigen Polizei und sogar eine Frau aus Leipzig mit so einem komischen Doppelnamen. Hach, mich regt das fürchterlich auf!“

„Das verstehe ich, Tante Hedwig“, sagte er und verzichtete auf weitere Fragen.

Ein Weilchen saß er da und hielt ihre faltige Hand, als sie wieder ansetzte. „Das war so schlimm wie damals, als die Gestapo ins Haus kam. Aber die hatten nicht so schwarze Mützen auf dem Kopf.“

„Die Gestapo war bei euch im Haus, Tante Hedwig?“

„Ja, damals in der Hitlerzeit. Vati, also dein Großvater Bolzendahl, hatte Kontakt zum Widerstand. Er war kein richtiger Verschwörer. Das hat ihm Mutti verboten. Sie hatte Angst. Aber ab und zu hat er für Leute aus dem Widerstand Papiere versteckt. Falsche Pässe, wenn sie jemand ins Ausland schmuggeln wollten und so. Gibst du mir was zu trinken?“

Wolfgang sah sich um und reichte ihr eine Schnabeltasse, die auf dem kleinen Schränkchen stand.

„Und wie ging es weiter, Tante?“

Sie sah ihn verständnislos an. „Was?“

„Das mit der Gestapo.“

„Ach so. Ja, eines Tages kamen sie. Das war schlimm, denn Vati hatte was in der Wohnung. Sie haben alles auf den Kopf gestellt. Mutti hat nur noch geweint. Alle Schränke, alle Schubladen haben sie ausgeräumt, die Matratzen aus den Betten geschmissen, diese Barbaren!“

„Und haben sie gefunden, was sie gesucht haben?“

Sie sah ihn mit einem listigen Lächeln an. „Natürlich nicht. Dein Großvater hatte die Pässe in seinem Geheimfach im Büfett.“

„Wie bitte?“ Wolfgang schrie beinahe. „Dein Büfett hat ein Geheimfach? Wo ist das?“

„Ach, Junge, glaubst du, das weiß ich noch?“

„Aber wozu hat er ein Geheimfach eingebaut?“

Sie lächelte in der Erinnerung an ihren Vater. „Er war ein hervorragender Tischler. Es hat ihm Spaß gemacht, so etwas einzubauen. Er hatte es nur vorgesehen für kleine Familiengeheimnisse, die man vor den Kindern verstecken will. Dass es einmal so eine Bedeutung haben würde, hätte er selbst nie gedacht. Na, jedenfalls zog die Gestapo ziemlich bedripst wieder ab.“

Wolfgang atmete tief durch. Sofort nach seinem Besuch hier musste er ins Altenheim fahren. Vielleicht fand er in dem Geheimfach das, wonach der Einbrecher gesucht hatte.

„Sag mal, Junge, wann kommt eigentlich Bernhard wieder?“, wollte seine Tante wissen.

Im gleichen Moment, als er ihr antworten wollte, kam eine Schwester ins Zimmer.

„Herr Blischke, Frau Bolzendahl braucht jetzt wieder ihre Ruhe. Es war doch alles ziemlich viel für sie heute.“

So schnell er konnte, fuhr Wolfgang ins Altenheim und

ließ sich die Zimmertür öffnen. Ratlos saß er in einem Sessel und betrachtete das alte Büfett. „Wo ist dein Geheimfach, du altes Ding?“, murmelte er, als ob das Möbelstück ihn verstehen könnte.

Man ist Ingenieur, um technische Probleme zu lösen, dachte er. Aber er war Rundfunktechniker, kein Schreiner. Womöglich musste er das schwere Ding von der Wand abrücken. Er stand auf und öffnete alle Türen des Schranks, danach alle Schubladen. Es war wunderbar, wie sich nach all den Jahrzehnten immer noch alles ohne ein Knarren öffnen ließ und wie leicht die Schubladen gingen. Er klopfte an die Hinterwand des Ober- und des Unterteils. Keine Auffälligkeiten.

„Zum Kuckuck!“, schimpfte er leise. Die Zeit lief ihm davon. Er durfte Frau Dombrowski nicht warten lassen.

Also ging er in die Hocke und betrachtete die großen Regalböden des Unterschranks. Auch da war nichts zu finden. Dann klopfte er von innen an die obere Abdeckung des Unterteils. Moment mal! Klang das nicht an der einen Stelle etwas hohl? Er tastete das glatte Holz ab. Seine Finger fanden eine kleine Vertiefung. Er probierte, ob sie sich verschieben ließ. Erst als er gegen die Vertiefung drückte, gab es ein leises Geräusch, ein Brett glitt leicht nach oben und ließ sich nach hinten schieben. Wolfgang bewegte seine Hand in einem flachen Hohlraum, als seine Finger plötzlich ein Papier ertasteten. Er zog einen braunen Umschlag aus dem Fach. Wolfgang schloss das Fach und alle Schranktüren wieder, dann öffnete er den Umschlag, der nicht zugeklebt war. Zwei Blätter lagen darin.

Das Herz klopfte ihm bis zum Hals, als er das erste Blatt nahm. Dann stieß er einen Schrei der Überraschung aus, denn er erkannte Bernhards Handschrift.

„Lieber Wolfgang!“, las er. „Du bist ein sturer Hund,

weil du alle meine Versuche, mit dir zu reden, abgeblockt hast. Dabei liegt mir so viel daran, mit dir endlich über alles zu reden. Aber ich bin dir nicht böse. Deine Verbocktheit ist meine Schuld. Aber ich muss dir einige Dinge unbedingt mitteilen. Ich weiß, dass du immer lieber gelesen als zugehört hast. Deshalb schreibe ich dir, obwohl mir das Schreiben schwerfällt. Am Telefon wäre es leichter für mich gewesen."

Wolfgangs Augen füllten sich mit Tränen. Ich Idiot!, dachte er. Ich Trottel! Er wischte sich die Augen, um weiterlesen zu können.

„Nach deiner Flucht habe ich ziemlich viel Mist gebaut. Ich war so wütend auf dich. Heute weiß ich, dass es falsch war. Ich habe über viele Leute Unglück gebracht und erst viel zu spät gemerkt, dass ich einem unmenschlichen System gedient habe. Verzeih mir bitte! In letzter Zeit habe ich versucht, wie der Zachäus in der Bibel wenigstens einige Dinge wieder geradezubiegen. Allerdings habe ich damit bestimmte Leute gegen mich aufgebracht. Ich fühle mich seit Kurzem beobachtet und, ehrlich gesagt, habe ich eine Wahnsinnsangst. Aber ich bereue meinen Weg nicht."

An dieser Stelle brach der Brief ab. Trotz aller inneren Bewegung versuchte Wolfgang klar zu denken. Bernhard hätte sicher bei seinem nächsten Besuch im Altenheim weitergeschrieben. Seine Ermordung hatte das verhindert.

Vielleicht hätte der Mord verhindert werden können, wenn ich ihm zugehört hätte, dachte Wolfgang. Er konnte sich nicht darüber klar werden, ob das ein realistischer Gedanke war, denn ihm wurde schlecht und gleichzeitig schüttelte es ihn vor innerer Erregung. Seine Hände umklammerten die Sessellehnen. Er fühlte sich einer Ohnmacht nahe.

Mit äußerster Willensanstrengung versuchte er, seine Fassung wiederzugewinnen. Er stand auf, öffnete das Fenster und atmete tief durch.

Er ging zum Sessel zurück und nahm das zweite Papier in die Hand. Wieder stockte ihm der Atem. Es war ein Vertrag, unterschrieben von Oberstleutnant Klaus Nehring und dem Stabsgefreiten Bernhard Blischke. Darin ging es um den Vorfall an der Grenze. Beide sicherten einander zu, über die Fehler des jeweils anderen Stillschweigen zu bewahren. Nehring übernahm den größeren Teil der Verantwortung und verpflichtete sich, dem Stabsgefreiten Blischke nach dessen Genesung einen einträglichen Posten bei der Staatssicherheit zu besorgen.

Wolfgang ließ das Blatt sinken. Es gab kaum noch einen Zweifel. Das war das Papier, welches der Einbrecher gesucht hatte. Wahrscheinlich war es auch der Grund für Bernhards Ermordung.

Mit zitternden Fingern holte Wolfgang sein Handy aus der Tasche und wählte die Nummer der Mordkommission in Leipzig. Es läutete lange, dann meldete sich eine unbekannte Stimme. Herr Berger und Frau Kühn-Landenberger seien zu Hause. Es sei Wochenende, und beide hätten in letzter Zeit oft bis in die Nacht hinein gearbeitet.

„Das verstehe ich!“, rief Wolfgang aufgeregt ins Telefon. „Aber es ist von äußerster Dringlichkeit.“ Er schilderte dem wachhabenden Beamten kurz seine Entdeckung.

„Alles klar!“, sagte der Beamte. „Ich versuche, wenigstens einen von beiden zu erreichen. Bitte bringen Sie mir alles, was Sie gefunden haben, in die Dimitroffstraße. Ich bin die ganze Nacht über hier.“

Wolfgang verließ das Altenheim und setzte sich in den Wagen. Er musste zurück und Lenin holen, damit Frau Dombrowski ihre Verabredung einhalten konnte. Ein Blick auf die Uhr steigerte seine Anspannung noch. Dennoch zwang er sich, diszipliniert zu fahren, und bemühte sich, wieder etwas zur Ruhe zu kommen.

Als er bei Viola Dombrowski angekommen war, sah die ihn besorgt an. „Was ist los mit Ihnen? Sie sehen ja furchtbar aus."

„Ich habe Ihnen wahnsinnig viel zu erzählen. Ich glaube, ich weiß jetzt, warum Bernhard umgekommen ist."

Sie sah auf die Uhr und zögerte. „Soll ich meine Einladung absagen? Dann können wir reden."

Auch Wolfgang zögerte einen Augenblick, aber dann schüttelte er entschlossen den Kopf. „Nein. Sie haben mir schon viel Zeit geopfert. Morgen ist auch noch ein Tag."

Sie lächelte. „Stimmt. Wissen Sie was? Kommen Sie morgen früh zu mir in den Gottesdienst. Das kann einem Heiden wie Ihnen nicht schaden. Bei dem Gottesdienstbesuch hier im Viertel kann ich Ihnen einen Sitzplatz garantieren. Hinterher habe ich Zeit für Sie. Wenn Sie wollen, können wir zusammen Mittag essen."

„Das ist eine gute Idee. Ich gehe erst mal in die Wohnung, dusche und versuche meine Nerven wieder zu beruhigen. Wie sind Sie eigentlich mit Lenin klargekommen?"

„Wesentlich besser als mit Lenins Gesammelten Werken! Das ist ein ganz lieber Hund. Den können Sie mir ruhig öfters bringen. Von seinen guten Manieren kann sogar ich noch was lernen."

Wolfgang schmunzelte und verabschiedete sich. Als er seine Haustür aufschloss, fiel ihm auf, wie ruhig es im Haus war. Aber das junge Paar, das unten wohnte, war gestern schon fortgefahren, und Frau Wolke mochte vielleicht in Delitzsch sein. Die übrigen Wohnungen im Haus standen ohnehin leer.

Der Hund zog ihn die zwei Etagen hinauf, doch auf der letzten Treppe zögerte er plötzlich und fing an zu schnuppern.

„Nun komm schon!“, ermunterte ihn Wolfgang, der nur noch an seine Dusche dachte.

Vor der Etagentür knurrte Lenin böse. Was hat der Hund?, dachte Wolfgang und spürte ein flaues Gefühl im Magen. Hatte der Einbrecher bei Tante Hedwig mittlerweile auch seine Wohnung durchsucht? Er versuchte, die aufkommende Furcht niederzuhalten. Mit angespannten Muskeln öffnete er leise und vorsichtig die Etagentür. Kaum war sie einen Spalt offen, zwängte sich Lenin hindurch, Wolfgang ließ, überrascht von Lenins Ungestüm, die Leine los, und der Hund stürmte mit einem wütenden Bellen in die Diele. Wolfgang hörte einen Fluch. Als er mit geballter Faust den halbdunklen Flur betrat, stürmte eine schwarze Gestalt auf ihn zu. Bevor Wolfgang richtig reagieren konnte, spürte er einen Schmerz im Bauch. Er versuchte zuzuschlagen, bekam aber selbst einen Schlag ins Gesicht. Er knallte mit dem Hinterkopf an die Türkante und sackte zusammen. Auf dem Boden liegend hörte er noch das Aufjaulen des Hundes und einen Schrei. Dann wurde es schwarz um ihn.

Beim Kaffee

Geräusche. Da waren Geräusche. Stimmen, die ans Ohr drangen. Leise Frauenstimmen. Wolfgang öffnete langsam die Augen. Die Helligkeit blendete ihn, und er schloss die Augen wieder.

„Ich glaube, er kommt zu sich", sagte die eine Frauenstimme.

Wieder öffnete Wolfgang die Augen. Sylvia und Viola Dombrowski sahen ihn an.

„Gott sei Dank, Wolfgang! Ich dachte schon, du kommst überhaupt nicht mehr zu dir."

Er sah zu der einen und dann zu der anderen. „Schön, euch zu sehen", sagte er leise.

Sylvia nahm seine Hand und streichelte sie.

„Wo bin ich eigentlich?"

„Sie sind im Krankenhaus, lieber Herr Blischke, und es ist Montagnachmittag. Seit Samstagabend liegen Sie hier. So viel Ruhe lässt man mir nie."

„Wieso Krankenhaus?" Er versuchte sich zu bewegen und nahm jetzt erst die Schläuche wahr, die in eine Armvene liefen. Außerdem hatte er einen Verband um den Kopf. Dann merkte er, dass auch sein Bauch bandagiert war.

„Könnt ihr mir mal sagen, was passiert ist? Was ist denn mit mir los?"

„Kannst du dich denn an gar nichts erinnern, Wolfgang?" Sylvias Stimme klang sehr besorgt.

Viola Dombrowski ging die Sache in ihrer robusten Art pragmatischer an. „Sie hatten den Hund geholt und gingen nach Hause. Dort muss jemand auf Sie gewartet haben. Der hat Sie mit einem Messer gekitzelt, und auf die

Rübe haben Sie auch noch eins gekriegt. Na, dämmert's jetzt?"

„Ach, du lieber Himmel, ja!" Und nach einer kurzen Pause ein Aufschrei: „Was ist mit dem Hund? Wo ist Lenin?"

„Der erholt sich auf meinem Sofa von den Schlägen der Konterrevolution! – Nee, jetzt mal im Ernst. Er hat auch etwas abgekriegt, aber es geht ihm gut, und ich kümmere mich um ihn."

Wolfgang war sichtlich erleichtert. Die Pfarrerin ging hinaus und kam mit der Stationsschwester wieder.

„Willkommen an Bord, Herr Blischke. Wir werden uns gleich mal um Sie kümmern. Der Arzt kommt jeden Augenblick."

Als der Arzt kam, wurden die beiden Frauen vor die Tür geschickt. Der Arzt untersuchte Wolfgang kurz und war mit dem Zustand seines Patienten ganz zufrieden. Er erklärte ihm, er habe eine Platzwunde am Kopf und eine leichte Gehirnerschütterung. Schwerwiegender sei allerdings die Stichwunde im Bauch. Jedoch sei sie zum Glück nicht sehr tief. Der Täter hatte in der Eile nicht richtig zustechen können. So wurden keine inneren Organe und vor allem keine wichtigen Blutgefäße verletzt. Allerdings habe man Wolfgang erst mal „in die Zwangsruhe geschickt", wie der Arzt sich ausdrückte.

„Hören Sie", sagte der Arzt, „draußen wartet außer Ihrer Frau und Ihrer Bekannten noch eine Kriminalbeamtin. Ich habe ihr verboten, Sie zu verhören, aber ich kann ihr nicht verbieten zuzuhören, wenn Sie den beiden anderen über Ihre Erlebnisse berichten. Sobald Sie Schmerzen haben, schmeißen Sie alle raus und rufen mich." Er lächelte Wolfgang aufmunternd zu.

Nun saßen und standen sie zu dritt um Wolfgangs Bett.

Frau Kühn-Landenberger gab ihm die Hand und hielt sich dann etwas im Hintergrund.

„Wolfgang, was ist eigentlich passiert?“ Sylvias Stimme hatte immer noch den besorgten Klang.

„Ich habe Tante Hedwig im Krankenhaus besucht. Dabei erzählte sie mir von einem Geheimfach in ihrem Wohnzimmerschrank. Ich bin ins Heim gefahren und habe das Fach gefunden. Dort lag ein Umschlag, der einen angefangenen Brief von Bernhard an mich enthielt und einen Vertrag zwischen Bernhard und einem Stasi-Oberstleutnant. Dann habe ich die Polizei in Leipzig angerufen und bin zurück nach Leipzig.“

Plötzlich erschrak er fürchterlich, richtete sich dabei etwas auf, um dann mit einem Stöhnen in seine Kissen zurückzusinken. „Verdammt, das tut weh! Was ist mit den beiden Papieren? Wo sind die jetzt?“

„Alles in Ordnung, Herr Blischke. Sie liegen auf dem Schreibtisch meines Chefs. Wir fanden sie in der Innentasche Ihres Sakkos.“

Wolfgang ließ einen Seufzer der Erleichterung hören.

„Nachdem ich den Hund geholt hatte, bin ich nach Hause gegangen. Oben auf der Treppe wurde Lenin plötzlich unruhig und fing an zu knurren. Ich habe deshalb ganz vorsichtig die Tür geöffnet, Lenin stürmte rein, und dann kam eine maskierte Gestalt auf mich zu. Alles ging blitzschnell. Ich wollte noch zuschlagen, aber da war ich schon außer Gefecht gesetzt. Ich habe keine Ahnung, wer das war. Tut mir leid, Frau Oberkommissarin.“ Er blickte in die Richtung, wo die Polizeibeamtin stand.

„Quälen Sie sich nicht, Herr Blischke. Wir sind ganz dicht dran.“

Wolfgang spürte, wie sehr ihn das Sprechen anstrengte.

Aber er war froh, jetzt nicht allein zu sein. Außerdem hatte er selbst noch einige Fragen.

„Wer hat mich eigentlich gefunden?"

„Das war Frau Dombrowski", sagte Sylvia und sah die Pfarrerin dankbar an.

„Das war vielleicht ein Ding!", rief diese. „Eben wollte ich aus dem Haus, als der Hund angerannt kam. Er hatte noch die Leine um und blutete am Rücken. Lenin vollführte ein Spektakel wie die Oktoberrevolution. Na, da habe ich mir schon gedacht, dass da wohl mehr passiert sein musste, als dass Ihnen nur die Spiegeleier in der Pfanne schwarz geworden waren. Ich bin sofort zu Ihrem Haus gelaufen, in einem Tempo, das nicht zu meinem Alter passt. Ihre Haustür stand offen, was ein Glück war. Ich also hoch, und da sehe ich die Bescherung. Den Rest können Sie sich denken."

„Ja, mein freies Wochenende war im Eimer!", lachte die Oberkommissarin. „Machen Sie sich nichts draus, Herr Blischke. Mein Chef hat zu Ihnen gesagt, wer nervös ist, macht Fehler. Genau das ist passiert. Wir sind ein enormes Stück weitergekommen. Es tut mir nur leid, dass Sie einen so hohen Preis bezahlen mussten."

„Ja, alles strengt mich furchtbar an. Ich habe Schmerzen im Kopf. Aber sagt mir noch genauer, was mit Lenin ist. Ohne ihn wäre wohl Schlimmeres passiert."

„Das können Sie laut sagen!", rief Viola Dombrowski. „Dieser Verbrecher, der Ihnen sein Messer in den Bauch rammen wollte – bloß gut, dass ihm das nicht richtig gelungen ist! – hat Lenin eine Schnittwunde auf dem Rücken zugefügt. Nichts Schlimmes, Herr Blischke. Ich habe das im Griff. Es geht ihm schon wieder gut und sein Appetit ist immens. Aber wenn ich ihn streichle, macht er mir weis, dass er kurz vor dem Sterben ist und deshalb besonders viel Zuwendung braucht. Ein Simulant, der Mitleid schindet! Typisch Mann eben. Für das Streicheln einer zarten Frauenhand tun diese Burschen alles! Im Übrigen lässt er Sie grüßen."

Wolfgang lächelte. „Vielen Dank. Grüßen Sie zurück. Seid mir nicht böse. Ich will jetzt schlafen."

Alle erhoben sich.

„Sylvia!", sagte Wolfgang.

„Was ist?"

„Ich bin froh, dass du da bist."

Draußen hakte die Pfarrerin Sylvia unter. „Kommen Sie mit mir, Frau Blischke. Wir kochen uns einen Kaffee und machen einen Weiberklatsch."

Lenin, der seine Schramme auf der Couch der Pfarrerin auskurierte, hatte sehr viel zu schnuppern, als die beiden Frauen am Tisch saßen, denn außer dem Kaffee gab es auf einem Teller auch einige Stücke Eierschecke. Sylvia streichelte ihn vorsichtig.

„Dass ich ausgerechnet mal einem Hund dankbar sein muss, hätte ich mir nicht träumen lassen. Aber ohne dich wäre dein Herrchen vielleicht nicht mehr am Leben."

Der Hund gab ihr zu verstehen, dass sie mit dem Streicheln nicht schon wieder aufhören sollte.

„Lenin!", sagte Sylvia zu dem Hund. „Wie kann man einen Hund Lenin nennen? Ein blöderer Name ist ihm wohl für dich nicht eingefallen."

„Ihr Mann hat einen skurrilen Humor. Mir gefällt das."

„Na, ich weiß nicht."

Überhaupt, dachte sie, Wolfgang und Humor? Das war nie seine starke Seite.

„Warum sagten Sie eben ‚dein Herrchen' und nicht einfach ‚Herrchen'? Verzeihen Sie, wenn ich frage, aber ich meine da ein Stück Distanz herauszuhören. Oder sollte ich mich täuschen?" Viola Dombrowski sah Sylvia aufmerksam an.

Sylvia blickte überrascht und etwas irritiert hoch. „Ich sagte ‚dein Herrchen', weil es Wolfgangs Hund ist und nicht meiner. Deshalb."

„Und Wolfgang ist Ihr Mann."

Nun ärgerte sich Sylvia sichtlich. „Das weiß ich, Frau Dombrowski. Worauf wollen Sie hinaus? Hören Sie! Ich bin heute Morgen hier angekommen und finde meinen Mann nach einem Mordanschlag im Krankenhaus. Glauben Sie vielleicht, ich will jetzt meine Beziehung zu Wolfgang mit Ihnen diskutieren?"

Viola, wann lernst du endlich, dein vorlautes Maul zu halten?, dachte die Pfarrerin. Man kann nicht jede Festung im Sturm nehmen wollen. Laut sagte sie: „Sie haben recht. Ich bin zu weit gegangen. Das tut mir aufrichtig leid. Bitte verzeihen Sie mir."

Beide tranken schweigend ihren Kaffee. Lenin, der während des Schweigens eingenickt war, fing an zu schnarchen.

Sylvia musste unwillkürlich lachen. „Du schnarchst wie Wolfgang."

Viola Dombrowski lächelte. Sylvia nahm das wahr und sah die Pfarrerin lange an. Die erwiderte den Blick freundlich und Anteil nehmend. Nach einer Weile blickte Sylvia vor sich auf den Tisch.

„Sie haben ein gutes Gespür für Menschen, Frau Dombrowski", sagte Sylvia schließlich. „Sie gebrauchten vorhin das Wort Distanz. Ich habe mich in dem Augenblick über Sie geärgert, aber Sie haben da was Richtiges herausgehört. Ich bin innerlich total von der Rolle, nicht nur, weil Wolfgang verletzt ist. Ich weiß nicht, was ich gemacht hätte, wenn er jetzt tot wäre. Ich wäre vermutlich am Boden zerstört. Aber ich bin nicht nur deshalb durcheinander. Die ganze letzte Zeit … Ich lebe von ihm getrennt und trotzdem … Ach, ich weiß nicht."

Viola Dombrowski dachte nach. Sag jetzt bloß nichts zu schnell, Viola!, ermahnte sie sich selbst. „Ich kann das gut verstehen", sagte sie langsam. „Sie hatten sich auseinandergelebt und getrennt. Durch die Ermordung Ihres Schwagers sind Sie sich wieder verstärkt begegnet. Ich finde es toll, dass Sie Ihren Mann bei der Beerdigung nicht alleingelassen haben. Ihr Mann ist Ihnen auch sehr dankbar. Aber diese fremde Stadt, die Familiengeschichte der Blischkes, die Menschen in der Gartenkolonie, Ihr Mann, der plötzlich wieder seine Wurzeln anschauen muss und darüber in tiefe Selbstzweifel gerät – kein Wunder, dass Sie das durcheinanderbringt. Sie sind Ihrem Mann wahrscheinlich nahe wie schon lange nicht mehr, und gleichzeitig spüren Sie, dass es *seine* Geschichte ist. Sie sind ihm nah und doch irgendwie entfernt."

Sylvia nickte. „Sie haben es auf den Punkt gebracht. Sie verstehen mich besser als ich mich selbst."

Viola Dombrowski schenkte Kaffee nach. Beide schwiegen wieder.

„Ich frage mich, wie es weitergehen soll, wenn das alles hier zu Ende ist." Sylvia sprach leise, beinahe mehr zu sich selbst. Dann blickte sie auf. „Frau Dombrowski, ich spüre, dass ich meinen Mann immer noch liebe. Aber ich weiß nicht, wie wir wieder zusammen leben sollen. Er ist immer so analytisch, so zielstrebig, so planend. Wahrscheinlich muss man das in seinem Beruf sein. Wenn er mehr Zugang zu seinen Gefühlen hätte und darüber reden könnte, wenn er auch mal außerplanmäßig etwas völlig Verrücktes tun könnte, fiele mir alles leichter."

Die Pfarrerin nickte verstehend. „Sie beide sind in Ihrer

Art recht unterschiedlich. Sie müssten viel miteinander reden und einen Weg finden, wie jeder zu seinem Recht kommt. Sie müssen sich gegenseitig viel Freiheit geben."

Sylvia sah sie fragend an. „Meinen Sie, wir könnten das schaffen?"

„Hören Sie, Frau Blischke, eines weiß ich sicher: Ihr Mann ist nicht mehr derselbe wie noch vor kurzer Zeit. Dazu hat ihn alles viel zu sehr mitgenommen. Ich habe ihn kennengelernt als einen Mann, der sich selbst ehrlich und sehr radikal infrage stellt. Ich glaube, dass die Not ihn gelehrt hat, seine Gefühle wahrzunehmen und zu äußern."

„Meinen Sie, wir haben noch eine Chance?"

„Die haben Sie bestimmt. Aber Sie beide müssen sie entschlossen und bewusst ergreifen."

Sylvia nickte langsam. „Ich danke Ihnen. Sie haben mir Mut gemacht. Ich denke, ich will es versuchen."

„Das freut mich mehr, als Sie vielleicht ahnen. Wissen Sie, Ihr Mann braucht Sie und jetzt sogar mehr denn je. Er fühlt sich schuldig; schuldig für seine tatsächlichen Fehler und schuldig für Dinge, die er selbst nicht zu verantworten hat. Ich mache mir Sorgen um ihn. Er braucht Ihre Liebe nötiger denn je."

Die ganze Geschichte

In den nächsten Tagen ging Sylvia immer nachmittags ins Krankenhaus, um Wolfgang die Zeit zu vertreiben. Sie hatte sich in einer Pension einquartiert. Allein in der Wohnung zu leben, in die eingebrochen worden war, traute sie sich nicht.

Am Freitagnachmittag klopfte es an die Tür des Krankenzimmers. Hauptkommissar Berger kam herein.

„Guten Tag, Herr Blischke!“ Er lächelte breit. „Mal abgesehen davon, dass ich sauer auf Sie bin, weil Sie in der Kriminalstatistik die Opferzahl nach oben treiben, würde ich doch gerne wissen, wie es Ihnen geht.“

„Der Arzt sagt, ich mache geradezu beängstigende Fortschritte. Nächsten Montag komme ich vermutlich raus. Und wie geht es Ihnen? Was machen Sie?“

Berger streckte gemütlich seine Beine unter das Krankenbett und faltete die Hände auf seinem Bauch. „Ich werde jetzt ein wenig mit Ihnen plaudern. Danach gehe ich zu Hause unter die Dusche, und dann wollen meine Frau und ich nett essen gehen. Auch unsereins hat sich mal ein gemütliches Wochenende verdient.“

„Sie wirken verdächtig zufrieden, Herr Berger. Haben Sie etwa Neuigkeiten für uns?“

„Möglicherweise“, grinste der Kriminalbeamte. „Aber die verrate ich Ihnen nur, wenn Sie mir versprechen, sich nicht aufzuregen und schön brav gesund zu werden.“

„Mann! Machen Sie es nicht so spannend!“, rief Wolfgang.

Berger wurde ernster.

„Also – um mich ganz sachlich als Kriminalbeamter auszudrücken: Der Mordfall Blischke ist aufgeklärt und die Ermittlungen sind abgeschlossen. Auch die Einbrüche im Altenheim bei Ihrer Tante und bei Ihnen in der Wohnung sind aufgeklärt. Der bzw. die Täter sind weitgehend geständig und sitzen in Untersuchungshaft. Sind Sie zufrieden?"

Sylvia hielt es vor Aufregung fast nicht mehr auf ihrem Stuhl. „Nun reden Sie schon!", bat sie ihn.

„Wie Sie sich denken können, geht es tatsächlich um diesen Vertrag zwischen Ihrem Bruder und Oberstleutnant Nehring. Der wollte dieses Schriftstück unter allen Umständen haben, nachdem Ihr Bruder Ende des letzten Jahres und in diesem Jahr leichtfertigerweise angefangen hatte, mit allen möglichen Leuten über seine Stasi-Tätigkeit zu reden, sie um Entschuldigung zu bitten und sie über bestimmte Sachverhalte aufzuklären."

„Nennen Sie das leichtfertig?" Wolfgang war etwas aufgebracht.

Berger schüttelte leicht den Kopf. „Leichtfertig aus der Sicht des Kriminalisten", stellte er klar. „Menschlich gesehen war es natürlich hochanständig und sehr mutig, was Ihr Bruder da getan hat. Dennoch muss ich schon sagen, dass Ihr Bruder die Lawine unterschätzt hat, die er da losgetreten hat."

„Also hat dieser Nehring meinen Schwager ermordet?", fragte Sylvia.

Wieder schüttelte Berger den Kopf. „Dafür ist Nehring viel zu alt. Dieser Herr mordet nicht. Er lässt andere das machen. Aber lassen Sie mich der Reihe nach erzählen.

Die Stasi hatte Ihren Bruder schon bald nach Ihrer Flucht im Blick, Herr Blischke. Das hat mir Nehring beim Verhör bestätigt. Man ahnte, dass sich aus dieser Wut auf Sie etwas machen ließ. Also ermutigte man ihn zunächst einmal, wieder zur Armee und dort zu den Grenztruppen zu gehen. Das diente einerseits der ideologischen Aufrüstung Ihres Bruders und andererseits: Wo besser als in einem militärischen Verband lässt sich feststellen, ob ein Mann Disziplin halten kann oder nicht? Ihr Bruder machte seine Sache gut.

Dann kam diese unselige Nacht, in der Nehring die Nerven verlor und losballerte. Natürlich hätte er vor Gebrauch der Schusswaffe zuerst den vermeintlichen Gegner ansprechen müssen. Aber das tat er nicht, und so tötete er unabsichtlich Martin Philipek. Dass Ihr Bruder unter diesen Umständen ebenfalls sofort zurückgeschossen hat – auch ohne Anruf –, war verständlich, wenn auch falsch. Immerhin verletzte er so einen höheren Offizier. Damit waren beide in einer schwierigen Lage. Mit diesem Vertrag sicherten sie sich gegenseitig und gegeneinander ab. Es gelang nach außen hin, die Sache so darzustellen, dass bewaffnete Flüchtlinge das Feuer auf die Grenzsoldaten eröffnet hatten."

„Aber war denn das so einfach möglich? Irgendwelche Leute müssen doch gemerkt haben, dass diese Geschichte nicht stimmte", unterbrach Sylvia den Bericht des Hauptkommissars.

„Natürlich kannten einige Leute die Wahrheit, wobei man sich bemühte, die Zahl der Mitwisser so klein wie möglich zu halten. Aber schauen Sie, Frau Blischke, das alles geschah in einem autoritären System, in dem die Führung bestimmte, was zu sagen und was zu glauben war. Nehring gelang es zu erreichen, dass seine unmittelbaren Vorgesetzten ihn deckten. Dagegen muckte kein Untergebener auf."

Sylvia schüttelte entgeistert den Kopf. „Konnte man denn so einfach gegen die Wahrheit handeln?"

Statt einer Antwort sprach Berger Wolfgang an: „Herr Blischke, Sie waren doch mal gelernter DDR-Bürger. Erinnern Sie sich an Dean Reed?"

Wolfgang überlegte kurz. „War das nicht dieser gut aussehende amerikanische Sänger, der in die DDR übersiedelte, um den Sozialismus aufzubauen?"

„Genau der." Berger wandte sich wieder an Sylvia. „Stellen Sie sich vor, ausgerechnet ein Ami, ein Musiker, den man den roten Elvis nannte, lässt sich in der DDR nieder. Ein Propagandaerfolg, wie ihn sich die DDR nicht schöner wünschen konnte. Er war anfangs ein gefeierter Star, aber schließlich konnte Reed nicht mehr. Persönliche und berufliche Misserfolge führten im Juni 1986 zu seinem Selbstmord. Man fand ihn ertrunken im Zeuthener See bei Berlin. Aber glauben Sie, das hätte man zugegeben? So einer wie Reed durfte nicht Selbstmord begehen! Also hat man offiziell behauptet, es sei ein tragischer Unglücksfall gewesen. – Frau Blischke, es kann nicht sein, was nicht sein darf. So läuft das, wenn die reine Lehre wichtiger ist als die schnöde Wahrheit."

Sylvia war fassungslos. „Dass man die Wahrheit so unter der Decke halten konnte!"

Berger zuckte mit den Achseln. „Man konnte es und man hat oft gelogen. Andererseits: Stellen Sie sich vor, Reed hätte in der Bundesrepublik gelebt. Natürlich hätte man wahrheitsgemäß gesagt, dass er Selbstmord begangen hat. Aber dann hätten unzählige Gazetten und Magazine eine hemmungslose Herz- und Schmerzkampagne über einen unglücklichen Sänger gestartet, um die Auflage hochzutreiben. Man kann die Wahrheit unterdrücken oder man kann sie für seine Geschäfte benutzen. Die Wahrheit als solche ist selten geschätzt."

„Das klingt zynisch, Herr Berger."

Wieder zuckte der Polizeibeamte mit den Achseln. „Ich will nicht zynisch sein, liebe Frau Blischke. Aber vierundzwanzig Jahre in meinem Beruf lassen mich nicht gerade an das Gute im Menschen und an sein Interesse an der reinen Wahrheit glauben."

Wolfgang bat: „Reden Sie weiter. Wer hat denn nun meinen Bruder umgebracht?"

„Tja, Nehring brachte Ihren Bruder bei der Stasi unter bzw. als Hausmeister an einer Schule. Nehring selbst behielt seinen Posten, wurde allerdings seit diesem Vorfall auch nicht mehr befördert. Zur Tarnung behielt Bernhard Blischke seine bescheidene Wohnung und seinen Lebensstil. Das Geld, das er als Stasi-Mann verdiente, gab er einerseits für seine Tante aus, andererseits leistete er sich hin und wieder mit seiner Lebensgefährtin einen schönen Urlaub beim ‚großen Bruder', also in der Sowjetunion. Meistens fuhr er ans Schwarze Meer. Als die Wende kam, gelang es ihm mit viel Geschick, sich als kleinen Handlanger der Staatssicherheit darzustellen. So behielt er seinen Posten an der Schule, zumal er dort als Hausmeister sehr geschätzt wurde."

„Und weiter?"

Berger lächelte und ließ seine beiden Zuhörer einige Sekunden zappeln.

„Alles war so lange kein Problem, bis Ihr Bruder sich änderte. Aus Gründen, die wir nicht kennen, fing er an, über sich und sein Leben nachzudenken. Er wandte sich dem christlichen Glauben zu und suchte die Versöhnung mit denen, die durch seine Tätigkeit Nachteile erlitten hatten. Das blieb Nehring natürlich nicht lange verborgen. So einer wie er nutzte immer die zahlreichen Kontakte, die er von früher her hatte, und bekam darum mit, was so alles lief. Daraufhin ließ Nehring Ihren Bruder beobachten. Als ihm mitgeteilt wurde, dass Ihr Bruder in Cainsdorf gewesen war, läuteten bei Nehring alle Alarmglocken. Im Grunde wurde in diesem Moment das Todesurteil für Bernhard Blischke beschlossen.

Nehring versuchte zwar, Ihren Bruder bei Philipeks als verrückten Kriminellen hinzustellen, dennoch beschloss Nehring zu handeln, denn Bernhard Blischke wurde zur Gefahr für ihn. Das muss ich Ihnen ein wenig erläutern.

Nach der politischen Wende schlüpfte Nehring selbst in die Rolle des ehrlichen Menschen. Er schrieb ein Buch über seine Stasi-Tätigkeit. Das Buch wurde nicht gerade ein Knüller, aber es verschaffte ihm doch ein gewisses Renommee.

Sie müssen wissen, dass einige frühere Agenten der ehemaligen Ostblockstaaten nach dem Fall des Eisernen Vorhangs heute wichtige Leute im organisierten Verbrechen sind. Die alten Kenntnisse und Verbindungen lassen sich da gut nutzen. Das galt auch für Nehring, der seine zahlreichen Kontakte dazu gebrauchte, seine Rente aufzubessern, indem er Kontakte für kriminelle Geschäftsleute knüpfte."

„Das ist ja ein Ding!", rief Wolfgang überrascht.

„Nehring nahm also Kontakt mit Ihrem Bruder auf und verlangte die Rückgabe des Vertrages. Er werde seinerseits jemanden mit seinem Exemplar schicken, und dann könne man beide Vertragsexemplare vernichten. Diese Kontaktaufnahme fand ein oder zwei Tage statt, bevor Ihr Bruder zum letzten Mal versucht hat, mit Ihnen zu telefonieren."

Wolfgang sah bekümmert aus. Etwas mühsam fragte er Berger: „Und woher wissen Sie das alles?"

„Nehring und der Mörder Ihres Bruders haben es mir erzählt."

„Und wer ist ...?"

„Moment noch. Sie werden es gleich erfahren. Nehring ließ Ihren Bruder wissen, er solle an jenem besagten Wochenende in seinen Garten gehen. Im Laufe des Sonnabendabends werde sein Beauftragter kommen, und dann könne man beide Verträge vernichten. Ihr Bruder bekam es mit der Angst zu tun und versprach Nehring, den Vertrag herzugeben. Ihr Bruder wartete also an jenem Abend auf einen Abgesandten Nehrings. Allerdings hatte es sich Ihr Bruder zwischenzeitlich anders überlegt, aus Gründen, die wir nicht kennen. Der Vertrag befand sich ja, wie Sie entdeckt haben, nicht in der Datsche, sondern in dem Geheimfach im Altenheim. Vielleicht wollte er mit Nehrings Mann über einiges verhandeln. Ihr Bruder wartete also den ganzen Abend. Als niemand kam, ging er schlafen. Mitten in der Nacht wurde er leise geweckt. Thomas Dewitz klopfte an die Tür der Laube und fragte, ob Ihr Bruder eine Kopfschmerztablette habe. Er könne nicht schlafen. Ihr Bruder wollte seinem Gartenfreund helfen und stand auf. Dann hat ihn Dewitz hinterrücks erstochen. Er war der Mörder Ihres Bruders und Nehrings Abgesandter."

Wolfgang und Sylvia waren fassungslos. Es dauerte ein Weilchen, bis Wolfgang seine Sprache wiedergefunden hatte.

„Herr Dewitz? Der nette Herr Dewitz? Ich fasse es nicht."

Berger nickte. „Ja, der nette Herr Dewitz. Nicht nur ein erfolgreicher Geschäftsmann mit einem Gehalt, das meines deutlich übersteigt, sondern auch ein ganz ausgebuffter Krimineller mit vielen Kontakten in den Osten und einer Ausbildung als Einzelkämpfer seit seiner Bundeswehrzeit. Außerdem ein sehr geschickter Einbrecher. Türen zu öffnen ist beinahe eine Art Hobby für ihn.

Er und Nehring sind Meister im Tricksen und Täuschen. Ich muss gestehen, dass erst Ihre Hartnäckigkeit, lieber Herr Blischke, mich richtig auf die Fährte der beiden gesetzt hat. Natürlich wusste ich bereits durch unsere fleißige Aktenarbeit, dass zwischen Ihrem Bruder und Klaus Nehring früher eine Verbindung bestanden hat, und ich habe ganz diskret über Nehring Informationen gesammelt. Für den Zeitpunkt des Mordes hatte Nehring natürlich ein gutes Alibi. Für mich deutete zunächst nichts auf ihn, bis Sie mir nach Ihrem Besuch in Zwickau von dieser Grenzgeschichte erzählt haben."

„Und wie kamen Sie auf Dewitz?", fragte Wolfgang.

„Und was geschah in der Mordnacht weiter? Dewitz wird ja gemerkt haben, dass das besagte Papier nicht in der Laube war", warf Sylvia ein.

Berger hob abwehrend die Hände. „Langsam! Immer hübsch der Reihe nach. Thomas Dewitz hatte den Auftrag, Bernhard Blischke zu beseitigen. Es ging Nehring nicht nur um dieses Papier, denn er musste ja befürchten, dass Ihr Bruder auch noch andere Dinge aufdeckte, die den guten Ruf des Herrn Oberstleutnant a. D. beschädigt hätten.

Nachdem Ihr Bruder tot war, suchte Dewitz das Papier und fand es nicht. Also verließ er die Laube und wollte in die Wohnung Ihres Bruders einbrechen, wo er den Vertrag vermutete. Das klappte aber nicht. Das junge Paar unten im Haus gab in jener Nacht eine lautstarke Party. Im Haus war ein ständiges Kommen und Gehen und oben auf der Treppe stand eine zeternde Erna Wolke im Morgenmantel. Am Sonntagvormittag waren ja bereits wir mit der Spurensicherung in der Wohnung. Später kamen Sie, Herr Blischke." Berger machte eine Pause und ließ seine Gelenke knacken.

„Nehring wollte natürlich wissen, ob Sie mittlerweile etwas in Erfahrung bringen konnten, Herr Blischke. Er konnte Sie nicht die ganze Zeit beschatten lassen, aber hin und wieder schaute schon mal jemand nach, ob Sie auffällige Dinge taten. Nehring wusste von Ihrem Besuch in Cainsdorf, und das machte ihn nervös. Er musste befürchten, dass Sie nun die Wahrheit herausbekommen hatten. Umso mehr wollte er den Vertrag haben und ließ darum bei Ihrer Tante und etwas später bei Ihnen einbrechen."

„Von Dewitz?"

„Nein, in Herzberg war das Alexia Woitschik. Auch sie gehört zu diesem kriminellen Umfeld, mit dem Nehring Kontakt hatte. Sie hat diesen Einbruch sehr professionell ausgeführt – fast ohne persönliche Spuren zu hinterlassen."

„Eine Frau hat derart kaltblütig und brutal gehandelt?" Sylvia mochte es nicht recht glauben.

„O ja. Ihrer aufmerksamen Tante waren die Augen aufgefallen, ohne dass ihr bewusst wurde, warum. Eine beachtliche Leistung für die alte Dame. Die Augen hatten einen Hauch von Lidschatten, eben weil es Frauenaugen waren. – Besuchen Sie uns mal in der Dimitroffstraße, liebe Frau Blischke. Sie können dann eine Menge über kriminelle Frauen lernen."

„Ich glaube nicht, dass ich das möchte, Herr Berger."

Der Hauptkommissar lächelte und sah auf die Uhr. „Ich will versuchen, es kurz zu machen. Herr Blischke, als Sie darauf bestanden, nach Cainsdorf zu fahren, habe ich vorsichtshalber einen meiner Leute auf Ihre Fährte gesetzt. Der ist sehr begabt, wenn es um unauffällige Beobachtungen geht. Während Sie auf der Straße den Zusammenstoß mit Herrn Philipek und später die Begegnung mit dessen Frau auf dem Friedhof hatten, hat er in der Umgebung die Augen offen gehalten. Ihm fiel ein Auto mit Leipziger Kennzeichen auf. Es gehörte – nun halten Sie sich fest – Thomas Dewitz. Allerdings saß nicht er am Steuer, sondern die besagte Alexia Woitschik. Nun konnten wir nicht einfach zu Dewitz gehen und ihn fragen, ob er was mit der Sache zu tun hatte. Uns war schon sehr früh klar, dass der Mörder ein absoluter Profi gewesen sein musste und dass hinter der ganzen Sache sehr viel steckte. Wir mussten äußerst vorsichtig sein.

Dewitz muss mitbekommen haben, dass Sie am letzten Sonnabend weggefahren sind. Sie wollten ja nach Ihrer misshandelten Tante schauen. Das Haus stand leer. Das hat er genutzt, um in Ihre Wohnung einzudringen. Es war ja immerhin möglich, dass Sie mittlerweile diesen Vertrag gefunden hatten."

„Wollte Dewitz mich umbringen?"

„Das glaube ich nicht. Ein zweiter Mord hätte es für diese kriminelle Vereinigung nur schwieriger gemacht. Wäre es allerdings zu einem ernsthaften Kampf zwischen Ihnen und ihm gekommen, würden Sie heute wohl nicht mehr leben.

Dewitz hat mit wachsender Verzweiflung in der Wohnung gesucht. Was glauben Sie, wie die aussah! Wir haben Ihnen das bisher nicht gesagt, damit Sie sich nicht aufregen. Dann haben Sie Dewitz überrascht. Als er Sie hörte, versteckte er sich hinter der Tür. Er wollte Sie niederschlagen und schnell verschwinden. Aber Dewitz war entgangen, dass Sie mittlerweile einen Hund haben. Der griff Dewitz sofort an, als Sie die Tür geöffnet hatten, und holte sich dabei seine Verletzung auf dem Rücken. Dewitz konnte nicht so, wie er wollte. Er stach zu und schlug zu, als Sie auf ihn losgegangen sind. Dann muss ihn der Hund gebissen haben, denn er ließ das Messer fallen und flüchtete. Dank Ihres Hundes hatten wir plötzlich nicht nur die Mordwaffe, wie die kriminaltechnische Untersuchung zeigte, sondern auf dem Boden auch einige Blutstropfen des Täters.

Kaum dass die Polizei am Tatort war, haben wir nach dieser Frau gefahndet, veranlassten die Verhaftung von Nehring und besuchten zu seiner Überraschung Herrn Dewitz. Das war dem gar nicht angenehm. Um seine rechte Hand trug er einen Verband. Ein Hundebiss, wie wir dann festgestellt haben.

Als Dewitz sah, dass er keine Chance mehr hatte, beschloss er, wenigstens nicht allein ins Gefängnis zu gehen. Er gestand alles und sagte uns noch einige andere Dinge, von denen wir bisher nichts wussten. Nun kennen Sie die Lösung aller Rätsel."

„Ich danke Ihnen. Ich danke Ihnen für alles."

Wolfgang fiel noch ein Name ein. „Sagen Sie, wissen Sie irgendetwas über Dr. Wiesner?"

„Nein", sagte Berger. „Ich weiß, dass Interpol ihm auf den Fersen ist. Das ist deren Baustelle, nicht meine. Aber wenn Sie ihn schon erwähnen – er ist ein weiteres Beispiel dafür, was Gier aus einem Menschen machen kann."

Nach einigen freundlichen Worten verabschiedete sich Berger. Wolfgang und Sylvia waren wieder allein.

„Du hättest tot sein können!", sagte Sylvia, und die Tränen standen ihr in den Augen.

„Ja", sagte er, „und Bernhard ist tot. Eine lange Kette von Ereignissen hat ein Ende gefunden. Ganz am Anfang steht meine Flucht."

„Es ist nicht deine Schuld, dass Bernhard ein Vierteljahrhundert später umgebracht worden ist!", rief Sylvia. „Red dir das doch nicht ein."

Er sah sie traurig an. „Vielleicht hast du ja recht. Trotzdem habe ich viel falsch gemacht. Das steht dauernd vor mir."

Wunderbar leicht

Als Wolfgang Anfang der Woche aus dem Krankenhaus entlassen wurde, war die Zeit für Sylvias Abschied gekommen. In Baden-Württemberg hatten die Sommerferien noch nicht begonnen. Sie musste Zeugnisse schreiben und durfte in den letzten beiden Wochen des Schuljahres die Großzügigkeit ihres Schulleiters nicht überstrapazieren.

Wolfgang brachte sie zur Bahn. Auf dem Weg zum Bahnsteig wühlte er in seiner Hosentasche und merkte nicht, dass ein Papiertaschentuch auf den Boden fiel.

„Menschenskind! Können Sie nicht den Papierkorb benutzen? Wo sind wir hier eigentlich?“, bläkte eine laute Stimme in reinstem Sächsisch hinter ihm.

Verblüfft drehte sich Wolfgang um. Da stand ein Mann vom Bahnhofsreinigungspersonal, der einen fahrbaren Mülleimer hinter sich herzog.

„Entschuldigung!“, sagte Wolfgang und bückte sich nach dem Taschentuch. „Das war keine Absicht.“

Der Arbeiter starrte ihn einen Augenblick lang mit großen Augen an und brach dann in lautes Lachen aus. „Ich glaube, mein Schwein pfeift! Wolfgang! Dass wir uns hier wiedersehen.“

Es war der obdachlose Peter vom Stuttgarter Schlossplatz.

Wolfgang staunte. „Ich werd verrückt! Peter! Was machst du denn hier?“

„Nu, das siehste doch! Ich hab hier einen Job. Obdachlos bin ich auch nicht mehr. Ich habe jetzt ein möbliertes Zimmer in einem Wohnheim. Das verdanke ich alles dir. – Sag mal, ist das deine Frau?“

„Ja. – Sylvia, das ist Peter. Wir kennen uns aus Stuttgart. Aber mit deinem Job habe ich nichts zu tun, Peter."

„Mehr, als du denkst. Als wir uns kennengelernt haben, war ich dabei, mich selbst aufzugeben. Da kommst du, schenkst mir einfach deine wertvolle Krawattennadel und sagst, das sei ein Zeichen, dass auch für mich wieder bessere Zeiten kommen. Das hat mich umgehauen, und ich habe wieder den Mut bekommen, für mich selbst zu kämpfen."

Leise fügte er hinzu: „Du ahnst nicht, was deine Geste für mich bedeutet hat." Dann wieder laut und fröhlich: „Ja, und jetzt bin ich hier. Weißt du, mit denen aus dem Süden bin ich nie richtig klargekommen."

Er sah Sylvia an. „Frau Blischke, Sie haben einen tollen Mann!"

Eine Stunde später saß Wolfgang nachdenklich im Garten und genoss die warme Sonne. Sylvia hätte sich gefreut, wenn er mit ihr gefahren wäre. Aber er wollte in den nächsten Tagen noch einige Dinge erledigen. Dafür hatte sie Verständnis. An den letzten Vormittagen hatte sie in der Wohnung die schlimmste Unordnung des Einbruchs beseitigt. Wegen seiner Bauchwunde durfte er noch nicht wieder räumen und Lasten tragen. Aber er wollte unbedingt noch mit Viola Dombrowski an Bernhards Grab, er musste seine Mitgliedschaft im Kleingartenverein veranlassen und eine Entrümpelungsfirma mit der endgültigen Räumung der Wohnung beauftragen. Auch wollte er mit Tante Hedwig und der Leitung des Altenheims besprechen, wie es künftig weitergehen sollte. Doch der Hauptgrund war, dass er sich noch nicht von Leipzig trennen wollte. Er spürte, dass ein paar Tage Alleinsein ihm helfen würden, die Ereignisse der letzten Zeit zu verarbeiten.

Mit Sylvia hatte er verabredet, dass sie einen Teil der Ferien in Leipzig verbringen würden. Sylvia hatte sich Zeit für den Zoo gewünscht. Sie wollten Evelyn in Osterwieck besuchen und sich von ihr die Gegend zeigen lassen. Und natürlich musste Sylvia endlich Tante Hedwig kennenlernen. Wolfgang freute sich auf die Ferien.

Am Nachmittag gönnte er sich einen Spaziergang durch den Clara-Zetkin-Park, wo er früher als Kind viel Zeit verbracht hatte. Lächelnd beobachtete er einen kleinen Jungen, der im warmen Sommerwind mit seinem gefalteten Papierflieger spielte. Sein Vater hatte einmal mit ihm und Bernhard einen schönen Drachen gebastelt. Auf einer Wiese im Park ließen sie ihn fliegen. Sein Vater hatte eine lange Schnur in der Hand, und der Drachen flog hoch.

„Du, Vati“, hatte Bernhard gesagt, „wenn wir jetzt die Schnur durchschneiden würden, könnte der Drachen über gaaanz Leipzig fliegen.“

Da hatte der Vater den Kopf geschüttelt. „Nein, Junge. Er würde sofort abstürzen. Der Drachen kann nur fliegen, wenn er angebunden ist.“

An was bist du gebunden, Wolfgang? Was gibt dir Halt?

Ich bin an meine Frau gebunden. Wir sind uns wieder viel nähergekommen. Das ist schön und mehr, als ich zu hoffen gewagt hatte. Außerdem habe ich einen Beruf, der mir Freude macht.

Ja, aber haben nicht die dramatischen Ereignisse der letzten Zeit dir gezeigt, wie schnell ein Leben zu Ende sein kann? Stell dir vor, es ginge dir mit Sylvia so wie Bernhard mit seiner Angelika. Woran bindest du dich dann?

Bernhard hatte für sich in den letzten Monaten seines Lebens eine Antwort auf diese Frage gefunden. Wolfgang wünschte sich, es gäbe auch für ihn eine Antwort.

Da fiel ihm das Pfarrerehepaar in Chemnitz ein. Er musste ihnen unbedingt noch erzählen, dass Bernhards Mörder gefasst war. Das war er ihnen schuldig.

Am Freitagabend saß er in der Thomaskirche. Er wollte die Motette hören. Die Thomaner waren bereits in den Ferien. Ein anderer Chor sang. Auf dem Programm stand unter anderem Bachs Motette „Jesu, meine Freude". Wolfgang las den Text im Programmheft und ließ die Fremdheit der Worte auf sich wirken. Für Bernhard war das nicht mehr fremd gewesen. Texte wie diese hatten sein Leben verändert.

Das Konzert begann mit der Begrüßung durch einen Pfarrer. Wolfgang versuchte, den Gemeindechoral mitzusingen. Nach einem Orgelstück begann die Bachmotette. Wolfgang hörte intensiv zu. Als der Chor sang: „Es ist nun nichts, nichts, nichts Verdammliches an denen, die in Christo Jesu sind", geschah etwas, womit er nicht gerechnet hatte. Alles, was ihm an ihm selbst „verdammlich" erschien, stand ihm vor Augen. Es schüttelte ihn durch. Er konnte sich nicht dagegen wehren. Die Tränen schossen ihm in die Augen.

Jemand tippte ihn von hinten an. „Geht es Ihnen nicht gut?"

„Alles in Ordnung. Danke!", brachte er mühsam hervor.

Als das Konzert zu Ende war und die Leute die Kirche verließen, saß er immer noch mit Tränen in der Kirchenbank. „Mein Gott, vergib mir! Ich habe so viel falsch gemacht", flüsterte er. Wieder fiel sein Blick auf das Programmheft. „Es ist nun nichts Verdammliches an denen, die in Christo Jesu sind." Auf einmal verstand er. Das war auch die Antwort für ihn. Jesus hatte in Zachäus mehr gesehen als nur einen geldgierigen Zöllner, in Bernhard mehr als nur einen Stasi-Spitzel. Er sah auch in ihm nicht einen Menschen, der alles falsch gemacht hatte, sondern ein Geschöpf Gottes, das inneren Frieden und Versöhnung suchte. Wer Jesus denn sei, ob er für ihn eine Bedeutung hätte – alle diese früheren Fragen spielten plötzlich keine Rolle mehr. Er war da, bereit, Wolfgangs Last zu nehmen.

Langsam ging er aus der Kirche und betrat den Vorplatz. Warme Sommerluft empfing ihn. Der Sturm in seiner Seele legte sich und machte einer wunderbaren Leichtigkeit Platz. Er ging zum Alten Rathaus und dachte immer nur: Danke! Danke! Danke!

Irgendwo fand er eine Bank. Er setzte sich und holte sein Handy aus der Tasche, um Sylvia anzurufen.

„Sylvia, ich liebe dich. Willst du meine Frau bleiben?"

Sie war einen Augenblick sprachlos. „Ich liebe dich auch. Außerdem bin ich deine Frau und will es bleiben. Damit du es weißt, morgen kündige ich meine Wohnung. Du musst mich dann in deiner Nähe ertragen."

„Ich glaube, das schaffe ich. Aber erträgst du mich *und* Lenin?"

„Auch das. Aber ins Schlafzimmer kommt er auf keinen Fall!"

„Abgemacht!"

Dann versuchte er, ihr sein Erlebnis in der Thomaskirche zu schildern.

„Wolfgang, das ist wunderschön!", sagte sie.

Als Wolfgang nach Hause ging, wusste er, dass er das gefunden hatte, wonach er immer gesucht hatte. Dabei war ihm vorher nie zu Bewusstsein gekommen, was er eigentlich vermisste.

Lenin begrüßte ihn stürmisch, als er die Tür aufschloss. Dann schnappte er die Leine und legte sie vor Wolfgang hin.

Wolfgang leinte den Hund an. „Also komm, Lenin, gehen wir spazieren und besuchen unsere Pfarrerin."

Gerhard Brüning

Wotans Wut

192 Seiten
Taschenbuch
ISBN 978-3-7655-3934-3

Als Pfarrer Krieger eines Tages auf Spuren verfolgter Juden stößt, kommen alte Geschichten der NS-Zeit wieder auf den Tisch. Er muss entdecken: Die Vergangenheit wirkt nach, und das Unrecht hat schon Kinder geboren. Dann überstürzen sich die Ereignisse. In einer dramatischen Nacht wird er zum Retter für einen gefährdeten Jungen, der den Verlockungen der rechten Szene nicht widerstehen konnte …

Ein packender Roman, der unter die Haut geht.

BRUNNEN VERLAG GIESSEN
www.brunnen-verlag.de